★ 冷面傲嬌捉妖侯爺 × 嬌貴災星皇族公主

★ 人氣古風大神「白鷺成雙」虐戀大作！

★
隨書附贈
《長風幾萬里》
絕美明信片
將書中的浪漫收藏心間！

「除了薑糖還要什麼?」他皺著眉道，「我讓人弄來給妳。」

坤儀扁扁嘴，帶著哭腔：「想吃龍肉。」

聶衍：？

目錄

第48章　有妖作祟　006
第49章　差別待遇　013
第50章　也想被疼愛　020
第51章　兔兔那麼可愛　027
第52章　我不是妖怪　034
第53章　心生一計　040
第54章　洞房花燭　046
第55章　哄人開心　053
第56章　初為人婦　060
第57章　爺不比這好看？　067
第58章　妖婦　074
第59章　侯爵夫人　081
第60章　妖市　088
第61章　陽光下活著　095
第62章　望舒果　102
第63章　奸商　108

第64章 信任 114
第65章 懷疑 120
第66章 他花了什麼心思呢 127
第67章 小黑胖子 133
第68章 小產 140
第69章 往事 147
第70章 師父 154
第71章 好人 161
第72章 容器 167
第73章 青臒 174
第74章 被欺 181
第75章 妖怪是沒有心的 188
第76章 黎諸懷 195
第77章 樓似玉 202
第78章 玩弄於股掌之間 208
第79章 復位 215
第80章 納妾 222
第81章 面首 228
第82章 撞船 234
第83章 調養 241
第84章 以彼之道 248
第85章 下葬 254
第86章 濟民 260
第87章 表面功夫 266

第88章　義子　273
第89章　皇兄　279
第90章　駕崩　285
第91章　有妖怪啊！　292
第92章　圍困明珠臺　299
第93章　失去民心　305

第48章　有妖作祟

「誒？就這麼讓他們走？」黎諸懷化回人形，不太高興地看向天上，「他們說漏嘴怎麼辦啊？」

淮南氣喘吁吁地跑過來，扶了他一把：「您身上帶著傷，還不肯消停？」

「這不是他的作風。」黎諸懷皺眉看著天邊逐漸消失的龍影，「他怎麼回事？」

吩咐上清司其餘的人善後，淮南拉著他就往另一頭走，邊走邊道：「侯爺重傷，這是為了救你才放出一魄原身來嚇唬人，你就莫要給他添亂了。」

說起這個黎諸懷就來氣：「你說他圖個什麼，早化原身出來，那區區土螻能將他傷成那樣？」

「他哪裡能化得了。」淮南嘀咕，「坤儀殿下當時就在他跟前呢，還不得把她嚇死。」

「死就死了。」黎諸懷撇嘴。

淮南幽幽地看了他一眼，將扶著他的手收了回來。

黎諸懷冷靜下來想了想，也明白坤儀還有用，斷不能輕易喪生，但辦法有很多種，他就是不太理解聶衍為什麼要死守著他那肉身不肯放，大不了重新化一個出來就是了。

比如現在，分明能直接回行宮去收拾殘局，他還偏得隨著淮南翻山越嶺地去接他的身體。

「侯爺心情不太好。」淮南小聲道，「不知道是什麼緣由，你且先別提坤儀殿下。」

「這還能有什麼緣由，生死關頭他被自己的女人拋棄在了山林裡，能心情好麼？」黎諸懷撇嘴，「早同他說過莫要太用心。」

話剛落音，卻邪劍就嗡地一聲飛過來，割掉他半幅衣袖。

黎諸懷躲避不及，捏著破袖口氣笑了：「我說坤儀，又沒說你家主人，你急什麼。」

卻邪劍在空中打了個轉，落回了不遠處的聶衍身邊。

黎諸懷跟過去看了看，沒好氣地道：「算他厲害，用肉體凡胎殺了一頭土螻，竟還能留著命在。」說著，掏出懷裡的靈丹妙藥，一股腦全塞給他了。

聶衍這肉身經常遭罪，只要氣息尚在，都不是什麼大問題，黎諸懷身上帶的藥都是專門為他準備的，藥到傷癒，不在話下。

但，聶衍緩緩睜開眼，一個好臉色也沒給他，眸子裡暗沉沉的，兀自靠在石頭上調息運氣。

「咱們這也算是患難之交了，你至於這樣麼？」黎諸懷將手上的傷露給他看，「你瞧瞧，我都三百年沒受過這麼嚴重的傷了。」

瞥他一眼，聶衍淡聲道：「我夫人的傷口都比你的這個大。」

黎諸懷：？

不是，有必要醒來就滿口說他夫人麼，就他有夫人？

……還真就他有。

煩躁地撫好自己的袖子，黎諸懷嘟囔：「她又不是為你受的傷。」

冷著臉起身，聶衍捂了捂肩上的傷口，想起她苦著臉給他嚼藥的模樣，眉目跟著就柔和了下來。

坤儀公主驕縱、貪圖享受、離經叛道。

但是，她會在生死關頭護著他，照顧他。

她好像還說了喜歡他。

明明那麼怕妖怪，可是在知道他也許是妖怪的前提下，卻一直抱著他沒有撒手。

食指張了張，彷彿還能感受到她身上的溫度，聶衍抿唇，眼眸裡劃過一道亮光，然後將手慢慢合攏，起身朝山林外走去。

黎諸懷被他臉上的表情膩歪到了，神色扭曲地問淮南：「他是不是傷著腦子了？我這還有治腦子的藥。」

淮南哭笑不得：「大人還沒看出來麼？這幾日坤儀公主顯然是在侯爺身邊的，兩人剛剛才分開不久。」

要不然侯爺的神色也不會溫柔成這樣。

「她？那個嬌慣的公主？」黎諸懷輕嗤，「她要是在聶衍身邊，聶衍現在身子都該涼透了。」

淮南搖頭，跟上前去扶著聶衍，留他一個人在後頭繼續嘀咕：「這位置好像離土螻的屍身是遠了些，他要是一直昏迷也走不過來。話說殿下那種女子，沒鳳車哪裡能走這麼遠的路……」

他的靈藥很有用，以至於聶衍越走還越快，幾乎是直奔著塔樓的方向去的。

然而，他剛走到一半，就被朱厭等人帶著車馬來攔住了。

「情況緊急，還請侯爺上車。」朱厭神色嚴肅，拱手作請。

聶衍臉色還有些蒼白，聞言看了看遠處的山林，大概也料到是什麼事。

盛慶帝被張桐郎的人偷梁換柱，想借著皇權打壓上清司，恢復張家的榮華，不曾想捅出這麼大的簍子，還見著了他的真身。

現在張家人應該都逃了，行宮裡那位估計也跑了，聖上下落不明，山間又有大量禁軍的屍體要處理，的確不是他該去看坤儀的時候。

收了收袖口，聶衍抬步上了車。

黎諸懷對他的選擇十分滿意，他也不是個苛刻的人，只要聶衍永遠以大局為重，他就還能一心跟隨他。

至於坤儀。

不死就行。

張氏一夜之間消失，行宮裡傳聞是被上清司的人誅殺了，至於上清司為何會殺他們，眾人的推斷是，上清司只斬妖邪，那張氏必定就是妖邪。

像是為了印證這一點，「盛慶帝」連帶著劉貴妃一起消失在了行宮裡，眾人尋覓良久，卻是在行宮外的一處草叢裡發現了被封印在木籠裡的帝王。

「有妖作祟。」帝王醒來便是惶惶大喊，「殺妖！殺妖！將張氏一族全部抓起來！」

宗室眾人大驚，連忙安撫，又讓國師來請脈。

秦有鮫看著嚇壞了的帝王，輕輕地嘆了口氣：「陛下要保重龍體，否則這世上就再無人能護住坤儀了。」

他是因著太過思念張皇后，才會失神被張氏的人捉到。秦有鮫一開始沒想明白，都已經準備好偷梁換柱，張氏為何沒有直接將盛慶帝殺了，反而是將他封印起來。

但，在看了那木籠上的符咒之後，秦有鮫了然。

張氏一族確實是想弒君，但盛慶帝被人救下來了。

這行宮裡只有一個人會想救原本的盛慶帝，那就是坤儀。

但真的有本事能把盛慶帝無聲無息地封在木籠裡的，只有聶衍。

聶衍。

想起那天在窗邊看見的玄龍身影，秦有鮫神色很複雜。

除了坤儀之外，還能給聶衍的這般舉動找一個別的藉口麼？他實在不敢相信，冷血無情的龍族，竟然會做這種看起來很蠢的事。

區區凡人，對他們來說不過是蜉蝣罷了，哪裡值得他用這麼多的心思。

長嘆一口氣，秦有鮫去找了三皇子，讓他將行宮裡的人清理了一遍，才把坤儀接了回來。

眼下張氏逃遁，宮中怕是又會落回上清司的手裡，好在三皇子十分聽話，願意用禁軍和法陣守住幾處重要的寢宮，他還有時間想想對策。

「有鮫。」漸漸平靜下來的帝王喊了他一聲。

秦有鮫回神，微微拱手。

「聶衍他，會不會害了坤儀？」他喘著粗氣，滿眼擔憂地小聲問。

微微一怔，秦有鮫抿唇。

帝王怕是看見些什麼不該看的了，但眼下這樣的情形，若叫聶衍發現了，他們反而會丟命。

「臣會盡力護殿下周全。」他低聲答，「還請陛下務必保重龍體。」

凡人在普通妖怪面前尚且只是一口軟肉，就更別說在玄龍面前，聶衍想毀了整個盛京都是輕而易舉，但此人城府極深，他想以妖為上位者，慢慢蠶食整個人間，不但潛入了上清司，還拿捏了宮闈，甚至還讓不少妖怪與盛京的高門結了親。

他不想以大戰來解決問題，就定然有他的顧慮，只要能找到他的顧慮，那就好辦得多。

「陛下。」郭壽喜進來道，「上清司已經將山林裡出現的妖怪都清理了乾淨，挑了一百多隻小妖，封在了各處，說是等天氣好了供宗室狩獵。」

盛慶帝沉默，良久才顫抖著手擺了擺：「賞。」

「是。」

上清司是不會殺真的妖怪的，他們封印住的，只會是用禁軍的屍身化成的「妖怪」。

涼意從背脊一直爬到牙根，帝王抓著秦有鮫的衣擺，幾乎是從喉嚨裡擠著聲音道：「坤儀，坤儀如何是好。」

他就這麼一個妹妹，從小吃了不少苦，好不容易尋得一段合適的姻緣，沒想到竟非良人。

秦有鮫安撫了帝王兩句，便說去坤儀那邊看看。

劉貴妃下落不明，行宮裡的氣氛多少有些沉悶，秦有鮫滿心擔憂，繞過回廊，剛進前庭，就聽見了他那可憐的徒弟正在……

撒潑耍賴。

嘴角微抽，秦有鮫停下了步伐。

「我不吃這個！」坤儀抱著腿哀嚎，「受傷已經很可憐了，為什麼還要吃這麼苦的東西！」

「殿下，良藥苦口。」

「我知道，我能不知道麼，你問問旁邊這位侯爺，我能不知道藥有多苦麼？」想起那滿嘴的藥渣子味兒，坤儀捂心欲嘔。

蘭苕無奈，還待再勸，就見聶衍起身走到了床邊。

「侯爺幫著勸勸？」蘭苕滿懷希望地將藥遞給他。

聶衍頷首，接過來嘗了一口，微微皺眉。

「苦吧？」坤儀眨巴著眼望著他，「我能不能不喝？」

「嗯。」放下碗，聶衍替她攏了攏耳邊的碎髮，「不喝它，我有好入口些的藥丸。」

蘭苕：「……」

讓您來勸，不是讓您助紂為虐啊。

哭笑不得，蘭苕將藥碗端開了些，看著自家殿下歡呼一聲撲進侯爺的懷裡，忍不住搖頭。

第49章　差別待遇

這位侯爺以前可不這樣，雖說對殿下也算禮待，但鮮少這般親近溫柔，竟破天荒地拋下了他的「公務繁忙」，一整日都守在這屋子裡。

坤儀倒是高興極了，接過他給的藥丸，看也不看就含進嘴裡，和著茶水咽了。

聶衍垂眼瞧著她白皙的臉蛋，低聲道：「妳也不問問這是什麼藥。」

「你給的，還能害了我不成？」坤儀揚眉就笑，「你若要害我，哪裡還用這清香的藥丸子，徑直殺了我就是。」

心口微微一震，聶衍收攏了袖口裡的手。

他很想問她到底是在哪裡聽說了什麼，可還不等開口，她就笑著轉開了話頭：「你身上的傷不疼了？先前還一直昏迷不醒，眼下竟就能走動了。」

低低地「嗯」了一聲，他動了動胳膊：「黎主事的藥一向管用。」

或者說，只要不是瀕死，對他而言都不甚要緊，再重的傷也能行動自如。

坤儀滿眼都是好奇，見著蘭苕等人都退下去了，便湊近他些，徑直伸手扯開了他的衣襟。

要是先前，聶衍定要躲避，說她舉止輕狂，可眼下他竟就這麼乖巧地坐著，任由她湊近打量，甚至還扶了扶她的腰肢，以免她這動作耗力太大。

坤儀心裡「叮」地亮起一盞小明燈。

這患難與共的效果，好像還挺好？

試探性地將手放在他的脖頸和肩胛摸了摸，她眨著眼打量他的表情：「你身上會留疤麼？」

聶衍微微有些不自在，卻還是沒躲她，只道：「肉體凡胎，受傷自然難免留疤。」

「啊，那多可惜。」她嘀咕著，指腹碰了碰他的鎖骨，「你的身子特別好看。」

聶衍：「……」

怎麼會有人說這種調戲之語，表情還正經成這樣，彷彿他若是惱了，心裡有鬼的就變成了他。

耳根有些泛熱，他抿唇，伸手彈了彈她的額頭。

坤儀挑眉，抓著他的指尖嘻笑：「我又沒撒謊，那日在山洞裡，我替你擦身子，可是挨寸都瞧了。」

想起山洞裡的情形，聶衍眼神暗了暗，手上略微用力，將她攬向自己的方向：「臣還未曾謝過殿下。」

「不用謝不用謝。」她大方地擺手，「誰讓你是我夫君呢。」

再說了，救他一回，換他如今這樣的態度，坤儀覺得很值當。

順著他的力道將下巴擱在他肩上，她親昵地蹭了蹭他的耳根：「我養病的這幾日，你可不要出去看別的姑娘啊，我聽說宗室那邊帶了不少女眷來。」

語氣軟糯，帶著撒嬌的意味，聽得聶衍喉結動了動：「臣可以一直在此處，哪裡都不去。」

腰身被他抱得很緊，坤儀有些癢，輕輕掙了掙，卻換來他更用力地將她按在懷裡。

眼裡劃過一抹意外之色，她任由他抱著，睫毛直顫。

戲本子裡常寫救命之恩當以身相許，但那是凡人的規矩，聶衍這樣的，不像是會被這點小恩惠感動的，難道是突然發現她姿色楚楚，動了凡心了？

可是，她舉止大膽歸大膽，也從未與人動過真格的，眼下突然察覺到他身上的變化，還真有些無措。臉上保持著笑意，坤儀縮了縮身子。

好在，聶衍生性克制，只抱她片刻便將她鬆開，垂眸道：「夜半獵了些獐子和野鹿，殿下若有胃口，晚膳可以就著粥吃些。」

一提到吃的，坤儀放鬆了下來：「好，讓我帶的私廚去做，他慣會做野味。」說著，打了個呵欠。

「殿下先休息。」聶衍道，「等他做好，我來喚妳。」

「好。」甜甜地應了一聲，坤儀躺下身，給自己蓋好被子，然後閉上了眼。

瞧見她眼下的烏青，聶衍抿了抿唇，無聲地退出了房間。

夜半一直在外頭等著，瞧見自家主子輕手輕腳地出來，眉目間盡是溫柔之色，他心裡一鬆，連忙笑著上前：「殿下睡了？」

聶衍點頭，轉身帶他走去庭院的回廊上。

然後夜半就眼睜睜瞧著主子的臉，從晴日帶風變成了雷閃雷鳴。

「她那日到底為何突然從行宮跑進山林？」

夜半腿一軟，當即跪了下去。

還以為主子不追究了，沒想到看起來還是不打算輕饒的模樣。

「是……朱主事手下的幾個人，吃多了酒，在屋子裡胡言亂語，恰巧被殿下聽見了。那幾個人沒眼力，不曾瞧出是鳳駕，便追著殿下出了行宮。」
越說聲音越小，說到最後，夜半頭已經要低進了土裡：「您息怒。」
妖怪麼，生性就是不服管的，能老實這麼長時間已經是了不得了，私下在屋子裡說話，原也不是什麼大過錯，但不巧的是，他們將侯爺的身分暴露給了殿下。
雖然不知道殿下聽進去多少，信或不信，但看侯爺的神色，想來是不會有好果子吃了。
夜半還待勸兩句，就感覺一陣寒風從頭頂刮過，他被凍得差點咬著自己的舌頭，慌忙抬頭，就見聶衍已經甩出去了三張罰令，權杖如刀，越過他徑直飛了出去。
上清司的罰令，會追著要罰之人到天涯海角，誰攔也沒用。
主子動了大怒，下手許是有些重。
夜半閉眼，暗道自己已經盡力了，哥幾個自己擔待著吧。
山風日清，豔陽高照。
浮玉山上的水天之景已經消失，龍門合攏，未曾躍過去的鯉魚精們繼續藏匿在人間。
龍魚君急匆匆地往行宮的方向走，還未走到坤儀所在的宮牆外，就被上清司的人給攔住了。
「殿下在靜養，這幾日不見任何人。」那人道。
龍魚皺眉，唇色微白：「且讓我見一見蘭苕。」
「蘭苕姑娘也沒空，你過幾日再來。」
龍魚君笑了：「你並非殿下親信，何以做得她們的主？」
上清司的人不耐煩地拔了刀：「奉侯爺之命鎮守，閒雜人等莫要靠近。」

龍魚君冷了臉，他滯留人間已有兩輪龍門，為了躲避族人的圍追煩了好些日子，眼下著實沒什麼耐心，袖子裡捏了訣就要動手。

「龍魚君。」有人喊了他一聲。

龍魚一頓，收了手勢轉身去看，就見秦有鮫站在遠處朝他招手。

他猶豫片刻，還是走了過去。

「聶衍與她正是情好，你眼下過去可沒什麼好處。」秦有鮫深深地看著他，開門見山地道，「不妨等她能走動了，再去拜見。」

眼神微黯，龍魚君有些惱。

聶衍連區區凡人都護不住，叫她一身是傷，有什麼好的。

「少招惹聶衍。」秦有鮫拍了拍他的肩，「必要的時候，讓坤儀救你。」

龍魚君：？

這聶衍至多不過是有些修為的妖怪，為何要這麼怕他？

秦有鮫沒再多說，兀自攏著衣袖走了，留龍魚君一個人站在原處，靜默地望著坤儀寢宮的方向。

原以為送走了張氏一族，上清司的人會無比得意囂張，可這幾日行宮裡的上清司眾人不知為何反而有些戰戰兢兢的，巡邏左右、進出布陣都是安安靜靜，就連話最多的黎主事也安分了些，每日給帝王稟告完行宮防衛布置便回自己的屋子裡待著。

蘭苕想不明白：「上清司不是剛立了功麼，這怎麼反而像是犯了錯？」

夜半替她剝著豆子，聞言左右看了看，小聲道：「可不是犯了錯麼，妳是沒瞧見我家侯爺有多嚇人，前幾日去了朱主事那邊一趟，就說了幾句話，朱主事就病到了現在。」

蘭茗愕然：「侯爺嚇人？我這幾日在房裡瞧著，還覺得他比先前溫和了不少。」

原先常看他一張冷臉，可如今不但是眉目柔軟，甚至還會抱著殿下為她餵粥。她家殿下十分嬌氣，尤其在生病的時候，今日喜歡吃的東西明日就膩煩了，還不肯吃粥，好端端地都能折騰出一堆事來，原以為侯爺定會惱的，可這幾日兩人湊在一起，倒是愈發親近了。

有一次她進去，還正撞見侯爺低頭湊在殿下的耳側細語。兩個畫兒裡下來的神仙人物，那場面別提多好看了，看得她都有些臉紅。

這怎麼看都跟嚇人扯不上關係。

夜半噎住，神色複雜地看了她許久，將剝好的一碗豆子放在她跟前：「好姐姐，要麼妳我換個活兒，妳在外頭來守著，我去屋裡伺候？」

「想得美。」蘭茗白他一眼，接過碗就去了廚房。

夜半心裡苦啊，他不是在開玩笑，現在的侯爺真的很可怕，除了在殿下屋子裡，別的地方就沒見他笑過。

「夜半。」裡屋傳來了一聲喚。

頭皮一緊，他立馬起身去了自家侯爺跟前。

「淮南還在養傷，有個差事你替他去辦。」聶衍淡聲道，「劉貴妃失蹤，聖駕不安，你去將人找回來。」

要是以前，夜半肯定覺得這是個苦差，上清司那麼多人，誰不能去啊，偏要他跋山涉水。

可眼下，他簡直是想都不想就應下了，甚至還說了一句：「多謝侯爺。」

聶衍瞥他一眼，關上了門。

劉貴妃對盛慶帝並未有多要緊，隨便找個薨逝的理由報給宗室也就罷了，但不知為何，帝王執意要尋，甚至讓人傳話給了坤儀。

坤儀這幾日養得不錯，臉上已經有了血色，但一聽她皇兄病了，眉頭皺了幾個時辰也沒鬆開：「劉貴妃可還活著？」

第50章　也想被疼愛

聶衍沒法回答這個問題。

瞿如和反舌獸一族都喜食人，按理說劉貴妃在他們面前跟一盤菜沒什麼區別，但假冒盛慶帝的那隻妖怪又並未直接吃了她，反而是帶著她一起離開了行宮。

並且，上清司之人清查寢宮，未曾發現任何掙扎的痕跡，盤問宮女，也不曾聽見劉貴妃呼救，所以多半是將人打昏帶走的。

他也不清楚這些妖怪是吃飽了想多帶個食盒，還是有別的什麼打算，姑且先找一找吧。

張桐郎是被聶衍嚇得狠了，入了叢林最深處不算，還起陣將地撅了二十丈，在地底修了臨時的巢穴。

「何至於害怕至此。」有人小聲抱怨，「他厲害，那吾等便歸順於他，做個助力，也好過在這種地方苟且偷生。」

「你個蠢貨，真以為那昱清侯是什麼良善角色，你要殺他便動手，你想歸順，他還要接著？」

「可若蘭還在宮裡……」

「別想著指望她。」張桐郎冷聲道，「她滿心想的都是那個凡人，再不能為我等所用。」

眾人不再提張皇后，只又嘀嘀咕咕地抱怨起這地方暗無天日，別說丫鬟奴僕了，就連個像樣的床都沒有。

「帶回來的那個貴妃呢？」張桐郎突然問。

有人唏噓：「谷臣養在他那邊了，說是不當吃的，當媳婦兒養。」

張谷臣就是先前被派去假冒盛慶帝的人，原就是一隻花心非常的瞿如，對女人感興趣也是情理之中。

張桐郎是嫌麻煩的，生怕聶衍再惦記他這一族殘支，想把劉貴妃送回去當個誠意，可張谷臣也不知是中什麼邪了，還維持著盛慶帝的模樣，打死不願把她交出來。

「她是我的人，就留著給我生兒育女，哪裡也不去。」抵著洞穴門口，張谷臣瞥一眼裡頭昏睡著的女子，痞裡痞氣地回答張桐郎。

張桐郎沒個好氣：「你說她是你的人，你也不問問她答不答應？人家好端端的貴妃娘娘，能錦衣玉食都不要，跟你住在這地方？」

「她自己說的不願離開我。」張谷臣笑了笑，「說話得算話。」

劉貴妃那是離不開他麼，分明是離不開盛慶帝，他心裡分明也知道，不然就不會一直頂著這張臉不換回去。

料想這人過幾日也就玩膩了，張桐郎不再硬來，訓他幾句就甩袖回去養傷了。

劉貴妃躺在軟草鋪的窩裡，閉眼聽著他們的對話，睫毛顫了顫。

她其實早就發現了這個盛慶帝不對勁，只是她不願意承認。

盛慶帝待她多年如陌路，別說親昵了，就算是臨幸，也未曾多說過什麼話。

而這個人，不但日日將她抱在懷裡，與她情話綿綿，還會體貼她葵水疼痛，用手替她捂著小腹，還命人為她燉湯喝。

張皇后都未曾有過這般待遇，她又怎麼可能有。

劉家是世族大家，她是嫡親的大小姐，自小規矩學足，不敢做任何有辱家風之事，所以哪怕被冷落十幾年，她也還是安守一隅。

假皇帝與她親熱之時，她其實是該抵抗的，也該告訴貼身的宮女，這個帝王有問題。

然而，然而。

袖子下的手捏成一團，劉貴妃喉嚨緊得厲害。

她太想被自己奉為天的丈夫疼愛了，以至於這人穿著龍袍朝她欺身過來，她壓根說不出任何拒絕的話，情至濃處，甚至覺得自己前半輩子是白活了。

從未有人這般疼愛過她。

身邊有人坐了下來，劉貴妃回了神，將眼角的淚意忍了回去，裝作剛醒的模樣，幽幽地睜開眼。

張谷臣正打量著她，想看她在這種昏暗的洞穴裡醒來會是什麼反應。

然而，她睜開眼，眼裡映出來的只有他的臉，而後展顏一笑，徑直伸手抱住了他的腰身：「陛下為何不多睡會兒？」

「遇著些麻煩。」略微意外地挑眉，張谷臣拍了拍她環著自己的藕臂，「愛妃，若是以後妳我要隱姓埋名地過活，妳可願意？」

劉貴妃一頓，低聲問了一句：「外頭的人，會以為我死了麼？」

「會。」

「那便好。」她釋然一笑，猶像個十幾歲的少女，「陛下去哪裡，我便去哪裡。」

沒有問原因，也沒有問別的，她將環著他的手抱得更緊，好似跟定了他。

張谷臣有那麼一瞬間的感動。

然而，也只是一瞬間而已，他活了幾百年，身邊的女人無數，斷不會與她一介凡人白頭偕老，只是暫時還貪戀她這溫柔鄉，想找個地方將她養起來。

張氏大禍臨頭，張桐郎做了讓族人與反舌獸一起四散避禍的決定，第二日，張谷臣便帶著劉貴妃離開了浮玉山，去了山北的一個小鎮上落腳。

在路上，兩人遇見了很多四處尋人的警察，張谷臣有意遮擋她的視線，不讓她知道真的盛慶帝在尋她，劉貴妃倒也配合，假裝什麼也不知道，換上了農婦的衣裳，住進了普通的籬笆院子。

可是，這街坊四鄰的議論聲還是落進了她的耳朵裡。

「聽說了麼？行宮裡丟了個什麼要緊的人，急得禁軍和上清司的人四處在設關卡，已經設到鄰縣了。」

「是個什麼人吶？」

「那哪知道，只說陛下都著急病了。」

張谷臣進門就聽見了隔壁飄來的聲音，有些緊張地在四周落下了結界，然後連忙去尋劉貴妃。

劉貴妃恰巧從廚房出來，看見他，燦然一笑，將湯放在桌上，柔手拉著他坐下：「幸而我貼身帶著的銀錢不少，吃穿不成問題，三郎就莫要辛苦外出了，來嘗嘗我做的湯。」

瞧著她彷彿沒聽見外頭的話一般，張谷臣有些疑惑。

劉貴妃將湯匙塞進他手裡，看了看他的神情，輕笑著道：「外頭說的話一聽也是編出來的，你就在我身邊，誰知道行宮裡病著的是什麼人。」

她居然以為是假的。

輕輕鬆了口氣，張谷臣也跟著笑起來，將她抱到自己腿上，舀了湯先餵她：「梳琴聰慧，吾心甚慰。」

兩人濃情蜜意地依偎著，劉貴妃也沒再去想盛慶帝。

就算現在行宮裡的那個是真的，他生病的理由也絕不會是因為她走丟了，很多時候她在他那裡，都只是一個工具。

氣皇后的工具，或者掩人耳目的工具。

要不怎麼說劉貴妃對盛慶帝很是熟悉呢，相隔甚遠，猜的倒是一點不錯，盛慶帝對外要找劉貴妃，只是為自己突如其來的臥病找個由頭，以免惹了聶衍的懷疑，連帶著也給了坤儀一個憂愁的理由，好讓她將自己積壓的害怕和擔憂都洩出來一些。

雖然聶衍長得真的很好看，但他是妖怪，還是很厲害的妖怪，這難免不讓人害怕，就算坤儀從小不知天高地厚，在他身邊待著也是有些擔憂和害怕的。

不過，聶衍這幾日像是開了情竅，再未與她擺臉色，反而是對她照顧有加，聽聞她做了噩夢，甚至頭一回自願與她同榻而眠。

「這是什麼？」坤儀看著他遞過來的東西，很是驚奇。

一塊巴掌大的符咒，像琉璃一般透明，上頭的符文她沒見過，但看得出很是高深。

「妳師父送妳的外袍麻煩得很，稍有不慎，就會露出胎記。」聶衍狀似輕鬆地道，「這是封印符，往胎記上一貼，以後妳想穿什麼都可以。」

淮南在旁邊聽著，差點咬著自己的舌頭。

這位大人是怎麼把一張珍貴無比的龍血封印符說得彷彿路上能撿到的辟邪符一樣簡單的？坤儀殿下身上那胎記邪門得很，彷彿活的一樣，秦有鮫尚且存著一探究竟的心思，他倒是好，大方到給出一張封印符。

那符可是耗掉幾十年的修為才畫成的。

這位殿下聽了，倒是高興極了，當即撐著床弦仰起頭就親在了侯爺的下巴上，鳳眸泛光，眼角眉梢盡是歡喜：「你怎麼會有這種好東西，我求了我師父好多年，他都沒給我一張。」

那是他給不起。淮南小聲嘀咕。

聶衍瞥了他一眼，似乎才反應過來他還在：「你還有事要稟？」

「沒……」

「出去的時候替我將門帶上。」

「……」

抹了把臉，淮南認命地退了出去。

聽見門關上的聲音，坤儀當即就撲過去將聶衍抱住，嘴甜如蜜：「我修了幾輩子的福氣才遇見了你呀。」

聶衍神色如常，嘴角卻是忍不住勾了勾：「就因為這一張符？」

「不是。」她晃了晃手指，一口親在他臉側，「是因為你會心疼我。」

先前的昱清侯哪裡會管這些事，哪怕她被妖怪嚇得睡不好覺，他也不甚在意，可眼下，她什麼都沒說呢，他竟就拿了這樣的符出來。

歪著腦袋打量他半晌，坤儀問：「那侯爺想要什麼東西做回禮？」

伸手揉了揉她散落的長髮，聶衍沒答，只將她受傷的腿放回被子裡蓋好。

傾身下來的時候，側顏剛好被花窗外落進來的陽光照著，線條溫柔得像春風裡的旖旎夢境。

坤儀看呆了，忍不住對著他咽了口唾沫。

第51章　兔兔那麼可愛

雖說是喜歡美人，但坤儀對他們也都僅限於觀賞，看他們彈琴耍劍或舞袖弄畫就會覺得心情甚好，從未當真對誰有過占有之心，包括杜家哥哥。

然而，眼下看著聶衍，她突然覺得心口跳得很快。

想捏一捏他的下頷，想撫他深黑的眼眸，還想親親他滑動的喉結。

大抵是她的眼神太炙熱了，聶衍突然半垂了眼看著她，眉梢微動，然後慢慢朝她靠近。

坤儀莫名地緊張了起來，眼珠子四處瞟了瞟，嘴角也抿了抿，手無意識地抓著身下的被褥，將好端端的芙蓉繡花抓成了一個團。

兩人挨得越來越近，氣息都融到了一處，她慌亂地抖了抖睫毛，又覺得夫妻之間親近也是理所應當，便盯著他的薄唇，輕輕咽了口唾沫。

然而，下一瞬，聶衍拿過她手裡的符紙，與她交頸而過，看向她背後的胎記，伸手將符給貼了上去。

背心一涼，接著就發起熱來，坤儀難受地哼了一聲，抓緊了他的衣袖。

屋子裡有一瞬湧現出了強烈的妖氣，可沒一會兒，那氣息就被封印符壓得乾乾淨淨，即使坤儀的外袍半敞，香肩半露，也再沒有什麼異樣。

肌膚上火辣辣的，坤儀將下巴搭在聶衍的肩上，整個人都被背後的灼熱燙得往前弓，裹胸裙的曲線抵在他身前，黑紗袍垮在泛紅的手肘彎裡，露出一整片雪白的肩背。

聶衍僵了僵，伸手握住她的腰，另一隻手的指腹輕輕抹了抹符紙落下的位置。

灼痛的感覺霎時被清涼取代，坤儀喟嘆一聲，瞇著眼在他耳邊喃喃：「你可真好。」

「殿下既然覺得我好，又怎麼有些怕我。」他淡聲道。

坤儀一怔，不明所以地抬頭：「我什麼時候怕你了呀？」

「昨晚。」

昨晚兩人同榻而眠，一開始她還是摟著他抱著他的，但當真熟睡過去之後，卻是獨自將自己裹成一團，離他遠遠的，似乎還做了噩夢。

眼珠子轉了轉，坤儀撇嘴：「我那是怕你麼，我是怕別的，劉貴妃那麼尊貴的身分都能憑空從行宮裡消失，誰知道什麼時候我也被人拐走了。」

張氏一族的舉動讓帝王和宗室有了很大的擔憂，雖說此事是趁了聶衍的不備，但妖怪如此輕而易舉地就替換了今上，還讓人不曾察覺，這就很可怕。

上清司的當務之急，是要重新取得皇室的信任。

聶衍沒再說什麼，只摸了摸坤儀的腦袋，看她有些睏倦了，便將她塞回了被子裡。

坤儀朝他甜甜一笑，然後閉上了眼。

聶衍起身，去見了盛慶帝一面。

盛慶帝似乎還在為劉貴妃的失蹤憂心，看見他來，倒是很高興：「駙馬，來坐。」

郭壽喜給他端了凳子，聶衍看了一眼，先向帝王請罪：「上清司職責有失，還請陛下責罰。」

盛慶帝深深地看了他一眼：「上清司就算有錯漏，但駙馬你是有功的。」

「臣不敢。」他垂眼，面容十分溫順。

行宮裡燈火輝煌，照得他也是一身華光，盛慶帝不由地想起那天晚上，這人一身肅殺，斬絕六隻反舌獸，將他救下。

他當時被妖怪嚇著了，故意裝作神志不清，但其實眼前的一切他都記得，記得聶衍救了他，也記得聶衍雙眸泛出金光，將他封在了木籠裡。

這人若是想害他，他不會有命在，但他若是一心想救他，也就不必將他封在木籠之中，任由妖怪穿上龍袍作威作福。

盛慶帝以為將他收作自己的妹夫，就能讓他乖順為他所用，可眼下看來，他不殺他，都是看在坤儀的份上了。

想起坤儀，盛慶帝笑了笑：「朕的皇妹有些驕縱，辛苦你了。」

要是以前，聶衍聽這話倒是贊同的，坤儀麼，天下誰不知她驕縱。

可現在，他倒是覺得盛慶帝有些不識好歹，他嘴裡驕縱的皇妹，這幾日為他和劉貴妃憂心得連覺都沒睡好，他倒還只說驕縱。

看見他臉上護短的神情，帝王笑意更深：「耽誤的時日也有些多了，等明日天氣好些，便要開始春獵了，屆時你多看著她些。」

「是。」

出了這麼多事，原本宗室之人該無心狩獵了，但正因著事情都是因妖孽而起，盛慶帝哪怕是抱病都要去「誅殺妖邪」。

他也想再試探試探聶衍，看看他對皇室這種狩獵妖靈的做法，是什麼反應。

聶衍很從容地替他安排了下去。

兩千多隻妖靈遍布浮玉山，皇室宗親們騎馬捕殺，意氣風發，似乎每一箭射死的都是幾百年的大妖怪，而不是毫無還手之力的妖靈。

上清司的人很好地保護了每一位宗親，一連七日的狩獵，再未出任何差錯，帝心大悅，不再提及之前行宮發生之事，也停止了尋找劉貴妃，對外只說急病薨逝。

坤儀腿上的傷已經癒合了，不知聶衍用了什麼藥，連疤也沒給她留下來一塊，她換了白色的素袍，搭上紅色的盔甲，英姿颯爽地捏著轡繩坐在馬背上，但表情卻有些凝重。

目之所及，一隻即將變化成妖的小兔子被纏妖繩捆在樹上，雙腿不停地蹬著，紅彤彤的眼裡滿是絕望。

「怎麼？」聶衍策馬行至她身側，順著她的目光看了一眼，「喜歡兔子？」

「倒不是。」坤儀撇嘴，「兔子我一般喜歡燒著吃。」

聶衍：「……」

「我只是在想，這種自我寬慰一般的狩獵到底有什麼用。」她輕哼一聲看向遠處策馬狂奔的宗親們，「誅殺這些尚未化妖的小東西，卻放任真正吃人的妖怪橫行世間，豈不是如兩國交戰，我方不敵，就綁人幼子來屠殺洩憤？真是窩囊。」

眼裡劃過一絲意外，聶衍倒是笑了：「以殿下之意，我們該捆些厲害的妖怪來？但萬一有人誤解了纏妖繩，那便是要出人命的了。」

「我也沒那麼想。」坤儀擺手，高束的頭髮一甩，「我就是覺得立威應該堂堂正正。」眼前的小姑娘嬌嫩得很，說出來的話卻是比一群大男人都硬氣，聶衍難得地笑了笑，正想說話，卻見遠處有人騎著馬朝這邊衝了過來。

「殿下！」

聽見熟悉的聲音，坤儀連忙扯著韁繩回頭，就見龍魚君一身雪白長袍，騎著毛光錚亮的黑馬，氣喘吁吁地朝她揮手。

「你可算回來了。」她彎了彎眉眼，「再過幾日，我就得讓人去夜隱寺尋你了。」

在她跟前勒馬，龍魚君落地行禮：「小的有負殿下厚望。」

「快起來，這地上可不乾淨。」坤儀抬了抬手，「那夜隱寺有大問題，你還能平安歸來就已經是不錯的了。」

夜隱寺的僧人幫著張氏蠱惑帝王和貴妃，讓妖怪有了趁虛而入的機會，寺廟都已經被查封了，裡頭一個人也不剩，龍魚君又能有什麼辦法。

「多謝殿下關懷。」龍魚君起身，眼眸楚楚地望向她，「殿下身上的傷可大好了？」

「好了。」坤儀笑著拍了拍自己的腿，「多虧了侯爺。」

像是才發現旁側還有一個人似的，龍魚君連忙屈膝行禮：「見過侯爺。」

打他一出現，聶衍的臉色就不太好看，再看他行止間裝柔弱的模樣，聶衍就更是不齒。

哪裡是去了夜隱寺，這幾日這人分明是為了不被坤儀看見原形而在躲天水之景，以他的修為，早就能躍龍門了，卻偏還執意留在人間。

居心不良。

可在坤儀眼裡，龍魚君是個好人，幫她的忙盡心盡力不說，相貌還生得俊俏，此時滿眼眷戀地望著她，完全沒把旁邊的駙馬看在眼裡。

「殿下奔走許久，可要嘗嘗野兔？」他笑著指了指自己馬背後頭搭著的兩隻兔子，「不是妖靈，是山間生得肥美的小兔子。」

坤儀一喜，當即點頭：「蘭苕那兒有香料，我讓她拿過來，我們烤來吃。」

「好。」

兩人說著，龍魚君就翻身上了馬，行在了她身側。

坤儀還算記性好，回頭看了看他，問：「侯爺要不要一起去？」

聶衍皮笑肉不笑：「我不吃肉。」

妖怪以人形行走人間的時候，吃肉容易露出妖性，他是，龍魚君也該是一樣。然而，龍魚君竟是一點也不忌諱似的，遺憾地朝他道：「那侯爺就沒有口福了。」

說罷，引著坤儀就去旁邊的空地上撿樹枝。

夜半跟在後頭瞧著，忍不住道：「主子想去便也一起去就是了。」

聶衍冷笑：「你哪隻眼睛看我想去。」

兩隻眼睛都看見了。

方才還好端端的，龍魚君一出來，主子整個人都煩躁了起來，偏生還不如人家討喜，三言兩語地就被人將殿下哄騙了去。

夜半暗自搖頭，覺得主子在情事上還遠遠不是龍魚君的對手。

聶衍這次倒是沒多生龍魚君的氣，他生坤儀的。

人家說什麼她就聽什麼，是看不出龍魚的企圖不成。平時挺聰明的，遇見男人怎麼就跟瞎了似的，還，還跟他靠那麼近？

遠瞧著那兩人蹲在一起搭起了烤肉的架子，聶衍冷著一張臉，扭頭就走。

第52章　我不是妖怪

夜半看得哭笑不得。

坤儀殿下的舉止其實還在規矩之內，但動了情的妖怪是不講理的，主子哪怕喊一聲，殿下也會過來，但他就是不願意，愣是給了龍魚君討喜的機會。

這若是在尋常宅院裡，身分調換，他家主子怕是連通房丫鬟都鬥不過。

嘭——

聶衍面無表情地甩了一張符紙下去，將五丈開外一隻掙脫纏妖繩的小妖給劈成了灰。

四周的人都被嚇了一跳，定睛一看，又紛紛讚揚起來：「昱清侯爺這修為，怕是已至臻境。」

「我離這麼近都沒反應過來，侯爺站那麼遠卻能一擊即中，怪不得年紀輕輕能統領上清司。」

「若非皇室之婿，你讓我將嫡女嫁與他做妾我也是願意的。」

「噯，殿下就在那邊呢，你可小聲些。」

夜半收回了思緒，眼觀鼻口觀心，覺得自家主子鬥不過就鬥不過吧，他至少誰都打得過，再多的心思在無法抵抗的強大面前都是白搭。

坤儀烤兔子烤得正開心，冷不防覺得背脊有些發涼。

她回頭看了看，想看聶衍在做什麼，誰料卻看見了一個不該出現在這裡的人。

張曼柔牽著馬與護國公府的世子走在一處，眉眼裡盡是歡喜，路過她身邊，像是沒看見她一般，只低頭與世子說笑。

鳳眸睜得老大，坤儀連忙提著裙擺跑去聶衍跟前，伸手與他比劃：「你看那邊，那邊有妖怪。」

聶衍還生著氣，聞言掃了張曼柔一眼，悶聲道：「那是翰林院張家的小姐，哪來的什麼妖怪。」

翰林院？張曼柔不是國舅之女麼？張桐郎已經畏罪逃了，她怎麼還敢留在此處。

看聶衍臉上沒有絲毫的意外，坤儀慢慢冷靜了下來。

上清司並非只是為了捉妖而存在的，他們更大的目的是想藉著人間的身分規矩，變成上位者來統治人間，是以，小妖他們會殺，但對他們有用的妖怪，他們會睜一隻眼閉一隻眼。

張曼柔現在顯然就變成了對他們有用的妖怪。

可是，如此一來，皇室還能有幾個真正的人？

心不斷地往下沉，坤儀收回了抓著聶衍衣袖的手。

聶衍心裡本就煩悶，手上再一鬆，臉色就更加難看。

「我不問了，你別生氣。」她完全不明白他在氣什麼，只與他服軟。

他拂袖，冷聲道：「不問我，再去問龍魚君和你師父？」

「……」確實是有這個打算。

坤儀笑了笑，看他似乎更生氣了的模樣，決定還是回去烤兔子吧，別把他氣壞了大開殺戒就不好了。

然而，轉身剛走了一步，她整個人就被他撈回了身前。

聶衍攬著她的腰，下巴抵著她的頭頂，沒好氣地道：「張曼柔不會傷人，她只想作為凡人與她的心上人成親生子，比起她，妳還是防備著點龍魚君吧。」

坤儀有些莫名：「防備他做什麼，他又不會害我。」

放在她腰上的手陡然收緊，聶衍眼裡滿是冰渣子：「不防備他，倒來防備我？」

被他勒得悶哼一聲，坤儀輕輕拍了拍他的手背：「你這醋吃的歪得很，我若是喜歡他，就該徑直將他收作面首，之所以沒有，那就是更喜歡你。」

這話說得也挺氣人的，但不知為何，聶衍聽著，臉色倒是稍霽：「更喜歡我。」

也不是只喜歡，只是更。

坤儀轉身，伸手環抱著他的脖頸，輕輕搖了搖：「別與我賭氣呀，好不容易有個豔陽高照的日子，你也陪我去烤烤兔子。」

「不是跟他烤得挺開心的？」他斜眼瞥她。

她失笑，拉著他的手就往火堆的方向走：「有你自然更開心。」

龍魚君看著她一個人過去，又兩個人回來，倒是沒說什麼，只笑著將穿著兔子的樹枝遞給了聶衍：「侯爺不嫌棄的話，試試。」

「對，這樣拿著，抹上這個香料和鹽。」坤儀手把手地教他，塗著丹寇的指甲點在他的手背上，又軟又癢。

聶衍悶不做聲地照她說的做，看著對面一臉微笑的龍魚君，卻還是有些不適。

「別這麼小氣。」趁著坤儀去找蘭苕拿盤子，龍魚君朝他笑了一聲，「你該知道，妖界的規矩，報恩互不相擾。」

坤儀對他有恩，也對聶衍有恩，大家都是報恩而已，哪有攔著不讓的道理。

「你若只是想報恩，大可以躍過龍門之後再來找她。」聶衍冷笑，「執意留在人間，揣的是什麼心思，你真當我不懂。」

鯉魚躍過龍門之後化蛟，需要閉關修煉三十年方能行動自如。若只是要報恩，哪怕等坤儀垂垂老矣也不遲，但急著現在，可不就是怕三十年之後，坤儀身邊和心裡都不會再有他的位置。

笑意稍淡，龍魚君翻轉著手裡的樹枝：「你不過是比我幸運些罷了，出現得早，叫她一眼就看上了，論先後，分明是我先與她結下的緣。」

「你結的緣淺了些。」聶衍漠然地看向遠處那抹紅白的影子，「別太有執念。」

「侯爺怎麼就自信自己與她的緣分一定更深。」龍魚君失笑，「別的不說，你手上的人命可比我多得多。」

就連這山間的妖靈，也幾乎都是他從凡人變來的。

隨行的官眷裡對上清司有不滿的、那日極力圍剿上清司的，統統都變成了妖靈，被捆在樹上供宗室射殺。

遠處那興致極高的盛慶帝，一箭射死的是自己曾經最信任的禁軍副統領變成的野豬妖靈，他猶不知，還在大笑著接受身邊人的恭維。

「陛下風采不減當年。」

「有陛下在，我輩除妖平世指日可待。」

盛慶帝一改之前的病態，執著弓箭站在車斗裡大笑，笑聲爽朗，傳了老遠，頗有揚眉吐氣之意。

收回目光，聶衍突然覺得這漫山遍野的人裡，就坤儀最有風骨，不屑殺弱輩洩憤，也還心懷蒼生，裙擺隨著山風飄起來，好看得緊。

上清司的人還在四下巡邏，淮南瞧見不遠處無精打采的黎諸懷，忍不住過去問了一句：「大人這是怎麼了？」

黎諸懷看他一眼，語氣幽怨地道：「我從醫多年，看過他受很多的傷，也給他做過各種不同的藥。」

「嗯？」淮南點頭，「您是功勞不小。」

「不是功勞不功勞。」黎諸懷擺手，悵然地望向天邊，「我是沒想到，有朝一日他會突然關心傷藥留不留疤。」

淮南：「這個是女兒家在意的事，侯爺想必是替殿下求藥吧？」

「替坤儀求藥都無妨。」黎諸懷閉眼，「但他就是給自個兒身上那傷用的。」

淮南：……

淮南：？

侯爺行走江湖這麼多年，什麼時候在意過疤？

拍了拍他的肩，黎諸懷道：「往後你我做事，怕是都得多顧念一個人。」

原本想著把那坤儀殿下當個墊腳石，可不料聶衍竟反被她捏住了，黎諸懷也想快刀斬亂麻，等皇室之事了結，便讓坤儀魂歸西天，但眼下這情形看來，他只要敢動手，聶衍就敢廢了他的手。

遠遠看過去，那兩個人還湊在一起吃烤兔肉，聶衍寧願多花幾分修為來掩蓋妖性，也不願離她遠點。

圖個什麼呢，人的一輩子那麼短，再好看的臉，十幾年後也就衰老了。

「她畢竟救了侯爺，侯爺要還恩也是情理之中。」淮南回神，認真想了想，「我還是相信侯爺不會亂了分寸。」

「但願吧。」目光移向遠處與愛人正說笑的張曼柔，黎諸懷撇了撇嘴。

張曼柔原是該死的，但她未曾參與圍剿，又來以張皇后之名求情，聶衍也就容下了她，甚至還放她自由，隨意選了個身分讓他與她的心上人完婚。

妖怪與皇親國戚延續血脈，他們自然是樂見其成的。

但，秦有鮫好像有別的心思，一直在動手腳。

這不，兩人聊得好端端的，旁邊突然就來了個丫鬟，將護國公世子給叫走了。

張曼柔站在原地，有些委屈。

坤儀一邊吃烤兔一邊看熱鬧：「那兩人不是兩情相悅麼，瞧著怎麼有些嫌隙？」

聶衍也不打算瞞她：「若是先前的張曼柔，確實是兩情相悅，但她換了身分，強行用妖術篡改世子的記憶，沾了妖術的感情，自然就不如先前的真摯。」

坤儀了然，又盯著他笑：「你未曾對我用過妖術，那我便是當真喜歡你？」

臉上有些不自在，聶衍道：「妳又未曾親眼見過我原身，如何就篤定了我是妖。」

「妖怪多厲害啊。」坤儀好似完全不怕，嚼著肉笑彎了眼，「比道人厲害多了。」

「道人也很厲害。」聶衍垂眼，鴉黑的眸子裡有些心虛，「只是當世妖孽橫行，不得不與之為伍。」

坤儀很意外，她以為他連張曼柔的身分都不掩飾，就也不會掩飾自己的，沒想到他對她把他當妖怪這麼介意。

可能是怕盛慶帝對他下毒手？可是不對啊，他連土螻都能打死，皇兄哪裡是他的對手。

那又或許，真的是那幾個人信口胡謅，他當真只是個厲害些的道人？

第53章 心生一計

坤儀滿眼疑惑，盯著聶衍看了好一會兒，突然湊近了他。

四周還有人打獵來往，她這般動作引得不少人望了過來，聶衍抿唇，側開頭略帶惱意：「殿下。」

「你別生氣，我就看看。」她將他的臉掰回來，仔細瞧了瞧，而後喃喃，「凡人可長不出你這等模樣。」

將她的手拿下來，聶衍垂眼：「殿下年歲尚輕，未曾遍識天下人，如何下得這種論斷。凡人皮相不過都是兩隻眼一張嘴，有何模樣是長不出來的。」

平日裡話那麼少，此時狡辯起來倒是一套一套的。

坤儀哭笑不得，倒是不打算一直與他爭論，只挽了他的手低聲道：「我信你不會害我。」

原本是想害的，聶衍抿著唇想，只是後來發現留她活著也挺好，他喜歡看她嬌裡嬌氣地挑剔東西。

前天為了哄她，他將隨手收到的幾件珠寶拿出來給她了，她兩眼發光，當即抱著他親了好幾口，而後就撚著她的丹寇一樣樣地把玩挑選。

他瞧著莫名地就覺得心情好。

原先還不理解她為何每次都愛送些花裡胡哨的東西給他，只當她是怠慢，現在想來，她應該是自己看了那些會開心，所以才想著送給他他會開心。

心口軟成一團，聶衍撚了撚她的髮梢：「晚間有人要送些東西過來，殿下若是有興致，便來微臣房裡看看。」

坤儀挑眉，立馬笑著答：「好。」

龍魚君恰好拿著烤好的兔肉過來，從兩人的中間遞給了坤儀，而後道：「方才看見秦國師好像在那邊受了傷，殿下可要去看看？」

「師父？」坤儀連忙起身，將兔肉放進聶衍手裡，「我過去看看，晚上再去尋你。」

「好。」

目送她遠去，聶衍看向了龍魚君，後者淡笑，拂袖而去。

「這次出巡，防備到底是太鬆了，才讓妖怪有機可乘。」看著他的背影，聶衍慢條斯理地對夜半道，「今日歸宮，清查人員，只留官員及其眷屬，其餘宮外之人，一律驅趕下山。」

夜半有些猶豫：「主子，這舉動容易開罪一些人。」

聶衍輕笑：「那便開罪了。」

先前的上清司不受器重，未曾拿捏到皇室的要害，自然是要受朝臣讒言譭謗，且不能還手。可如今上清司連禁軍的職務都一併接了，近在帝王身側，還怕什麼？

夜半望了一眼遠處密密麻麻的上清司巡衛，恍然反應過來，連忙領了命去辦。

盛慶帝是個多疑且戒備極深的帝王，宮中守衛自成章法，甚至還培養了會些皮毛道術的暗衛，又有秦有鮫在側，若不是張氏趁著天水之景的特殊時機找到了破綻，聶衍一時還很難接近他。

眼下既然接近了，盛慶帝包括整個大宋，他能拿捏一半。

轉了轉手裡的烤兔，聶衍轉身朝休息的營帳走去。

坤儀騎著馬跑了許久才找到秦有鮫，他正靠在一棵樹上痛苦地捂著胳膊，那樹的另一邊，一隻被綁著的獐子妖靈還在奮力掙扎。

戒備地看了看那妖靈，坤儀繞了一圈，然後才上前扶起秦有鮫：「師父怎麼了？」

見著她一個人過來，身後沒跟太多人，秦有鮫鬆了神色，拂了拂衣袖站直了身子：「找妳有事。」

就知道以他的修為壓根不會在這種地方受傷。

沒好氣地翻了個白眼，坤儀在旁邊的岩石上坐下：「什麼事要躲在這裡說？」

「被妳那夫君聽見，可就成不了了。」秦有鮫落下結界，沒好氣地道，「妳該不會當真覺得他是什麼好人？」

坤儀挑眉：「好人有什麼用，他好看就行。」

「孽障。」秦有鮫捏著枝條就打了打她的胳膊。

她笑著躲開，而後就正經了些：「師父有話直說。」

「今日狩獵，宗室射殺妖靈已經三百餘。」秦有鮫指了指旁邊的獐子，「像這樣的。」

坤儀跟著又看了那獐子一眼：「嗯，然後呢？」

「妳可還記得為師和妳提過的太尉使令霍安良？」

「好像記得。」坤儀想了想，「長得挺秀氣的。」

秦有鮫沒好氣地道：「不止秀氣，此人根骨奇佳，又一心為國，二十餘歲的年紀便立下了一等戰功，可惜無人提拔，至今還是個太尉使令。此次他聽從禁軍調遣，跟著一起來鎮守了行宮。」

他說著，垂下了眼：「妳可知他現在在何處？」

坤儀一怔，覺得氣氛不太對勁，下意識地就看向了旁邊被捆著的獐子。

那獐子滿眼憤恨，一直在掙扎，身上的皮肉都被繩子磨破了也沒有停下來，眼裡溼漉漉的，彷彿能說人言。

「這該不會？」她皺眉。

秦有鮫拍了拍樹幹，綁得死緊的纏妖繩應聲而落，獐子撲跌至地，又站起來，驚慌失措地在結界裡衝撞。

「聶衍此人，極其記仇。」秦有鮫望著那獐子的身影，輕輕嘆了口氣，「皇室以射殺妖靈為樂，他便將此次隨行的禁軍和一些官眷都變成了妖靈，供皇室射殺。」

指尖一顫，坤儀神色複雜起來。

她想起一個時辰前遇見的杜相，那老頭子乘著車都要來射獵妖靈，遇見一隻捆在樹上的長尾雞，他笑著就搭上了弓，那長尾雞就跟有人性一般，一直衝他落淚搖頭。

如果不是妖靈的話，那長尾雞會不會是他身邊的親信？

耳邊彷彿又響起了弓箭破空的聲音，坤儀背脊發涼，忍不住伸手抱住了自己的胳膊：「他說他不是妖。」

秦有鮫沉默，對聶衍厚顏無恥的程度有了新的認知。

但仔細一想，他倒是點頭：「也說得通。」

龍本來就不算妖。

坤儀愕然：「他當真不是妖？那為何要做這樣的事？」

「祖上被凡人傷害過，難免有些怨懟。」秦有鮫沒有多說，只道，「坤儀，妳要幫我個忙。」

「這些人吃的不是妖血符，沒那麼嚴重，只用等上半個月，便能恢復人形。」他道，「但晚上這附近會有上清司的人巡邏，你要想法子支開他們，好讓我來救人。」

坤儀一聽就搖頭：「師父，哪有那麼容易，除了這山間的巡邏，浮玉山的半山腰上還設了法陣，你帶著這麼多活物，哪裡出得去。」

若是數量少還好說，能用千里符或者別的什麼符咒，可這有幾百上千的妖靈，神仙來了也不能同時使用那麼多符紙。

「得想辦法。」秦有鮫看著她，「不然明日，又會有三百多個人被當成妖靈射殺，有可能還是被他們最親近的人射殺。」

「……」這主意真的是很損，聶衍長得那麼好看，心怎麼這麼狠呢。

坤儀原地轉了兩個圈圈，很是頭疼：「就算我找藉口，也不能把這山林間所有的人全支開……等等？」

想起個什麼，坤儀沉默良久，有點不太好意思地撓了撓下巴：「有個法子或許是管用的。」

秦有鮫挑眉，發現自己這一向臉皮極厚的徒弟，耳根竟然慢慢紅了。

……

張氏一族四散避難，張桐郎還算有擔當，獨自去了不周山，找了以往有些交情的一隻蛟，同他飲酒套近乎。

那蛟聽他說了張家的情況，不由地笑：「你是活該，惹誰不好去惹他。」

「有眼不識泰山。」張桐郎汗顏，「眼下我也沒別的所求，就想讓他放我等一馬，畢竟都是妖族，也能為他所使。」

那蛟飲了口酒，痛快地甩了甩尾巴：「別的我幫不了你，但最近有個消息你可以聽一聽——聶衍在讓人搜集玉石珠寶和上等的食譜。」

張桐郎一愣，有些不敢置信：「他先前可未曾對這些東西表現過興趣。」

「誰知道呢，有隻大妖將巢穴附近找到的一塊大寶石送給他了，原也沒想著他能收，但他不但收了，還心情極好地替人解決了個麻煩。」白蛟喝完他的酒，潛回江水裡，「你也可以去碰碰運氣。」

早說聶衍還喜歡這凡間俗物，他怎麼也不至於走到今天這個份上。

張桐郎有些懊惱，隨即便行動起來，將他先前搜刮私藏的寶貝一一清點，托人送去了浮玉山。

聶衍原是在等夜半將他原有的東西從不周山運送過來，沒曾想東西是送到了，卻平白多了幾十口箱子。

「張氏說，這是賠禮，侯爺若是不喜歡，就倒在浮玉山上。若是喜歡，他們便能寬寬心。」夜半有些哭笑不得，「屬下看了一眼，這怕是將半個家底都掏出來了。」

聶衍有些不耐煩：「我已經容了張曼柔，他們還想得寸進尺？」

「主子誤會。」夜半乾笑，「聽他們的意思，只要您不繼續追殺張氏就行。」

原本也沒那個閒工夫，他們緊張過了頭。

打開一個箱子瞥了一眼，聶衍抿唇：「行了，留下吧。」

夜半有些意外，忍不住小聲嘀咕：「竟然會喜歡這些東西。」

聶衍幽幽地看向他。

夜半一頓，立馬改了話：「這些東西好啊，五顏六色閃閃發光，煞是好看，屬下瞧著那支八寶琉璃疏花簪，咱們殿下定然會喜歡。」

第54章　洞房花燭

輕哼一聲，聶衍親自挑選了一箱子東西，帶回了房間。

夜半打量著，發現主子雖然是很感興趣的模樣，但感興趣的對象似乎不是箱子裡的東西，而是整個箱子。一帶進房間他就沒將其打開過，只兀自撫著箱子出神。

難不成這上頭有什麼修煉用的珍寶？夜半仔細觀察，可兩炷香過去了，那普通的漆木箱子上也沒有發出任何光。

主子該不會是真的被人間這些花哨的東西迷惑了吧？

正擔憂呢，夜半就聽見外頭蘭苕的聲音：「殿下您慢點。」

坤儀換了一身玄雲紗對襟長裙，袖袍上繡著火紅的鸞鳥，風一般地撲進房間裡來，正巧撲了他家主子一個滿懷。

聶衍伸手接著她，有些無奈：「宮廷的禮儀是讓殿下這麼走路的？」

坤儀揚唇就笑：「禮儀是做給外人看的，你又不是外人。」

懶軟的身子倚在他身上，帶著沐浴之後的清香。聶衍無奈地搖了搖頭，想讓她站直，這人偏耍著賴靠著他：「不是有東西要讓我看？」

聶衍半抱著她走到桌邊，用下巴點了點桌上的箱子：「不是什麼好玩意兒，妳隨便看看。」

坤儀好奇地鬆開他，伸手去開了箱子。

屋子裡燭光落在滿箱的寶石上，耀得她眼前一花。坤儀緩了緩神才放下衣袖，撚起一塊巴掌大的紅寶石來。

通體晶瑩，色澤鮮亮，打磨的手藝很好，稍有燭光落上去便是一片折霞。

見多識廣如她，也忍不住「哇」了一聲，鳳眼都笑成了彎月亮：「你哪裡來的這些寶貝呀，宮裡都沒有這等的好模樣。」

一顆紅寶石就算了，旁邊還有綠的紫的黑的，都是巴掌大小的個頭，舉國搜幾年也未必搜得到的好貨色，價值連城。

坤儀挨個撚起來看了，選了兩個自己喜歡的顏色，兩眼放光地湊到他跟前：「送我？」

聶衍抿唇：「微臣留著也無用。」

眼裡泛起瀲灩的光，坤儀一口親在他唇上，沒忍住又將他拉下來，重新覆上去。

聶衍知她會歡喜，但不曾想她會歡喜至此，唇上驀地一軟，他瞳孔都是一縮，接著她便朝他壓了上來，唇瓣摩挲，溫熱香甜。

喉結滾動，聶衍瞥了旁邊一眼。

夜半和蘭苕都是有眼力勁兒的，方才坤儀一動作兩人就跑遠了，眼下連門都闔得緊緊的，四周連守衛的人都沒留下。

神色微鬆，聶衍任由她將自己壓到了後頭的軟榻上，接連吻著他的眼角眉梢。

坤儀生得柔弱嬌小，但不知為何，她俯身下來吻他的時候，聶衍總覺得自己是被她寵著了。

大抵是獸類對凡人觸碰的本能反應？

可恥。

聶衍覺得，龍族是不應該與那些沒出息的被凡人馴服的獸類一樣的，什麼搖尾巴豎耳朵，簡直是可恥。

但，她嘻笑著親吻他的唇瓣，柔軟又溫暖，身子覆上來，手張開，像是要把他整個人都包進她懷裡的模樣，又真挺可愛的。

如果現在露出原形，他也不知道自己能不能控制住不搖尾巴。

「我昨晚夢見素風了。」她突然開口。

聶衍揉了揉她的髮頂，「嗯」了一聲：「那是誰？」

「杜蘅蕪的哥哥，杜素風，也曾是我的未婚夫。」坤儀道，「他對我極好，比對杜蘅蕪還好。」

面色稍冷，聶衍看她兩眼，想惱又忍了忍：「然後呢？」

「然後我覺得，以後若能與他一起過日子也不錯，每天吟詩作畫，喝酒品茶。」坤儀懷念起杜素風來，臉上神色十分溫柔。

然而下一瞬，她的眼神就黯淡了些：「可惜他死了，死的時候他問我，對他可有男女之情，我當時不明白什麼是男女之情，就只哭著說有。」

「現在想來，我當時說的不對。」

伸手捏了捏身下這張好看的臉蛋，坤儀眼裡多了幾分迷茫：「若有男女之情，我會想親近他，可我沒有，眼下想親近你的這種心思，對他和趙京元都未曾有過。」

惱色稍頓，聶衍被她這突如其來的表白弄慌了神，眼眸飛快地轉開，嘴角也抿起：「妳我，親近還少了？」

這幾日總是時不時就抱他。

「不一樣。」她皺眉，有些難耐地蹭了蹭他的脖頸。

喉頭微緊，聶衍伸手捏住了她的腰，聲音裡多了一絲沙啞：「殿下曾說，妳我成婚，互不相干。」

「你。」她惱了，細眉倒豎，捏著他的已經道，「你出去掃聽掃聽，我坤儀什麼時候說話算過話！」

這話也能說得這麼理直氣壯，聶衍失笑：「是微臣不察。」

舔了舔唇角，她眼波瀲灩地望著他：「等天黑了，你隨我出去好不好？」

「出去？」聶衍摩挲著她的側臉，「殿下還有別的事？」

「沒有。」臉上浮出一抹羞色，坤儀將腦袋抵在他胸前，含糊地道，「這屋子裡沒意思，我就念著先前與你在外頭以天為被地為床的時候。」

這話若給旁人聽，定要說她膽大包天，不知廉恥，可聶衍原就不是活在屋簷下的，也覺得她叛逆不羈，卻不是很難接受。

「好不好嘛？」她纏著他，軟聲央求。

無奈地嘆了口氣，聶衍站起了身。

坤儀還在他身上掛著，當即驚呼一聲抱緊了他。

懷裡一片柔軟，聶衍勾唇，托著她的身子將她帶到窗邊，看了看外頭的天色，瞧著夜幕已垂，便當真如她的意，縱身去了山林間。

白日的狩獵已經結束，剩餘的妖靈還捆在樹上，有上清司的人舉著火把巡邏往來。

聶衍傳了話下去，片刻之後，巡邏的人就都退了個乾淨。

他將坤儀攬進了當時避難的洞穴裡，她的床猶在，門口的辟邪木七零八落地還剩一半。

察覺到他溫熱的氣息撲在自己的頸窩裡，坤儀顫了顫，抓著他的衣襟，眼珠兒不停地轉：「會不會被人撞見？」

「殿下說要出來的時候，怎麼沒想過這個問題。」聶衍聲音啞得厲害，看向她的眼在黑暗裡微微泛著光。

坤儀看了外頭一眼，扁了扁嘴：「這不是信任你麼。」

低笑一聲，聶衍吻了吻她的耳垂：「讓他們都回行宮了，不會再過來，洞外生了結界。」

裡頭聽不見外頭，外頭也聽不見裡頭的結界。

身子放鬆下來，坤儀反倒是有些愧疚，這人也太好騙了吧，她說什麼他都信。

忍不住就將他抱得緊了些。

「殿下這麼怕疼的人。」他揉著她的腰肢，低聲道，「能不能忍得住？」

臉上一熱，坤儀哼哼：「你別小瞧我。」

倒不是小瞧她，而是……聶衍突然覺得自己的控制力並沒有那麼好。

修道這麼多年，女色於他一直是會損失精元修為的妨礙，可突然有了想親近的人，一顆心熱得滾燙，他不知道會有什麼樣的後果。

兩人依偎在一起，極盡纏綿，情濃之時，聶衍聽見有人在用元神給他喊話。

「侯爺！」黎諸懷的聲音又急又怒。

眼前的人已經是衣衫半解，驟然在這裡聽見別人的聲音，聶衍很是不悅，想也不想就將神思切斷，將聲音全擋了回去。

「怎麼？」她好像是察覺到了異樣，一雙溼漉漉的眼好奇地看著他。

「無妨。」他俯身，溫柔地親了親她的臉頰。

遲來了這麼久的洞房花燭，別的事都不要緊，他只想聽她的聲音，黏軟的、嬌嗔的、悶哼的。

……

秦有鮫是不知道坤儀用什麼法子將聶衍困住的，要是知道，他定然會破口大罵，罵她假公濟私，胡作非為。

可惜他不知道自家徒兒的心思，急匆匆帶著一眾妖靈下山，半晌沒見上清司的人來增援，還暗自誇她聰明。

黎諸懷都要被氣死了，千辛萬苦餵好符的「妖靈」，竟就被人牽著如雲一般湧下了山，半山腰上的守陣之人還都喝多了酒，白讓這麼多人過去了也未曾察覺。

雖說那些不是真的妖靈，但此事若讓盛慶帝知道，便又是上清司失職。

他想讓聶衍來收拾殘局，可那人不知道在做什麼，無論他怎麼用神識喊話，他都沒有半點回應。

「派人去追吧？」朱厭看著遠處，「應該還追得回來。」

「領頭那個人有些厲害，昱清侯不在，你我未必是對手。」黎諸懷惱道，「別賠了夫人又折兵。」

朱厭哼笑：「你道術修煉不到家。」

「說得像你到家了似的，有本事就用這身子去攔人，沒本事就閉嘴，跟我一起去找侯爺。」黎諸懷拂袖，「這大半夜的，他能忙個什麼。」

朱厭原是跟他走的，一聽這話，腳步突然一頓：「我想起我還有事，您且先去，我稍後就來。」

黎諸懷不明所以地回頭：「你又忙個什麼？」

朱厭笑而不語，扭頭就走。

沒成過親還沒見過人成親不成，這大晚上的能有什麼事讓侯爺連話也不回？黎諸懷上趕著去送死，他可不去。

不過，先前山海間那麼多漂亮至極的女妖上趕著自薦枕席，也沒見那位主兒動過心啊，怎麼對著個凡人，反而是耐不住了。

朱厭搖頭，笑著去往自己的住處。

第55章　哄人開心

山風徐徐，星月同輝。

坤儀平時的氣勢已經全無，被聶衍抱在身上，眼角都泛酸：「我想睡覺。」

平日裡素來不談情愛的昱清侯爺，此時此刻抵著她，一寸也不肯鬆，聲音低沉誘人：「再陪我片刻。」

「嗯。」

坤儀惱了，雪白的小牙齒咬在他肩上，含恨道：「天都要亮了。」

又是片刻，他嘴裡的片刻完全就是騙人的！

「嗯什麼！」她紅著耳根推他，「我難受，你鬆開我。」

「鬆開就不難受了？」他挑眉。

腰肢被他一捏，酸軟得厲害，坤儀含了淚，哀怨地瞪他。

聶衍難得地開懷笑起來。

這是他生平最為放肆的一晚，身心都無比的饜足充實，叫他恨不得將她捲回不周山，日夜藏著不再出來。

可是，身上這人一要哭，他心就跟著軟了，捏著她的腰將她放回床榻上，鼻尖蹭了蹭她的眼角：「別哭。」

「你這人，欺負我。」她委屈得眼眶都紅了，淚珠大顆大顆地湧出來。

心口一緊，聶衍擁緊了她，卻不曉得該怎麼哄，只能無措地重複：「別哭。」

結果他越哄，她眼淚反而落得越急，溫熱的水滴滾落下來，落在他肩骨上，濺得有些涼。

手指蜷了蜷，他抿唇，將她整個兒撈起來捂進懷裡，一下下地拍著她的背。

坤儀也不知道自己怎麼突然就哭得停不下來，原是想撒個嬌的，但撒著撒著倒是真委屈起來了。

洞房花燭原是該跟自己心愛之人共度的，但眼下這情形，聶衍未必有多喜歡她，她心裡也滿是害怕和慌張，荒唐一次也就罷了，這人偏像是瘋了一般，折騰到了天將破曉。

她哭好了一會兒，將被子一扯，不理他了。聶衍嘆息，看了看外頭的天色，將她用被子裹了，徑直帶回了行宮。

黎諸懷就在這個時候闖過了夜半的阻攔，嚷嚷著要見侯爺。

「黎大人，聽屬下一句勸。」夜半擦了擦額頭上的汗，「眼下當真不是什麼好時候。」

「他一整晚不見人就算了，這時候難不成還要睡覺？」黎諸懷自顧自地往裡走，「被人跑到眼皮子底下來撒野，我不信他忍得下這口氣。」

夜半還待說話，眼角餘光就瞥見自家主子抱人進了屋。

晨曦微亮，照得他眼角眉梢盡是溫柔。

夜半看得愣了愣，一個沒留神，黎諸懷就已經喊出了聲：「侯爺，你這抱的是什麼東西？」

寬大的被褥，很長的一條，像是個人。

聶衍一頓，側眼看過來，眼裡閃過一瞬殺意。

而後，兩人就眼睜睜看著結界從面前落了下來。

黎諸懷很莫名：「他藏什麼呢？」

夜半面如死灰：「大人，您見過寅時不周山山尖上落下來的霜嗎？」

什麼意思？黎諸懷很茫然。

一個時辰之後，黎諸懷走在去往不周山的路上，還是很茫然。

怎麼回事，他還沒來得及說昨晚浮玉山上發生的事，為何聶衍就讓他回不周山守陣？

雖說那陣法很要緊，也只有他能守得住陣眼，但也可以找別的族人去的啊，他離開，他身邊豈不是少了人相助？

更重要的是，守陣的地方真的很冷，他又不是有皮毛的妖怪，真的不會凍死他嗎？

聶衍冷漠地看著地圖上不周山的方向，掐指算了算天氣，腦海裡一瞬間閃過施咒讓不周山更冷些的念頭。

「您高抬貴手。」上清司的邱長老送了一些符紙來，順帶笑著給黎諸懷求了個情，「那孩子滿心都是大業，又未曾通兒女私情，也沒有別的壞心思。」

聶衍翻找著符紙，淡淡地應了一聲，總算打消了念頭。

「您想要什麼樣的符？」看他翻找了半天，邱長老忍不住問了一句。

聶衍抿唇，沉默半晌才道：「讓人不哭的符。」

邱長老愕然，眼珠子一轉反應了過來，有些哭笑不得：「侯爺，這世間最難以妖力控制的便是人情，凡人的喜怒哀樂，都非符咒所能及。」

「可她哭得我心煩。」他面色不虞，「我不知道該怎麼辦。」

往常也不是沒有見過旁人哭，可她哭得不一樣，活像是哭了岩漿出來在他心口燒。

邱長老撚著鬍子樂不可支：「這世上竟能有讓侯爺束手無策之事。」

聶衍抿唇。

瞧著他又要惱了，邱長老連忙道：「情之一事，當年遠古聖人也未曾贏得，又何況您呢，真要不想聽人哭，將人敲昏也可，迷暈也可，有的是法子，可若這些都不想用，那侯爺不妨想想，有沒有什麼東西能哄人開心，叫人不哭。」

哄人開心的東西……

聶衍眼眸一亮。

坤儀累得很，回來一覺睡到了申時一刻，醒來只覺得臉上緊繃，頭也昏沉。

「殿下。」蘭苕服侍她起身，看著她身上的痕跡，有些心疼，「奴婢準備好了熱水。」

臉上微微發熱，坤儀抿唇：「妳別多想，總該是有這一遭的。」

比起先前讓自己的夫婿死於非命，坤儀覺得現在已經很好了，雖然這人真是半點也不懂憐香惜玉，但如此一來，他更不會輕易捨棄她的性命。

腦海裡浮現出一些零碎的片段，她伸手捂了捂臉。

魚白從浴池的房間過來，神色有些古怪：「殿下，那邊準備好了。」

瞧見她的神色，蘭苕納悶：「怎麼了？」

「侯爺讓人放了些東西過來，說是，說是給殿下把玩。」她喃喃。

沒好氣地白她一眼，蘭茗道：「我當是天塌了，妳跟著殿下也有些時日了，怎的眼皮子還這麼淺，明珠臺少了寶貝給妳瞧了？」

「不是……」魚白低頭，不知道該怎麼說。

坤儀起身，披著一頭長髮，揉了揉自己的肩：「過去看看吧，興許當真是好東西。」

魚白飛快地替她引路。

坤儀住的行宮也是極好的位置，寢宮外一條回廊直通修在屋子裡的溫泉浴池，這一眼泉獨她一人能享，修得寬闊明亮，光是蠟燭就點了五十盞。

她攏著袍子跨進去的時候，沒仔細看，只道：「天還沒黑，點這麼多蠟也委實是浪費了。」

魚白沒吭聲，伸著手顫顫巍巍地往裡頭指了指。

坤儀順著她指的方向看過去，入目便是一簾東珠，自兩丈高的房梁上垂下，晃蕩在波光粼粼的池水邊。

上好的成色，圓潤至極的形狀，每一顆都比皇后鳳冠上的頂珠還漂亮。

當年盛慶帝為了做一頂新的鳳冠給張皇后，派人去東海找了三年，方得了一顆頂級的東珠，而眼下她們的面前，那珠子如瀑布一般洩了半間屋子。

蘭茗腿一軟，跪坐在了坤儀身後。魚白抖了抖嘴唇，似乎覺得自己沉冤得雪了，輕輕鬆了口氣。

這不怪誰沒見過世面，這樣的世面，就算是帝王來看也得被嚇著。

坤儀倒是沒腿軟，她兀自歪著腦袋打量那簾子，心情突然好了起來。

掀開簾子進到浴池旁邊，十幾顆拳頭大夜明珠散落在地上，將青白玉石的地面照得隱隱泛綠，原先空蕩蕩的牆邊，眼下擺滿了各式的妝匣，抽屜和小門都敞著，露出裡頭各色的珠寶首飾。

再遠一些的浴池對面，立了一座羊脂玉的雕像，半人高，線條流暢。

坤儀挑眉，褪了衣裳走進溫湯裡，慢慢朝那雕像靠近。

一片氤氳之中，她瞇著眼，半晌才看清雕像的模樣。

仙姿嫋嫋，溫眉軟目，彷彿她在照鏡子。

心裡一軟，她趴在池邊，勾著唇哼了一聲。

會道術就是了不起，還能給她變這麼個東西出來。

也算他有心。

先前的鬱結消散了些，坤儀舒展了眉梢，順手攬了一支翡翠雕花釵來，划著水把玩。

夜半將山林裡剩餘的妖靈情況告知了聶衍，又抓了幾個瀆職的守陣人，聽候他的發落。

聶衍淡聲道：「是我之過，怪不到他們頭上，讓他們回去，剩餘的事我來辦。」

夜半點頭應下，想走卻又被叫住。

「沒別的事要稟？」聶衍問。

茫然地想了想，夜半道：「張曼柔那邊行事不太順利。」

「她的事倒是無妨。」聶衍抿唇，「還有呢？」

「黎主事一路過去倒是暢通無阻，估計明日就能抵達不周山。」

「還有呢？」

還有什麼？夜半冥思苦想。

眼看著主子的臉色越來越差，他靈光一閃，連忙道：「蘭茗姑娘與我說，方才殿下去溫湯宮沐浴，不知看見了什麼，心情極好，聽聞回去的路上都在笑。」

聶衍垂眼，一直繃著的身子總算是鬆了下來，卻又斥他一句：「這算什麼要事，也值得你稟。」

夜半賠笑，嘴裡認錯，卻又多說了兩句：「坤儀殿下其實也不是缺衣少食之人，光是明珠臺的寶貝就多了去了，也只有她在意的人送的東西才會叫她這般高興。」

聶衍輕哼，兀自拿起筆繼續寫摺子，彷彿完全不在意他說的話。

——如果神色沒有愉悅得那麼明顯的話。

夜半覺得自己可能是抓住了讓主子高興的祕訣，當即悶笑著就退了出去，扣上門還扭頭吩咐下面一句：「煮兩碗甜雪麵給侯爺。」

「兩碗？」

「對，一定要是兩碗。」

第56章　初為人婦

秦有鮫將一眾妖靈救到了鄰近的山間藏匿，已經做好了回來面對聶衍質問的準備，可他左等右等，從天亮等到了傍晚，都不曾見上清司的人來找他。

有些納悶，他派人去坤儀的行宮附近打聽重要消息。

結果傍晚，回來的人告訴他：「坤儀殿下與侯爺同進了甜雪麵，殿下很愛吃，侯爺心情不錯。」

秦有鮫疑惑：「我說是打聽重要消息。」

下人擦了擦汗：「他們說，這就是殿下那邊最重要的消息。」

秦有鮫：「……」

抬頭望了望蒼天，他覺得自家那蠢徒弟好像沒有厲害到能將昱清侯迷得神魂顛倒的地步。聶衍就算是色迷心竅，今日也該反應過來坤儀是在故意引開上清司的人。

他算盤打得很好，這樣既能救那一堆尚還活著的禁軍，又能離間他和坤儀。

然而，聶衍竟就像個初嘗情事的少年人，滿心都在坤儀身上，完全沒有追究昨晚發生的事。

他沉默半晌，讓人傳話給三皇子，叫三皇子今日將行宮裡失蹤的人名冊報給帝王，也好讓帝王有理由問責上清司。

三皇子得他幫扶，很是聽話，立刻向自己的父皇稟明了事由，自上山起至今，行宮失蹤的禁軍和宮眷已經有一千六百餘人，其中還包括杜相等重臣身邊的心腹。

誰料，盛慶帝聽著，竟像是被嚇到了，連狩獵都不打算繼續，當即命令啟程返京。

三皇子傻眼了：「父皇，那山林間的妖靈……」

「讓上清司善後。」盛慶帝拂袖，「他們有的是收妖的本事。」

說罷想了想，又招來心腹詢問：「坤儀公主那邊如何？」

心腹低聲道：「殿下與侯爺感情正濃，同進同出，鮮少分開。」

眉目舒展，帝王開懷一笑：「那剩餘妖靈的事就不勞煩駙馬了，叫朱主事留下來辦。」

「是。」

突然的拔營回京，讓聶衍不但不用向帝王交代上千妖靈的去向，反而還又受了一旨誇讚，說他一路護衛宗室辛苦，待回京必定好生封賞云云。

聶衍很莫名，問夜半：「誰又嚇著他了？」

夜半也搖頭：「最近司內人人謹慎，不曾有任何越矩。」

那就當帝王是想家了吧，聶衍擺手，只讓人封鎖昨晚之事的消息，便跟著拔營啟程。

坤儀懶睡，壓根不願早起，任憑蘭苕扯她的被褥，也兀自閉著眼：「要拔營就讓他們先拔，我晚點再拔。」

這主兒真當皇室儀仗是蘿蔔，想什麼時候拔就什麼時候拔。

嘆氣正欲勸，蘭苕瞥見昱清侯走了過來，有些怔忪。

聶衍換了一身幹練的玄色貢緞，將殿下的被褥從她手裡拿了回去，替殿下掖好。

「你們隨夜半先走。」他低聲道，「我與她隨後就到。」

蘭苕皺眉，很想說宗室上路有自己的規矩在，儀仗大小先後和陣型都有嚴苛的規則，殿下哪能突然不去。

然而，還不等她說出口，夜半就遞了一套衣裳過來。

一套與殿下今日要穿的禮服一模一樣的衣裳。

蘭苕愕然，看向夜半，後者用下巴點了點旁邊的魚白。

「……」行吧。

為魚白換上了禮服，又用面紗遮住了她的臉，蘭苕回頭看了看床上睡得正香的殿下，終於是忍不住小聲對夜半道：「也叫你家侯爺輕慣著些。」

夜半撓了撓眉毛，為難地道：「我家侯爺覺得這不是慣著。」

蘭苕瞪眼，這還不叫慣著？連皇室的規矩都不顧了。

「侯爺說，讓殿下做她想做的事，是理所應當的。」夜半神色複雜，「將額外的寵溺加諸於她，那才是嬌慣，他會捏著分寸的。」

比如溫湯池邊遍地的珍寶，再比如為了哄她開心而變出來的漫天星辰。這些都不會天天有，隔一段時日才會拿出來。

蘭苕沉默。

半個時辰之後，坤儀殿下的儀仗準時踏上了歸途。

魚白代替坤儀坐在鳳車裡，忍不住輕聲對蘭苕道：「姐姐從未離開過殿下身側，若是擔心的話，可以先回去，這裡我能頂著。」

「擔心什麼。」蘭苕沒好氣地道，「眼下殿下就算是將天捅個窟窿，侯爺也會替她去補。」

她一度覺得自己是對殿下很好的，畢竟是從小陪著長大的情誼，她自認比陛下還要心疼殿下兩分。

結果這位侯爺，嘴上說著不嬌不慣，短短幾日，就將殿下縱得為所欲為。

他竟還理直氣壯地覺得沒問題。

又氣又笑，蘭苕垂了眼道：「他若當真能與殿下白頭偕老，我也便安心了。」

魚白唏噓：「他們這樣的都不能偕老，那什麼樣的能呀？姐姐莫要多操心了，仔細著暈了馬車又難受。」

情濃時多少好場面，誰人沒見過呢，當年今上和張皇后不也好得蜜裡調油。可如今呢？

蘭苕搖頭，心裡只盼殿下這一場好事持續得久些。

坤儀一覺睡醒，正好瞧見聶衍靠在床頭看卷宗。

泛黃的長卷，卷首隱隱寫著「山海」。

「這是什麼？」她嘟囔。

聶衍一頓，若無其事地將卷宗收攏：「妳再不醒，便趕不上前頭的午膳了。」

抬頭看了看空蕩蕩的屋子，坤儀連忙起身：「什麼時辰了？」

「近午時一刻。」

她還真能睡。

懊惱地揉了揉長髮，坤儀起身：「你怎麼不叫我。」

「看妳睡得香。」將禮服遞給她，聶衍瞥了瞥她眼下還未消散的烏青，「不著急，趕得上。」

梳頭丫鬟推門進來的時候，聶衍正伸手撚坤儀的頭髮，修長的手指被漆黑的長髮襯得雪白，指尖一繞，青絲纏綿。

丫鬟肩膀一縮，慌忙要退下，卻被坤儀叫住：「快些來收拾，再晚當真用不上午膳了。」

聶衍微微後撤，讓了地方出來，丫鬟咽了口唾沫，低著腦袋上前來為她梳妝。

銅鏡裡的影子分外清晰，坤儀能看見自己頭上點翠的蝴蝶搖釵在輕顫，也能看見聶衍的目光落在她的唇瓣上，幽深而炙熱。

她脖頸悄悄地就紅了。

未曾識得情滋味之時，她真是恣意大膽，狂縱不羈，眼下初為人婦，反倒是臉皮薄了，惱得想將他的臉轉個方向，叫他莫要再看。

「侯爺這麼忙，怎麼也留在這裡了。」她噘著嘴，「不忙公務了？」

「在忙。」他目不轉睛地看著她，回答簡潔明瞭。

坤儀困惑了：「我這裡還有什麼公務？」

看著她緋紅的臉蛋，聶衍心思活泛，話說出口卻是無比正經：「霍家小姐重病不曾上路，護國公府的世子也就留了下來，尚未啟程，他們幾人勢單力薄，我若不留下來，恐他們遭遇不測。」

竟真的有公務。

坤儀不高興了，將鳳簪甩回了妝匣裡：「那侯爺去守著他們吧。」

「在這裡就夠了。」他看著她的神色變化，眼裡笑意更深，「護得住。」

惱哼一聲，她含糊地嘀咕了幾句，沒聽清說的是什麼，但看神情一定不是在誇他。

聶衍覺得這樣的坤儀殿下真是好看極了，生動鮮活，俏皮有趣，讓他就這麼站著看一整天也是不會膩的。

「不對呀。」她像是終於反應過來了，抬起頭從鏡子裡看他：「護國公府的世子不是張曼柔的心上人麼，怎的又與霍家小姐有了關係？」

她的髮髻梳好了，聶衍看了看，眼裡露出讚許，然後牽著她出了門，邊走邊道：「先前和妳說了緣由，護國公世子原先是傾心於張曼柔的，但眼下，他對霍家小姐顯然更上心。」

驃騎將軍霍家的二小姐，與護國公世子也算是青梅竹馬，可惜護國公夫人與翰林院的張家夫人是手帕交，兩人指腹為婚，世子一出生就註定了要娶張家的小姐。

——這是張曼柔自己求來的命數，她先前的身分不能用了，只能變成與他有婚約的張家小姐，可誰知道，妖術一落下去，世子反而沒那麼喜歡她了。

眼下霍家小姐臥病不起，世子爺憐她無父母，特意留下來與她同路，張曼柔氣得夠嗆，正想方設法地讓世子爺憶起兩人的曾經。

「張曼柔畢竟是妖，要我說，世子跟那霍家小姐也算良緣。」坤儀嘀咕，「強求不了的，就不強求了唄。」

聶衍沒吭聲，只捏了捏她的手。

後知後覺地反應過來，坤儀沉默了。

聶衍是想讓張曼柔與世子成事的，如此一來妖族就又多了一個官眷。

她不想。

她想讓滿朝文武都是活生生的凡人，想讓自己的家族有朝臣可以倚仗，想讓皇兄高坐皇位無憂。

風從走廊的另一頭吹來，有些涼，聶衍察覺到她縮了縮肩，微微一側身便替她擋了風口，低頭看著她，他眼裡閃過一瞬的無奈，很快就消失不見，只低聲道：「該多帶件披風。」

坤儀仰頭笑了笑：「等回到蘭苕她們那邊就有了。」

他點頭，護著她去了行宮前頭的庭院，準備帶著落後的這些人一起用千里符趕上前頭的儀仗隊，然而，一踏進庭院，就見一個花瓶橫飛出來，哐地砸碎在坤儀面前。

第57章　爺不比這好看？

坤儀從小習著皇家規矩長大的，自是不會被這點小動靜嚇著，只微微一頓腳步，便抬眼看向那花瓶的來處。

「瞧過不要臉的，也沒瞧過你這般沒臉皮的醃臢，我家姑娘生著病呢，原也是沒相干的人，不念著送湯遞藥的，可也沒道理趁著人病來欺負人。」

「笑話！我家姑娘是與世子有正經婚約名分的，你家姑娘口口聲聲喊世子爺哥哥，見著我家姑娘怎麼也該喊一聲嫂嫂，這天底下竟還有小姑子攔著嫂嫂見哥哥的道理？」

「什麼正經婚事，我呸，不過是你張家想攀高枝想瘋了，才突然又冒出來個姑娘，世子爺原先指腹為婚的那個早就沒了，你這一聲嫂子也是不害臊，扯著臉皮替自己貼金。快些讓開，擾著我家姑娘休息，世子爺饒不了你們。」

張曼柔身邊的丫鬟被說得雙頰通紅，狠咬著牙不肯走，霍家的丫鬟也不是好欺負的，抓起旁邊擺著的花瓶就又要砸。

「還不快住手！」有個管事瞥見了月門處站著的昱清侯和坤儀公主，臉色微變，當即呵斥，「冒犯殿下，你們幾個腦袋夠摘！」

院子裡的人一驚，紛紛回頭朝著月門的方向行禮。

聶衍臉色很難看，目光從坤儀面前的碎瓷片緩緩移到丟花瓶的丫鬟腦袋上，雙眼微眯，嘴角緊抿。

然而，還不等他發怒，坤儀就伸過手來，柔柔地鑽進了他的掌心。

袖子層層疊疊，兩人的手交握其下，她指尖的涼意很快就撫平了他心裡冒出來的戾氣。

聶衍抿唇，半晌，輕哼一聲，緊繃的身子跟著放鬆了下來。

「原想這一路車馬顛簸，侯爺要帶爾等一起用千里符趕路，但眼下來看，各位精神頭好著呢，哪裡用得著侯爺費那麼大的力氣，還是作罷為好。」她笑道。

此話一出，一直躲在裡屋的霍家姑娘同世子爺立馬就出來了，連帶著在隔壁院子生悶氣的張曼柔也趕了過來。

「侯爺殿下息怒，婦人玩鬧，沒把握著分寸。」吳世子上前向二人行禮，「霍家二姑娘還有病在身，不宜顛簸，還請侯爺行個方便。」

坤儀打眼看他，發現這人生得也真是俊秀清風，儒雅斯文，怪不得這兩家的姑娘爭他爭得這麼厲害。

正想多看兩眼，跟前突然就擋了人。

坤儀挑眉抬頭，正好迎上聶衍的目光，不悅裡夾雜著不屑，彷彿在說「爺不比這好看？」

那確實是比這好看的，她也不吃虧，順桿而上多看他兩眼，而後讚嘆地點了點頭。

聶衍冷哼，等了片刻才應吳世子：「原也就奉命引各位上路。」

吳世子欣喜行禮，又轉頭去扶霍家二姑娘。

按照大宋的禮制，這兩人都是尚未成家之人，按理當避嫌，可吳世子竟就直接這麼去扶了，親昵愛慕之意，不言而喻。

坤儀一側頭，就瞥見了張曼柔發紅的眼眶。

「小女就不勞煩侯爺了。」她垂眼，單薄的身子微微發顫。
吳世子看了她一眼，眉心微皺：「妳一個姑娘家，還想著獨自趕路？萬一出什麼差錯，張家還要怪在我的頭上。」
張曼柔含淚回視：「世子眼下哪裡還顧我半分，又何必多說這一句。」
吳世子一噎，略有些惱了：「隨妳。」
說罷，扶著霍二就站到了聶衍落下的法陣裡。
霍二姑娘臉上有些病態的蒼白，神色裡卻是有得意在的，她倚著吳世子站著，斜眼去看外頭的張曼柔，張曼柔回視她，目光略微凌厲，卻被吳世子側了身擋住了。
聶衍才不管他們這裡多少牽扯，徑直擁了坤儀就落了符紙。
千里符起，周遭景象瞬變。
感受到四周強烈的法力流轉，坤儀有些吃驚，她師父運送妖靈下山費盡周折，聶衍同時甩下幾十張千里符卻跟順手似的，連眉頭也沒皺一下。
他若是道人還好，這法力在上清司歷代主司裡算不得翹楚，可他若是妖呢？
捏著他衣袖的手微微抓緊，坤儀抿唇。
聶衍以為她冷，攬袖過來將她擁緊了些，兩人眨眼便落在了宗室隊伍暫歇的營地裡。
「殿下。」蘭苕來迎她，神色有些慌張。
坤儀納悶地看了看營地裡古怪的氣氛：「怎麼了？」
「前頭出了事，封鎖了三個帳篷，禁軍傳令下來讓不要隨意走動。」蘭苕捂著心口，似乎尚有餘悸，

「您先進帳去歇息，待會兒魚白會來送午膳。」

一聽有事發生，坤儀哪裡還坐得住，當即就要去看，聶衍原要與她同去，可還沒走兩步就被上清司的人叫走了。

「殿下您仔細些，這可不是什麼好熱鬧。」蘭苕一邊走一邊道，「真是邪了門的，一路都走得好好的，路過浮陽崗，隊伍突然就停了。」

一般的宗親出事，隊伍只會緩一些，還不至於就地紮營。

坤儀走到中帳附近，抬眼看過去，就見禁軍和上清司的人將中間偏右的營帳圍了個水洩不通。

這是四皇子的營帳。

蘭苕被攔下了，不能再繼續往前，坤儀只能獨自拎著裙擺去見盛慶帝。

掀開中帳，隱隱有哭聲從屏風後頭傳來，她嚇了一跳，低聲喊：「皇兄？」

哭聲戛然而止，郭壽喜從屏風後出來，恭敬地引她進去。

「坤儀。」盛慶帝雙目微紅，聲音沙啞。

心裡莫名一沉，她跪坐到皇兄身側，輕聲問：「出什麼事了？」

「四兒，四兒沒了。」雙鬢憑空生出白髮來，盛慶帝哽咽不已，扶著椅子像是老了幾歲，「只一眨眼的功夫，就沒了。」

坤儀大震，下意識地看向旁邊站著的三皇子。

三皇子像是也剛哭過，避開了她的視線，只與她頷首行禮。

「剛到浮陽崗，四弟說要去如廁，我眼瞧著他從前頭的馬車下去的，進林子裡卻是許久沒出來，等侍衛去找，就只剩了一張人皮。」三皇子一邊說一邊落淚，「一點動靜也沒有，他連呼救也不曾，若我能聽見，定會去救他的。」

片刻之間變成人皮，那只能是妖怪所為。

坤儀怔愣了好一會兒，喉嚨有些發緊：「上清司也沒有給個交代？」

「上清司提醒過四弟，不能離開他們的保護範圍，也說過讓他帶上一兩個人再去，可四弟性子急，全然沒聽，也怪不到上清司頭上。」三皇子嘆息，「朱主事已經在隔壁帳篷跪了一個時辰了。」

帝王閉眼，臉上疲憊之色更甚：「你們都先下去。」

三皇子和郭壽喜都拱手，帶著一眾哭啼的宗室，退出了帳篷。

「坤儀。」盛慶帝深深地看著她，「為兄曾經為了家國大業，執意要妳遠嫁鄰國，妳可曾怨朕？」

他這個皇妹自小特殊，雖然命數不好，但生得傾國傾城，她遠嫁一次，為大宋換來了無數的商貿之機，此次再嫁，又背著十幾座鐵礦。

盛慶帝知道自己無恥，到這個份上了，還想著利用她，可眼下，他再無別人能依靠了。

坤儀抬頭仰視著他，鳳眼裡滿是不解：「為何要怨皇兄？遠嫁鄰國也是我自願，當時整個大宋，誰敢娶我呀。」

心口一怔，盛慶帝手指有些發顫：「妳不怪我。」

「怪皇兄做什麼，皇兄是最疼我的人了。」她很是莫名，「有誰挑撥了什麼不成？竟拿這些瞎話編排我。」

「沒有。」深吸一口氣，盛慶帝搖頭，「是皇兄害怕……」

害怕她這一次，要站在聶衍那邊，並不打算再幫他。

盯著自家皇兄看了許久，坤儀輕聲道：「我的錦衣玉食是皇兄給的，無上的榮耀也是皇兄給的，多少人恨不得我死，連著上摺子要皇兄把我焚於祖廟，也是皇兄將我一力護下來的，我有什麼立場怨皇兄。」

「好，好，好。」眼眶微潤，盛慶帝拍了拍她的手，「朕與妳骨血相連，妳就是這世上，朕唯一可以相信的人。」

說著，他將坤儀拉了起來，與他湊近：「有一件事，眼下只有妳做得。」

坤儀一怔，聽著他的話，瞳孔微微緊縮。

……

四皇子死於妖禍，宗室憤懣，要求問責上清司，可如今的上清司哪裡是能被輕易問責的，帝王不願表態，最得聖心的坤儀公主又與昱清侯結為了連理，不願為難上清司，宗室怨懟之下，最後竟都將怒火堆在了坤儀的頭上。

誰讓妳招了昱清侯為婿，誰讓妳得聖心又不能為民請命，誰讓妳原就有是妖怪的傳言。

此次春獵，出行三千餘人，回城時只剩了一半，京中逐漸掛起了白幡，各家哭聲彌漫在整個盛京的上空。也不知是誰從哪個隨行的人那裡聽了幾句話，憤怒的百姓們撿著磚塊瓦礫就從圍牆外往明珠臺裡扔。

「砸死這個妖孽！」

「砸死她！還我哥哥來！」

「我兒定是叫她吃在肚子裡了，殺了她，救救我兒！」

嘈雜叫罵，直到警察帶著人來驅趕，場面才漸漸冷靜下來。

聶衍站在鄰街的茶樓上看著，鴉黑的眼裡一片陰鷙。

淮南替他倒了杯茶，輕聲道：「此行皇室未能立威，損失又十分慘重，他們總要找個人來頂罪洩憤。」

第58章　妖婦

聶衍不是不通情理的人，仔細一思量也知道，眼下這樣的場面，坤儀是最好的替罪羊，沒人能把她如何，還能將無能的宗室和有過的上清司統統摘出去。

但是，他瞧著下頭的場面，怎麼瞧怎麼覺得煩。

「順天府的人來得也太晚了些。」他沉聲道。

夜半乾笑，左右看了看，湊近他低聲道：「剛上任的，您擔待些。」

四皇子被害，三皇子倒也沒沉浸在失去親弟弟的悲傷情緒裡，反而是快準狠地廢掉了四皇子麾下幾員大將。

朝中關係盤根錯節，上頭一倒，下面的官員也多少被牽連，短短幾日就空出了不少職位。能讓聶衍「擔待」的新官，自然是自己的人。

輕吐一口氣，聶衍拂袖：「多叫些人來守住明珠臺。」

「是。」夜半應下，起身又忍不住多說了一句：「民怨太大，若非一步一人，恐是守不住這地方。」明珠臺本就修得大，將盛京的警察全用上也不能一步一人，只要有空隙，這些百姓就會想方設法地打砸。

聶衍突然皺眉，轉頭問他：「她今日是不是說要進宮？」

夜半點頭：「瞧這時辰，應該已經在路上了。」

不妙。

聶衍轉身就要下樓。

「主子。」夜半連忙攔住他，「幾位大人已經到樓下了，您這會兒可走不得。」

想想也知道他在擔心什麼，夜半指了指他腰間的荷包：「殿下不會有麻煩的，若真有什麼事，您不是還有『追思』麼？」

朝廷動盪，眼下正是部署的好時機，他若扔下大事不顧日夜守在她身邊，豈非讓跟隨他的人寒心？再者說，坤儀若真遇見了妖禍，身上的護身符也會將他帶過去的，比他眼下趕過去還及時些。

拳頭捏緊又鬆開，聶衍有些煩躁：「讓他們快些上來。」

夜半連忙領命去傳人。

坤儀如往常一樣乘她的八寶鳳車走官道入宮，可不料今日街上暴民尤其多，出府沒一段路，她的鳳車就被人圍了，這些人連說話的機會都不給她，撿起石頭就朝她砸。

「殿下小心！」蘭苕撲到她身上，將她的腦袋護在懷裡。

大大小小的石頭越過黑紗簾飛進來，砸在她小腿和手腕上，疼得坤儀悶哼一聲，沒好氣地抬頭：「我招他們惹他們了？」

蘭苕雙眼含淚，死死護著她：「您沒有，是他們無知。」

「妳這妖婦，還我兒命來！」

「我霍家兒郎立志戰死沙場，卻不曾想會死在妳這個毒婦手裡！」

「下來！下來說清楚！」

鳳車被砸得叮哐亂響，幾個護衛雖然極力阻攔，但到底擋不住這人多勢眾。

眼瞧著他們要爬上車轅去拖拽蘭苕，坤儀突然掀開了車簾。

清晨的日頭正好，落在她的宮裝上一片金光璀璨，前頭喊得最大聲的婆子抬起頭，正好瞧見她裙擺上展翅的九翎鳳凰。

再往上看，一張清冷美人臉，額間綴著桃花鈿，坤儀天生就有一股睥睨傲氣，眼眸垂下來看著她們，仿若菩薩低眉。

寬闊的官道上一時再無人出聲。

「你們要本宮說清楚何事？」還是她先開了口。

下頭站著的人紛紛回神，臉上重新湧起了憤怒：「我等兄弟手足、親兒長子，一去浮玉山便再沒有回來，殿下難道不該給我等一個說法？」

目光掃過他們身上的衣料，坤儀樂了：「本宮還真當無知愚民能來官道上攔鳳車，原來竟都是些內宅官眷，他們不知朝中律法，爾等也不知不成？禁軍護衛、官眷隨從，何時該讓本宮一個內庭公主來負責了？」

眾人一噎，低頭私語，臉上神情猶有不忿。

坤儀看向先前喊得很大聲的一位夫人：「妳說妳的霍家兒郎死在了本宮的手裡，可有什麼證據？」

霍夫人雙眼血紅，擠開人群上前來死死攀住她的繡鞋，而後仰頭看她：「我兒與友人一道調派浮玉山，他雖下落不明，但那人是回來了的，他說，都是因為公主妳，那麼多人才會遭難。」

坤儀聽得笑了一聲。

她生得好看，笑起來自然也是花枝亂顫，後頭的人只當她是調笑，火氣上湧，撿起石頭就狠狠砸向她。

躲避不及，坤儀額頭被石子兒的尖角劃破，流下一串兒血珠來。

「殿下！」蘭苕大怒，看向石頭扔來的方向，「你們這是以下犯上！」

人群吵嚷起來，推推搡搡，壓根看不見是誰動的手。

坤儀輕嘖一聲，將落到眼皮子上的血珠抹了，指腹慢撚著血跡道：「你們才不是因為這件事恨我。」

若換做別人，這樣的證詞完全不能定一個人的罪，起因經過結果一概沒有，便只有這麼一句栽贓似的話，落在哪裡都是不成的。

但可巧了，這件事牽扯的人是她，驕奢非常、恣意無比、聖寵優渥的坤儀殿下。

他們樂得找她的麻煩，就想將她拉下去，看她狼狽，看她失意，看她成一隻落水鳳凰。

人就是有這樣的劣根性，未必與誰有什麼來往關係，但那人只要活得風光，一旦出事，也就都想上趕著看一看熱鬧。

她才不會讓人看熱鬧。

眼下這些人仗著人多已經將路堵死，也不讓她的人去求援，就想著將她困在這裡直到她認錯求饒。做夢。

示意車轅上的馬夫讓位置，坤儀接過了他手裡的長鞭。

「駕——」

四匹馬揚蹄疾馳，撞翻了七八個堵在前頭的人，車輪徑直從他們身上壓過去，坤儀眼皮也沒眨，在一片震驚和唾罵聲裡，將鳳車駛向皇宮。

「她瘋了！」霍夫人捂著被車廂邊緣蹭到的手臂，皺緊了眉望向鳳車跑遠的方向，「這裡可都是官眷！」

謀害官員，驅車踐踏官眷，就算她是公主，也不能這般行事。

坤儀才不管那麼多，他們先動手在前，還指望她一個原本就不講理的紈絝公主和他們論什麼禮儀規矩？他們失了官眷體統，當街砸傷公主，她撞回去都算是輕的了。

額頭上的傷還在不停淌血，她閉上了一隻眼，任由那血淌到了自己的下巴，直到進了宮，才放鬆下來，將韁繩和長鞭還給了車夫。

「殿下您先下來去耳房坐上片刻。」蘭苕心疼地看著她的傷口，「奴婢去傳御醫。」

一路緊繃著身子駕馬，坤儀也累得慌，被魚白扶到椅子上落座，眼前一片花白。

「得先去見皇兄。」她喃喃。

魚白眼眶都紅了：「您這樣怎麼面聖？先請御醫瞧過吧。」

搖了搖頭，坤儀張嘴想說什麼，結果頭一搖更是暈得她半晌沒回過神。

她擔心那些不要臉的惡人先告狀。

事實證明，她的擔心一點也沒錯，官道上砸傷公主乃是大罪，但那一眾官眷人數極多，男女老少皆有，甚至受封誥命的藺家老太太也在其中，一群人緊趕慢趕，終是在坤儀前頭去面了聖。

「坤儀公主目無法紀，官道上驅車撞傷命婦，兩家夫人、三品的誥命，皆被那鳳車壓斷了腿，還有一個藺家幼子，被撞得昏迷不醒，殿下非但沒有悔恨之心，還揚言陛下對其十分寵愛，定會要我等死無全屍。」

霍家夫人跪在御前，哭得眼腫：「臣婦自知人微言輕，只求陛下看在我霍家世代忠良的份上，還我等一個公道。」

「還請陛下還我等一個公道。」

老實說，若只一個霍家夫人，盛慶帝連見也懶得見，但這下頭劈里啪啦跪了一片，他就算有心偏袒坤儀，也得給一個合適的說法。

浮玉山一事他尚心有餘悸，再看見這些臣子家眷，多少也有些不願面對，便擺手招來郭壽喜：「公主人呢？」

「已經進宮了，眼下許是還在過來的路上。」

「你同她說，過來認個錯，今日這事便能平了。」疲憊地擺手，盛慶帝道，「不必過多糾纏。」

郭壽喜有些為難地頓了頓。

坤儀公主是什麼性子大家都知道，要她過來認錯那是斷不可能的，他這話只要一傳過去，那位殿下定就負氣離宮了。

「大局為重。」帝王無奈嘆息。

郭壽喜躬身退下。

許是頭上的傷失血多了，坤儀有些犯噁心，勉強包紮之後，便扶著蘭苕的手往上陽宮去，結果還沒走到一半，她就聽見了郭壽喜帶來的旨意。

深吸一口氣，坤儀指了指自己的腦袋：「他們先傷的我。」

郭壽喜弓著身賠笑：「今上哪能不知您定是事出有因呢？只是這眾口鑠金，積毀銷骨，那幾十位官眷加在一起，黑白都能顛倒過來，您又何必與她們硬碰硬，這名聲傳出去，怎麼都是您吃虧，陛下也是想著息事寧人……」

「他要息事寧人，就要我來受委屈？」坤儀笑了笑，牙根咬著，眼眶到底是紅了，「皇兄分明說過，我可以不受審、不受罰。」

「殿下……」郭壽喜為難極了。

深吸一口氣，坤儀擺手，往前邁了兩步，又暈得踉蹌了一下。

郭壽喜幫著扶住她另一隻胳膊，腳下卻是引著她往前走：「您且忍一忍，這一關過了，您照樣能做衣食無憂的公主。」

第59章 侯爵夫人

這一關過了，這一關要怎麼過？

坤儀不是小孩子了，她可不覺得那一群瘋了一樣的官眷會只讓她低頭賠禮就能將此事翻篇。

果然，到了御前，藺老太太看著她就幽幽地道：「坤儀也算是我看著長大的，這孩子本性不壞，就是太嬌慣了些，導致她目無王法，覺得身分尊貴便可為所欲為——陛下，宗室風氣不正，則民難以歸心，臣婦以為，您該讓她長些記性了。」

「明珠臺是整個盛京除了宮城之外最為奢華之地，公主身為皇室女眷，天災妖禍並行之下不知節儉，實在有損皇室聲譽。」

「招婿昱清侯爺，未曾輔佐侯爺一二，反倒是拉著侯爺縱情聲色，導致上清司防衛疏漏，害死了四皇子。」

「春獵浮玉山，她任性走失於山林，連累眾多禁軍前往尋覓，千餘禁軍再未歸隊，他們這些人裡，多的是誰家骨肉手足，誰家丈夫女婿，憑什麼要為她一個人，丟了這麼多人的性命？」

「如今，公主又在眾目睽睽之下策馬於官道，撞傷官眷，撞暈稚子，臉上毫無悔過之意，還企圖裝傷喬病，來博聖上憐憫——這樣的人，豈可再做天下閨閣的表率？」

坤儀還一句話沒說，就快被她把棺材板都釘上了。

藺老太太真不愧是她誇過的聰明人，往昔的舊怨終究是延續到了今日。

輕嘆了一口氣，坤儀上前行禮。
帝王很是為難地看著她，沒有叫她平身。
坤儀兀自跪著，抬頭看向自己的皇兄：「我若說今日是她們冒犯我在先，皇兄可信？」
盛慶帝垂眼，沉默良久才道：「妳著實不該衝動，總有別的法子。」
眼裡的光黯了黯，坤儀跪坐下來，有些自嘲地笑了笑：「皇兄不信。」
若是以前，不管多少人告她的惡狀，皇兄都會替她攔下來，可今日，皇兄眼神閃躲，像極了當年群臣上諫要她遠嫁和親之時的表情。
於是坤儀就明白，這次皇兄還是選擇了放棄她。
嘴唇顫了顫，她緩慢垂頭，像是認命了一般等著帝王對她的宣判。
藺老太太與她跪得近，輕輕側頭看了她一眼。
原先囂張跋扈的公主，眼下就跟霜打了的茄子一般，她不禁微笑，想起先前在昱清侯府她那咄咄逼人的模樣。
風水輪流轉，誰說高傲的鳳凰不會有跌下枝頭的一天呢？
「此事確實是坤儀之過，既如此……」
「陛下。」值守的小太監匆忙從外頭進來，跪下道，「昱清侯爺和上清司朱大人請見。」
這個節骨眼上昱清侯來，自然是想替坤儀說情。
殿內眾命婦緊張起來，盛慶帝卻像是下定了決心似的，擺手道：「等朕話說完了再宣他們。」
他轉頭，繼續看著坤儀：「妳視人命為無物，是皇室嬌慣之過，今日就且廢去妳的宗碟，貶為庶民，查封明珠臺，也算對眾人有個交代。」

身子晃了晃，坤儀不可置信地抬頭。

殿內一片「陛下英明」的恭維聲，坤儀好似都聽不見了，她怔愣地跪坐著，肩膀輕輕發顫。

聶衍進門來的時候想過盛慶帝今日不會輕饒她，也想過她會有多委屈。

但，真當他走到她面前，看見她放空的眼眸時，聶衍還是不可避免地沉了臉色。

坤儀向來是驕傲又堅定的，她身後有她皇兄的寵愛，有富可敵國的家財，就算千萬人唾罵她，她也從未放在心上。

但眼下，她呆呆地跪坐著，像做錯事的小孩兒。

察覺到身前站了人，她抬起頭來，漂亮的鳳眼裡像鋪著一層薄薄的琉璃。

只一眼，聶衍就忘了他原先想說什麼，徑直將她從地上抱扶起來，面無表情地朝帝王頷首：「她既已無宗碟，留在殿上倒是不妥，臣這便將她帶回府。」

盛慶帝默許，下頭的藺老太太倒是又說了一句：「她既已非宗室，原先與侯爺的指婚倒是有些尷尬，侯爺眼下可不是當朝駙馬了。」

聶衍側頭，十分平和地看了她一眼：「我非駙馬，便也還是今上親封的侯爺，她是我的妻子，便還是侯爵夫人。」

以他現在的功勳，為坤儀請封誥命並不難，下一次藺老太太見著她，照樣要行禮。

藺老太太一噎，捏著帕子按了按嘴角。

聶衍沒多停留，兀自帶著人走了。

朱厭留在殿上，倒還記得正事，他拱手對盛慶帝道：「近來朝中官員升遷變動甚大，為免有妖祟趁機混入，臣請陛下予上清司督察之權。」

官員調動大，新人不少，上清司如果只是督察，那自然是好的。

盛慶帝沉默良久，疲憊地扶額：「朕眼下痛失愛子，朝中卻是雜務繁多，上清司若能從旁協助，自然是好的，只是你司人手也沒那麼多，未免疏漏，還是與禁軍一起派人，相互有個照應。」

「臣遵旨。」朱厭應下。

今上比想像中的好說話許多，讓禁軍與他們一起也不是什麼難事，只要能有督察之權，這個東西最為要緊。

瞧著聖上那疲憊不堪的模樣，朱厭也沒多稟，與那一群命婦一起退出了大殿。

出宮的時候，朱厭坐在馬車裡，聽見外頭走著的命婦低聲議論：「如此，她豈不是依舊會在我等眼前晃悠？」

「哪能呢，當初昱清侯娶她都是被逼無奈，眼下她沒了公主的身分，昱清侯有的是藉口將她打發了，還當真會和這麼個脾氣又大又剋夫的人在一起不成？」

「京中能做侯爺正妻的人可不少，哪怕是續弦，也有的是人上趕著，你們多走動走動，自然能聽見風聲的。」

朱厭不見得有多喜歡坤儀公主，但他覺得這些凡人真是沒意思。

若不是公主當日拖著侯爺又支走了他們的人，山上那麼多的妖靈才不會就那麼被救走，那些妖靈裡就有她們的家人。

侯爺不打算追究此事，他也就懶得提，但若真要提，坤儀是外頭這些人的大恩人。恩將仇報，不過如此。

搖搖頭，朱厭吩咐車夫往上清司去。

坤儀似乎是一時沒回過神，被聶衍抱著出了宮，才慢慢意識到發生了什麼，她怔愣地看著聶衍，眼睫顫得厲害。

聶衍皺眉：「一個封號而已，沒了就沒了，妳回去照樣能吃妳的山珍海味，穿妳的綾羅綢緞。」光是他為她搜羅來的寶貝，就夠她幾輩子都花不完。

「我……」坤儀張嘴，眼淚啪嗒一聲就落在了他手上。

聶衍被涼得一頓，手指慢慢收攏：「妳還想要什麼，我都替妳尋來。」別哭就成。

坤儀哭起來的時候太可憐了，細眉耷拉著，小嘴扁扁的，配著一雙水汪汪的鳳眼，任誰看了都心裡發緊。

她伸手抓住了他的衣襟，哽咽著將話說完：「我，我不是任性走失在山林，我是被妖怪嚇的，我也沒有驕奢成性，明珠臺是我母后在我出生那年用她從鄰國帶來的陪嫁修的。今日若不是她們非攔著我，拿石頭砸我，我也不會駕車去撞開一條路。」

她說著，像是怕他也不信，連忙將額頭上包著的白布扯開：「你看，這麼大的口子，她們一群命婦，知道不能以下犯上，卻還圍著我，朝我扔。」

傷口還沒癒合，紅腫又有些泛血絲，聶衍沉默地看著，替她將白布包回去。

「我沒撒謊。」她看著他嚴肅的神色，哭得更凶，「我若想傷她們，挨個兒叫人捆了放到黑巷子裡揍一頓狠的就是了，何苦連我自己也搭上。」

意識到自己過於難看的臉色可能讓她誤會了，聶衍緩和了眉眼，摸了摸她的腦袋：「我沒有不相信妳，若妳想，我現在也能將她們捆了，扔到黑巷子裡揍一頓。」

坤儀一愣，咧嘴就笑，雙手摟住他的脖頸，高興地蹭了蹭他的下巴：「你還信我。」

「嗯。」他扶好她的腰，「我信。」

眼裡重新迸發出光，她樂了好一會兒，可也就一會兒，臉上的喜悅又漸漸暗淡下去：「你與我成親不過數月都肯信我。可皇兄，他與我相識二十年了，一胞的親兄妹，他不信我。」

說著，眼眶又紅了。

聶衍抿唇，捏著自己的袖子給她擦了擦臉：「你皇兄不信的是我。」

她只不過是被他連累。

「什麼意思？」她懵懂地看著他，眼裡又清又澈。

聶衍沒再往下說。

他覺得坤儀只需要當一隻漂亮的鳳凰，不必低頭去看渠溝裡的暗水。

「既無封號，倒也省事，妳不必再進宮請安，多歇息幾日吧。」他道，「等我忙完，陪妳去郊外散心。」

坤儀想了想，委屈巴巴地問：「你那麼忙，我現在是不是只能一個人在房間裡等著，等你忙完了回來看我一眼？如果你不來，我就要自己數院子裡的地磚，像別的貴門婦人那樣？」

腦海裡浮現出了那淒涼的場景，坤儀扁扁嘴，又要哭了。

聶衍莞爾，輕輕點了點她的鼻尖：「妳若怕無聊，那便一直跟在我身邊，只是，與我來往的人未必都是慈眉善目的，妳得仔細不被嚇著。」

第60章　妖市

官場上的人，就算不是慈眉善目，又能凶惡到哪裡去？

坤儀沒將這話放在心上，只偎著他，像隻沒了家的貓兒，半刻也不肯從他身上下來。

夜半跟在馬車外頭，也想開口勸勸他家主子，近來事務繁雜，要是一直將這位主兒帶在身邊，恐是有些麻煩。

但他還沒來得及開口，就對上了蘭苕那張冷若冰霜的臉。

「他們欺負我家主子，你也想欺負我家主子？」她死死地盯著他，低聲問。

夜半識時務地閉上了嘴。

蘭苕這姑娘什麼都好，就是碰上她家主子的事就分外不講理，瞧瞧這盛京內外，誰家大人辦事身邊帶夫人的？

坤儀其實也沒任性到這個份上，她如今正在風口浪尖上，再明晃晃地與聶衍出去招搖，那不是上趕著給人送談資麼。

所以，她特意讓錦繡莊照著身邊丫鬟的衣裳樣式，趕了十件新衣出來。

「如何？」換上衣裙，她得意地在聶衍面前晃了一圈。

裙擺如春風拂水，配上她清麗了不少的妝容，煞是動人。

聶衍點頭，目光落在她的臉上，低聲答：「好看。」

坤儀高興了，撲到他腿上仰頭看他：「這樣跟你出去，你便喚我長歲。」

聶衍「嗯」了一聲，略一思忖：「隨口起的？」

「不是，這是我乳名，出生的時候父皇和母后起的。」她眨了眨眼，「他們去得早，之後就再沒人這麼喚過我。」

「你師父也沒有？」

「沒有呀，他也不知道。」

聶衍神色明亮起來，手指勾她一縷青絲繞了幾個圈，低聲跟念：「長歲。」

他的聲音低沉醇厚，聽得人心裡微動。

「嗯！」她笑著應下，又起身與他行禮，「奴婢隨侍侯爺左右，請侯爺儘管吩咐。」

嬌俏的丫鬟，俊朗的侯爺，這畫面瞧著是挺不錯的。

但是，夜半一忍再忍，還是沒忍住開口提醒：「夫人，府裡奴婢的衣裳，是用不上絲綢和錦緞的。」

她樣式是照著做了，可這料子真是華麗非常，莫說丫鬟，尋常人家的正室也未必穿得起。

坤儀愕然，皺眉低頭看了看身上的衣裳：「我已經找了庫房裡最粗笨的料子了。」

廢話，她的庫房裡都是些什麼寶貝，哪有去那裡尋的。

夜半還想再說，結果抬眼就瞧見自家主子掃過來的眼神。

跟刀子似的刮在他臉上。

倏地閉了嘴，他原地轉身，立馬拎著茶壺出去添水。

坤儀苦惱地坐下來，拎起裙子左看右看，然後沮喪地對蘭苕道：「將妳的裙子分我一套可好？」

蘭茗遲疑地看了看她那花瓣似的肌膚。

「無妨。」坤儀咬咬牙，「能穿就行。」

蘭茗應下，不一會兒就捧來了一套半新的青色長裙。

坤儀換上了，好歹襯了件綢緞的裡衣，穿著也算適應，只是她脖頸纖挺、曲線豐盈，就算穿丫鬟的衣裳，也穿出一股子嬌妻的味道來。

扯了扯有些緊的衣襟，坤儀略為不自在地問聶衍：「這回呢？」

聶衍盯著她看了好一會兒，突然擺手讓蘭茗等人都下去了。

她正納悶呢，門一合攏，自己就被人抱起來，放進了鬆軟的被褥裡。

「倒是委屈妳了。」他欺在她身上，捏了捏她束得纖細緊實的腰肢。

坤儀伸手摟著他，笑眼盈盈：「都說樹倒猢猻散，你還願與我在一起，還要將我帶在身邊，我有什麼好委屈的。」

兩人挨得近，他的臉就在她眼前放大，劍眉朗目，挺鼻薄唇，好看得奪人心魄，坤儀不爭氣地咽了口唾沫，伸手按了按他的唇瓣。

聶衍眼裡的墨色洶湧了一瞬，又很快被他自己壓下去，只帶著克制地抬頭，親在她包著白布的額頭上。

「黎諸懷不在，妳這傷若想不留疤，就得隨我去個地方。」他道。

坤儀正為這事發愁，聞言眼眸一亮：「那地方遠麼？」

「不遠。」他摩挲著她的臉側，「就在合德大街。」

合德大街是盛京最繁華的街道，路邊有酒館，有茶肆，還有買賣雜貨的，獨沒有藥堂。坤儀有些疑惑，卻也沒多問，她只看著聶衍，覺得他在說方才這句話的時候，神情瞧著像是下了什麼決定。

一開始相識，聶衍像一塊漆得很厚的烏木，她完全看不透他在想什麼，就算言語間諸多調笑親昵，她也始終在他的世界之外。

可是眼下，也不知是圓了房的功勞還是她失勢顯得可憐的原因，他竟像是願意將她納入羽翼之下了。

老實說，坤儀從小傲氣到大，突然被人這麼護著，還挺新鮮的。

眼裡湧上笑意，她拉著他起身，做好丫鬟的姿態，與他拱手引路：「侯爺這邊請。」

聶衍整理好衣襟，沒有帶夜半，只帶了她與另一個眼生的隨從，乘車從小道去了合德街容華館旁邊的天香閣。

天香閣名字風流，做的卻是香料生意，因著價格昂貴，來往客人不多，但只要是誠心買賣的，都會被請到樓上品茶。

坤儀隨著聶衍進門，正好奇這裡能有什麼藥材，就見那身材有些佝僂的掌櫃的朝著聶衍行了個跪拜大禮。

她有些意外，民間百姓見侯爵雖是要行禮，但這種上了年歲的長者，也只用行半跪禮，哪裡用得著這五體投地的陣仗。

聶衍卻像是習慣了，只問他：「鄭貨郎可在？」

掌櫃的起身，恭順地答：「在下頭賭著錢。」

聶衍搖頭，轉身朝坤儀伸手：「隨我來。」

坤儀不明所以地將手放進他掌心，小聲道：「丫鬟可以跟主子這樣走路麼？會不會被人瞧出端倪？」

他瞥她一眼，低聲道：「若不抓穩，妳會跌摔下去。」

笑話，這樓梯就是尋常的一截木梯，她再嬌弱也不至於在這上頭摔著。

坤儀抬腳踩上一階，反駁他的話還沒說出口，就感覺面前一陣天旋地轉。

失重的感覺接踵而至，她難受地捂著腦袋，另一隻手死死抓著聶衍。

耳邊好似傳來了一聲他的輕笑。

她微惱，強撐著過了這陣眩暈，睜眼就要與他理論。

誰料，這一睜眼，面前卻是換了一番天地。

陳舊的木梯消失不見，她與聶衍站在一處長滿青苔的樹洞口，頭頂鳥語花香，枝繁葉茂，再往前看，無數奇形怪相的人熱熱鬧鬧地趕著集市，酒肆賭坊與合德大街的布局一一對應，只是未曾有陽光，穹頂上垂墜著無數螢石，勉強照亮街沿。

心裡有些異樣，坤儀下意識地往聶衍身後站了站。

聶衍莞爾，鬆開她的手低聲道：「跟著我就是。」

不用他說她也會死死跟著他，在這地界若是亂跑，她可能會死得骨頭渣都不剩。

咽了口唾沫，坤儀低著頭，一邊踩著他的影子往前，一邊用餘光打量四周。

四條尾巴的羊，九條尾巴的貓，這裡的行人不似尋常那般直立行走，大多是上半身像人，下半身卻還拖著妖身，有爬的，有跳的，有面容妍麗的，也有長相醜陋的。

一間小小的香料鋪子不可能裝得下這麼多東西，所以方才那地方，應該是妖市的入口。

而妖市，就是這些尚未能完全偽裝成人的妖怪的棲息之所。

秦有鮫與她提過，盛京有妖市，所以不管城門怎麼防守，每到祀神節，街上都會出現大妖為禍一方，尋常日子裡也總有孩童失蹤，屍骨都難尋，禁軍曾花了一年，掘地三尺都未能尋到妖市所在。

而今日，聶衍竟就這麼直接帶她來了。

心緒複雜，坤儀臉上卻只露出了驚慌和害怕，這等簡單的表情，最適合她這樣的花瓶美人兒。

「你要去哪裡。」她聲音都有些發顫，「這些人，這些好像都不是人呀……」

聶衍步子稍頓，低聲與她道：「他們不會傷著妳，也只有他們這裡才能有那般厲害的藥。」

她咬唇，摸了摸自己額頭上的傷，豁出去似的道：「你既然信我，那我也信你。」

嬌小的身子抖得跟什麼似的，拳頭都捏得發白，卻還要相信他。

聶衍覺得自己的心緒最近好像不太好控制，時不時地就很想將這小姑娘捲起來吻到她頭暈目眩，好叫她知道自己這模樣有多可愛。

定了定神，他輕輕抬手，將自己的一截衣袖拂到了她手邊。

小姑娘飛快地捏住了，立馬鬆了口氣，十分信任地繼續跟著他走。

她穿蘭茗的衣裳是有些緊了，胸口綳著，呼吸一急就有些顫，惹得旁邊不少妖怪都朝她看了過來。

這裡的妖怪連人身都尚未修成，哪裡見過這般的好身段，不管雌雄，目光都偷摸朝她打量。

眼神微沉，聶衍抬頭朝他們掃過去。

坤儀正走著，突然就聽見四周一陣悉悉索索的響動，抬頭看過去，就見方才還熱熱鬧鬧打鬧著的妖怪們，不知出了什麼事，齊齊地背對著他們站著朝天邊張望。

是什麼神祕的修煉方法嗎？

她疑惑地看著，卻聽得聶衍提醒：「到了。」

一座巨大的賭坊杵在前頭，碩大的楠木招牌比地面上那一家要粗獷得多，人也多很多，吵吵嚷嚷下注抬手，江湖氣十足。

第61章　陽光下活著

「您怎麼下來了。」有人迎出來，恭敬地朝聶衍低頭，又看了後頭跟著的人一眼。

坤儀往聶衍身後躲了躲，低頭正好瞧見兩個蹴鞠球大的毛團子滴溜溜地滾過來，朝她奉上了兩顆豔紅的野果。

她皺眉搖頭，有些不敢拿，那兩個毛團子睜著溼漉漉的圓眼，可憐兮兮地拱了拱她的裙擺。

人對妖怪為何要有憐憫之心呢，坤儀很唾棄自己，但想了想，還是接過了牠們手裡的果子。

「承惠，二兩銀子。」毛團子突然開口，聲音粗若壯漢。

坤儀：「……」

妖怪真是十分善於偽裝。

從荷包裡摸出二兩銀子給它們，坤儀心情複雜地看著手裡的果子，暗道這跟上頭街邊賣花的小姑娘有何區別，人小姑娘至少聲音還甜。

「這是望舒果。」聶衍與來人說完了話，扭頭過來道，「美容養顏，就是貴了些。」

！！

坤儀立馬朝那跑遠的兩個毛團子咆哮了一聲：「回來！」

毛團子一驚，以為她嫌貴要退貨，立馬骨碌碌滾得飛快，眨眼就沒了蹤影。

她瞪眼看著，微惱跺腳：「這兩個夠什麼呀，早說美容養顏，我再買上幾百個回去放著，價錢好商量嘛。」

聶衍：「……」

來人似乎也被她的財大氣粗給驚了驚，立馬笑道：「這果子咱們這兒多，用不著那麼貴，只消一錢銀子就能買上一筐，姑娘若是喜歡，待會兒我讓他們給您帶上一筐。」

妖怪只要修為高，容貌可以隨意變幻，望舒果對它們來說也就是尋常果腹用的，但對凡人來說就不一樣了，這等好東西，落在貴門裡頭，就是千金也有人會買。

眼眸轉了轉，坤儀難得地主動給人行了禮：「那就多謝這位大人了。」

「大人不敢當。」那人笑著擺手，轉身作請，為他們帶路。

聶衍要找的鄭貨郎就在賭坊裡，眼下正賭得雙眼通紅，將身家都拍在了桌上：「我就不信了，今兒能有這麼邪門。」

他的面前，一隻穿著寒酸的人面蛇尾妖正喝著酒，聞言看也不看，跟著將自己面前的砝碼也推到了桌上。

圍觀的人拍手叫好，紛紛擠著看熱鬧。

這場面，坤儀瞧著真跟地面上的差不離。

只是，妖怪會妖術，卻少通這賭場裡的門道，只照著人間依葫蘆畫瓢，托兒和坐莊出千的人動作都不太流暢，矇騙其餘妖怪還成，對坤儀這種吃喝嫖賭……不是，是風花雪月慣了的人來說，就有些不夠看了。

鄭貨郎不出意外地將自己的貨擔子也輸了出去。

他沮喪地抓著頭髮，順著凳子滑下桌，正愁著呢，就看見聶衍朝他走了過來。心裡咯噔一聲，鄭貨郎拔腿就跑。

聶衍沒什麼反應，只淡淡地看著他，等他跑出去半里地，才輕輕一張手。

累死累活的鄭貨郎又回到了原地。

他看了看聶衍，膝蓋一軟，撲通一聲就跪了下去：「大人饒命！小的當真不是故意的，原想著將本錢贏回來，誰曾想一個不留神將原先答應給您留的貨也押進去了。」

不周山上有一種仙草名「畫扇」，形如其名，能療傷祛疤，無論多嚴重的傷口都能恢復如初，是黎諸懷常給他用的藥材。只是，他最近用得多了些，黎諸懷又回了不周山，整個盛京就只有鄭貨郎這種走遠買賣的擔子裡還揣得有。

聶衍早與他傳了話說要貨，這人倒是好，最後幾株畫扇，全擱在了賭桌上。

引路的人擦了擦額頭上的汗，低聲道：「大人，咱們這兒的規矩您也明白，若是別的還好，拿與您也無妨，可這賭注若是徑直拿走，咱們這裡也不好平帳，不如等它放上贖買架，您再行贖買？」

贖買不難，也不太貴，但他們賭坊物件太多，等畫扇擺上贖買架，不知還要等多久。

聶衍有些不耐煩，鄭貨郎連連給他道歉，引路人也慌忙說著好話。

坤儀看了兩把他們賭錢的玩法，突然問：「我能將它贏回來麼？」

引路人一愣，賠笑：「自然可以，只要那邊那位贏了的客人願意將它再放上來。」

人面蛇尾妖聽著，放了酒碗就笑：「這麼漂亮的小娘子想要，我自然是願意的，只不過你們這邊的賭注……」

他看了看坤儀，咽了口唾沫。

聶衍平靜地看著這個人的臉，突然和藹地笑了笑。

原本吵鬧的賭坊裡閃出了一道金光。

寂靜，無聲，但刺目。

光芒消失的時候，賭坊裡好像什麼也沒變，大家依舊坐在自己的位置上，只是，那隻人面蛇尾的妖怪突然變得乖巧了起來，敞開的衣襟合攏，亂晃的尾巴也卷成了規矩的原形，與坤儀面對面坐著，甚至行了一個標準的對局禮：「您請。」

坤儀大方地擺上了五十兩銀子。

方才好像什麼也沒發生，但坐莊的和人面蛇身的妖怪都像是歷了一場大劫，額頭上冷汗涔涔，捏著篩盅的手都在抖。

他們玩最簡單的比大小，三個骰子，坤儀一連搖出了六次十八點。

人面蛇尾的妖怪擦了擦額頭上的汗，恭敬地將貨擔遞給了她。

「奇怪，他們居然不出千了，我還想叫他們見識見識什麼是出千的祖師爺呢。」坤儀嘟囔著跳下高凳。

聶衍讓隨從將貨擔接了下來，溫和地問：「夫人何時會的這等本事。」

「原先在容華館……不是，在宮裡。」坤儀差點咬著自己的舌頭，瞥了瞥他的表情，連忙改口，「在宮裡也愛與幾個晚輩玩這些。」

他挑眉，不置可否。

坤儀嘿嘿地笑了兩聲，扭頭就與鄭貨郎道：「快將畫扇拿與我，我贏回來的，不用再給銀子了吧？」

鄭貨郎欣喜得很，感恩戴德地收回了自己的貨擔，取了最後幾株畫扇給他們，又與聶衍行禮賠罪。

「罷了。」聶衍道，「你也少賭些。」

鄭貨郎撓頭：「大人，也不是我非要賭，但往常在上頭打交道的人多是愛賭的，若不學著些，非得叫看出端倪來交給上清司不可。」

坤儀一怔，下意識地看了看他的衣擺。

這是個已經修煉成了人形的妖怪，沒有尾巴，看著與尋常的貨郎當真無異，只是生得清秀出塵，挑一個貨擔，怎麼都有些不搭。

聶衍與他也不算至交，自然沒有再多說，拿了畫扇就帶著她往回走了。

「他學著與人打交道，是想做什麼？」坤儀跟在他身後，忍不住問，「若想吃人，這皮囊也夠了，用不著學那麼精細。」

聶衍頭也不回地道：「他是兔子精變的，不吃人，最愛吃的是白菜和蘿蔔。」

坤儀怔愣。

「吃人的妖怪大多在深山野林裡修煉，而這些努力想融進凡人堆裡的，大多是豔羡凡人的生活，也想跟著去過日子的妖怪。他們有的成功與凡人成親生子，過著平凡的日子，但更多的，是被上清司捕殺，屍骨無存。」

心尖顫了顫，坤儀垂眼：「你的上清司，也並未捕殺所有的妖怪呀。」

「嗯。」聶衍倒是承認這一點，「只要手上人命不是太多，我都會放他們一馬。」

「可是，你怎麼知道他們將來不會害人呢？」她嘀咕，「就算是最弱的妖怪，也比最強壯的凡人來得厲害，若起歹心，便是懸崖勒不了馬。」

「強大從來不是罪過。」他嘆息，「欲望才是。」

不管是人還是妖，欲望都是深淵。

坤儀沉默。

兩人走在昏暗的街道上，後頭的隨從替她抱著一筐望舒果。

從樹洞回到天香閣，外頭日頭正好，溫暖明亮的光透過花窗落進來，天地開闊，萬物自由。街邊有包子鋪新出了一籠湯包，百姓蜂擁而至，古琴行裡的掌櫃調試著琴弦，三兩聲調子回蕩在茶肆飄出來的清香裡，沁人心脾。

坤儀看了一會兒，覺得也能理解那些妖怪的渴望。

能活在陽光之下自由行走，對人來說是尋常事，對牠們來說需要修煉上百年。

聶衍無聲地看著她的側臉。

坤儀這皮相才是妖怪也修煉不出來的好看，天生的貴氣和傲慢叫她眉目間都泛著光，任誰修煉幾百上千年，也煉不出她這一股子勁兒。

只是，凡人到底眼拙，一向以衣飾區分人，兩人剛出天香閣的門，迎面就瞧見了李家三小姐。

或者現在應該叫她許夫人。

李寶松執意嫁給了孟極，與李家斷絕關係，自立門戶為許。孟極改頭換面入了上清司，也算有官職在身，故而她出行，身邊還是跟著三四個丫鬟。

瞧見聶衍，她遠遠地就停了轎，不管不顧地走了過來。

「見過侯爺。」

聶衍回頭，茫然地看了她好一會兒。

李寶松勉強笑著道：「妾身夫家姓許，得蒙侯爺搭救。」

這還真是膽大，敢當街來與侯爺搭訕，得虧外頭認識她的沒幾個，不然傳出去成了什麼。坤儀站在後頭眉心直皺，滿腹不悅。

李寶松瞧見聶衍身後有人，但只看見衣裳，不曾瞧見面容，見他有維護之意，只苦澀一笑：「恭喜侯爺又添佳人。」

第62章　望舒果

這幾日盛京貴門裡傳得沸沸揚揚，都說坤儀被廢了宗碟，成了庶民。她與昱清侯爺的婚事，怕是要起些變故。

老實說，李寶松現在的日子過得不差，就算與李家斷絕了關係，孟極卻是十分疼愛她，錦衣玉食未曾短缺，只要休沐便會在家與她吟詩作畫。

不曾納妾，也不曾多看別的女子一眼。

若先遇著的人是他，李寶松也該知足了。

可不巧，她先遇見的人是聶衍。

斯人若玉山，巍峨於心，輾轉難忘，鬱結難解。以至於一聽見這些傳言，李寶松就開始在合德大街附近走動，想著萬一能遇見他。

結果今日當真遇見了，卻不想他身邊還帶著個嬌豔丫鬟。

若是尋常丫鬟，她自然看不進眼皮，但眼下他背後躲著的那個，身段婀娜，姿態親昵，就算瞧不見臉，也能猜到有多動人。

他竟這麼快就有了新歡，也不知是該幸災樂禍坤儀不過爾爾，還是該難過自己竟沒能等到這個時候。

李寶松長長地嘆了口氣。

聶衍一聽她這話，就忍不住瞥了一眼背後的「佳人」。

這位佳人像是惱了，捏著他的袖子偷摸扯著，一直示意他快走。

料想她也不願穿成這樣被舊識撞見，聶衍頷首，未曾多解釋，徑直護了她便上車。

李寶松目送這二人，悵然失魂。

一上車，坤儀就甩開他的衣袖，撇著嘴道：「我倒未曾料到你與她還有這等交情，要站在街上說這麼多話。」

聶衍剛坐下，差點被她這話酸起寒顫來。

他眉梢微動，伸手將人攬過來。

一向任他親近的人，眼下倒是推拒起來，小手在他胸前不住地抵搡，漂亮的鳳眼直翻：「做什麼呀。」

「想多聽聽這話。」他莞爾，挺直的鼻尖蹭了蹭她的臉側，「再多說幾句與我聽。」

「侯爺這是聽不得好話。」她嬌哼，將臉別開，「我今朝失勢，倒能看清有多少人惦記著你，有的人哪怕是已嫁作了人婦，都還望著你呢。」

聶衍難得低笑起來，眉舒目展，如清風拂玉環。

坤儀越發惱了，橫眉瞪他：「你倒是開心。」

簡直要被他氣死了，都不知道說些好聽的哄她，只知道笑，還，還笑這麼好看，怪讓人消氣的。

嘟囔兩句，她強撐著板了一路的臉，回到侯府要板不住了，連忙扭身朝自己的房間走。

「主子。」魚白迎了上來，小聲稟告，「府上收了不少拜帖。」

坤儀挑眉，將那一疊子名帖接過來掃了掃，撇嘴冷哼。

就知道這些人不會消停，都上趕著來看她的笑話。

「奴婢瞧著還是推了的好。」蘭苕抿唇，「哪有這閒工夫去見她們。」

「不。」坤儀仰著脖子，走得氣勢十足，「得見她們，我沒了宗碟，每月的俸例和賞賜可都沒了，總要有人給我找補些來。」

蘭苕和魚白很茫然，俸例跟這些看熱鬧的人有什麼關係？她們上門來，可未必會帶什麼貴重的禮物。

杜蘅蕪已經由杜相做主，洗清了妖怪的誤會，重新回到了杜府做主事大小姐，她與坤儀依舊是一副水火不容的模樣，連拜帖也是放在最上頭的。

眼下這情況，主子竟然會願意讓她來看熱鬧？

蘭苕很意外，卻也聽話，跟著主子回去伺候她沐浴更衣，又將屋子裡侯爺給的珍寶玉器全部收了起來。

用坤儀的話說，失勢的時候就應該珠光盡斂，要是還將這些東西張揚地擺在外頭，那才叫虛張聲勢，叫人看著都覺得可憐。

她不但收拾了庭院屋子，還將自己也一併收拾了，挑了庫房裡最素的藕色綢緞，做了一件沒有任何繡花的長裙。

但是，沒繡花歸沒繡花，剪裁上卻是用盡了心思，將她身段襯得嬌而不妖，抬袖間恰好能露出半截雪白的手腕。

坤儀本就是天生麗質，往常為了壓九鳳頭飾或禮服，才要上些華麗的妝容，如今髮髻間只留一根羊脂玉的蘭花簪，襯著她如冰如玉的肌膚，當真是清水出芙蓉，天然去雕飾。

蘭苕覺得主子這樣也好看，但坤儀尚覺不夠，她特意讓人抬了溫泉池水回府，一日泡上三次，又用畫扇癒合傷口，再用珍珠粉淨面，用如此三日之後，正好是群芳上門來拜會她之時。

這日，聶衍出門辦事，坤儀沒跟，只起了大早，烏髮素挽，不施脂粉，穿一身藕裙，兀自坐在院子裡吃望舒果。

望舒果生得紅豔又小巧，倒沒有多甜，只咽下之後有些回甘，她吃得很慢，貝齒抵著薄薄的果皮，好半晌才咬下一小口。

朝陽初升，燦爛的陽光落在她臉上，照得肌膚白裡透紅，雙眸微微泛出琥珀色。

杜蘅蕪帶著一眾女眷穿過月門，正好瞧見她這模樣。

「主子您快些收拾，各家夫人就要到了。」魚白背對著月門站著，低聲催促她。

坤儀慵懶地應了一聲，伸了個懶腰：「這望舒果真是厲害，我原還有些憔悴，吃一顆竟就恢復得花容月貌了。」

她說著，將果子吃完，又看了桌上一眼：「剩下的快藏好，莫叫人與我爭搶這寶貝。」

「是。」魚白應了，連忙用上好的漆木盒子將桌上的望舒果一顆一顆地放好。

豔紅的果子在陽光下一閃而過，有些奪目。

杜蘅蕪皺眉，兀自走進月門去開了口：「妳又在搞什麼東西。」

坤儀嚇了一跳，慌忙揮退魚白，轉身過來面對她們，清麗的面容看得杜蘅蕪都是一愣。

「妳……」她抿唇，下意識地看向魚白跑走的方向。

優雅地攏了攏鬢髮，坤儀笑道：「我如今沒個宗碟，可壓不住妳們了，進來也不知道通傳一聲。」

杜蘅蕪從未見過她這模樣，瞧著竟覺得比平日裡要順眼不少，膚如凝脂，眉目溫柔，真真是個難得的美人兒。

她尚且如此，後頭跟著的夫人小姐就更是心癢了。方才她們都聽見了什麼望舒果，是吃了那東西才有這般的好肌膚的麼？

眾人竊竊私語起來，坤儀倒像是慌了，連忙擺手：「不說別的了，既然來了就進去坐。我如今只是個普通的侯夫人了，爾等就不必與我再客氣。」

杜蘅蕪翻了個白眼。

普通的侯夫人，她這是擠兌誰呢，侯夫人可不是什麼滿街跑的普通人。

李寶松今日也跟著來了，進了花廳坐下，她倒是第一個開口：「原想著夫人會有些傷懷，我等今日特意來安慰，不曾想夫人竟也未曾將貶黜一事放在心上。」

坤儀撇嘴，有一下沒一下地撫著自己的側臉：「放不放在心上，也就這樣了，幸而我還嫁了個不錯的兒郎，在這盛京裡暫時也沒人能欺負到我頭上。」

她說話太過得意，幾個夫人的臉色都不太好看，李寶松頓了頓，狀似無意地道：「前幾日我在街上，遇見昱清侯爺帶了一位佳人，那佳人身段十分曼妙，想來也是天姿國色，我有意相識，不知侯夫人認不認識？」

此話一出，坤儀變了臉色。

眾人就是來看這出熱鬧的，連忙七嘴八舌地說開了：「是什麼樣的美人兒啊，我也想見見。」

「莫不是侯夫人自己？許夫人眼花了吧。」

「哪能呢，那佳人穿的是丫鬟的衣裳，賤民的裝束咱們堂堂的坤儀公主如何肯換……哦，不對，現在不是公主了。」

杜蘅蕪原也是來看熱鬧的，但她不知道這齣，聽著眾人的話，再看著坤儀眼裡的震驚和難過，她倒是有些不忍了，冷哼道：「街上人那麼多，臉都沒看清，又如何知道究竟是什麼人。」

花廳裡靜了靜，坤儀滿眼感動地看向她。

「這話是事實，又不是替妳說的，妳少拿這模樣噁心我。」杜蘅蕪嫌棄地擺手，「枉妳長這好模樣，要是連個男人都留不住，那才是奇了。」

「誰說不是呢。」摸了摸自己的臉，坤儀嘀咕，「也就是我前幾日太過傷心，忘了顧我這漂亮臉蛋，著實憔悴了好幾日，多虧……多虧了吃得幾幅好藥，這才調養回來，今晚侯爺說了要過來陪我，其餘的事，我倒也不想一直追究。」

說罷，雙頰又泛上紅暈來。

她這好模樣，稍微收拾一下就動人，更何況苦心養了這麼多天，別說望舒果了，隨便吃什麼都是容光煥發，楚楚可人的。

但是，這些人可不願相信旁人天生麗質，她們堅信這好藥，或者說方才看見她藏的那個果子，一定有天大的作用。

於是接下來，眾人明裡暗裡都在打聽她吃那果子是什麼。

坤儀招架不住她們的熱情，十分「不情願」地讓魚白端了五顆果子上來。

「這是望舒果，望舒乃月宮美人，以她名字稱的果子，做什麼用的自是不用我說。」自然地撚起一枚咬了一口，坤儀瞥向她們，「這一顆果子抵得上妳們一個月的脂粉錢，但效用麼，瞧我便也知道。這果子珍貴得很，爾等脂粉錢豐厚的，便來嘗上一個。」

蘭苕聽到這裡，總算明白了自家主子想做什麼。

第63章　奸商

她看著下頭的一眾夫人從互相謙讓到開始爭搶，不由地暗嘆主子高明。

原本坤儀就一直是盛京貴門女眷爭相效仿的美人掛子，這好東西一出來，這些人哪裡還顧得上什麼奚落不奚落，紛紛想嘗果子。

望舒果的效果肯定是沒有坤儀故意弄出來的這般好的，但畢竟是妖果，見效極快，吃下去兩盞茶的功夫，身上肌膚就開始滲出污垢，將污垢一抹，下頭的膚色當即就亮白不少。

四個試吃果子的夫人裡有一個是霍家的兒媳，皮膚黝黑，多年來想盡一切辦法都未能變白些，眼下驟然瞧見這變化，當即大喜，都顧不上計較什麼恩怨，立馬撲到坤儀跟前詢問：「侯夫人，這果子哪裡買得來？」

坤儀猶豫地看著她。

「還請夫人告知。」霍少夫人連連作揖。

為難了許久，坤儀勉強給她們指了路：「合德大街中段，珍饈館右邊，那家新開的錢莊，掌櫃的在販賣這果子，但因著數量太少，妳只能拿著我的信物去，他才會肯賣。」

說著，她又好心提醒：「很貴，十兩銀子一顆，一月得吃上十多顆呢。」

笑話，這百十兩銀子對民間百姓來說或許很貴，可他們這些貴門人家何時放在眼裡過？別說百十兩，就算是上千兩，衝著這效果，她們也出得起。

原本是打算變著法兒看坤儀熱鬧的，一得了這個消息，眾位夫人哪裡還坐得住，當即與她拿了信物，紛紛起身告辭。

杜蘅蕪倒是沒湊這個熱鬧。

她等這群婦人著急忙慌地離開了，才慢條斯理地道：「妳葫蘆裡賣的什麼藥。」

坤儀輕哼，坐回主位上，順手扔了個果子給她：「皇兄護不了我了，我總得給自己找個出路，這東西貨真價實，不唬人。」

也就是妖市與凡間尚未通商貿，只有鄭貨郎這樣的小買賣偶爾在做，還不得人信任，她打算將望舒果的生意攏了來，正好給徐梟陽正在做的脂粉生意添個堵。

徐梟陽這人壞透了，杜蘅蕪都沒盼著她死，他愣是回回都與她過不去。

「妳倒還有心思弄這個。」杜蘅蕪翻了個白眼，「看好妳家昱清侯吧，別真回頭將妳休了，妳可是哭都沒地方哭。」

提起聶衍，坤儀還有些不好意思。

她與他也不知是怎麼的了，最近三兩句話說不完就要往床榻上倒，她承認她是個縱欲之人，可聶衍那般自持的，也時常隨她胡鬧，事後還回回都抱她去沐浴。

這等溫柔鄉誰不喜歡啊，她可算知道朝中那些大臣為什麼有的會被美色所迷，做出糊塗事來了。

也不是每個人都像她這樣立場堅定的。

在心裡將自己誇讚一番，坤儀擺手：「妳莫要擔心我，先將妳那未婚夫管管。」

提起他，杜蘅蕪臉上有一瞬的古怪。

她思忖好一會兒，突然問了一句話：「坤儀，妳覺得凡人和妖怪會有好結果麼？」

坤儀一頓，自嘲地笑了笑：「妳問我？我到現在還不知道自己是人還是妖怪，也不知道他是人還是妖怪。」

杜蘅蕪同情地看了她一眼，起身拂袖，表情又變得刻薄：「該，萬般禍事都從妳這兒起的，妳哪能置身事外。知道妳比我還為難，那我就開心多了。」

說罷，一甩衣袖就也離開了。

坤儀朝著她的背影直翻白眼，又高興地叫來蘭苕，等著錢莊那邊回話給她。

沒錯，她指路的那個錢莊是她名下的鋪子，這幾日她央著聶衍往那邊送了十筐望舒果。

女人對外貌的追求有多瘋狂她是知道的，就算不為取悅男人，也要為取悅自己，掏錢絕對不會含糊。

聶衍參加完自己人的上任宴，騎馬往回走的時候，就看見合德街中段圍了不少的人，推推搡搡的，比往日集市的時候還熱鬧。

他皺眉勒馬，就聽得周遭人議論：「還剩一些，快去搶。」

「沒信物，那掌櫃的不賣呀。」

「我國公府的面子難道還換不來幾顆果子？笑話。」

「這掌櫃的也算厚道，這麼多人搶也不見漲價，只說憑著信物才賣，十兩一顆。」

「霍家的少夫人一次買了一百顆，不愧是嫁妝豐厚的人家。」

……

吵吵鬧鬧間，有人舉著一顆紅豔豔的果子從錢莊裡出來，又引得周遭的人一陣豔羨。

聶衍定睛看過去，眉心微皺：「哪裡來的奸商。」
竟在哄抬望舒果，這果子兩錢銀子一筐，如何要賣十兩一個。
他倒不是多管閒事的人，只換了小路徑直回府，打算提醒自家夫人莫要上當。
結果一進門，聶衍就瞧見坤儀坐在堆滿銀票的方桌邊，一邊笑一邊與蘭苕魚白一起點帳。
「奴婢按照您的吩咐，找人編了幾段讚美望舒的詞曲，已經在茶肆酒樓唱開了，加上那幾位官眷夫人口口相傳，如今這望舒果緊俏極了，這銀子跟流水似的攔也攔不住地往錢莊裡流。」
「那貨郎也聯繫上了，他供貨給咱們，十兩銀子一筐，他一筐淨賺九兩多，也樂意給咱們送貨。」
坤儀樂得合不攏嘴：「你說這人聰明就是招財，我原只想賺個月俸，誰料年俸都快有了。」
笑著笑著，她看見了門口站著的聶衍。
聶衍看著他，鴉黑的眼眸裡分不清是什麼情緒。
心裡咯噔一聲，她連忙扔了銀票朝他撲過去，嬌聲道：「你回來怎麼也不讓人知會一聲？」
夜半弱弱地解釋：「在外頭叫過了，沒人應。」
主僕都高興地做著生意呢，哪裡還聽得見別的。
坤儀嘿嘿笑著，將聶衍拉進來坐下，鳳眼滴溜溜地轉：「你聽我解釋啊，也非是我貪財，主要這生意一本萬利，實在太好賺了些……」
聶衍抿唇，伸手將她的耳髮挽去後頭：「夫人慧眼如炬，我倒是不曾想到，妖市還能與凡間互通有無。」
下頭的東西都是見不得光的，凡人都生怕有毒，望舒果這樣的好東西，爛在路邊也未必有妖怪會撿。

「我也沒想那麼多，就想著好玩。」坤儀嘟囔，「也沒考慮過後果。」
「夫人做得很好，比徐梟陽那樣的大商賈也不差什麼。」他淺笑。
夜半：？
您方才在街上不是這麼說的。
別人家的商人那自然是奸商，可自家的奸商能叫奸商麼，那叫慧眼識機。
聶衍覺得坤儀這主意很好，甚至能開闢一條新的路子，讓妖怪與凡人多些往來的機會。
於是傍晚，有人來拜見他的時候，他特意將坤儀帶在了身邊。
「妖市上個月有三十隻可化人形，但行為舉止還未能如常。」徐武衛拱手道，「眼下朝中諸多事務亟待處理，尋常凡人壓根沒那麼多的精力，本事也未嘗足夠，但這些小妖也尚不可用，只能先尋一些科考一甲的人頂著。」
坤儀聽得心肝俱顫，面上卻是一副好奇的模樣，眨巴著眼看著聶衍。
他不像是第一次聽這樣的事，處理起來也自然，接過名單看了，將幾個對妖怪恨之入骨的學士姓名勾了出來，而後道：「等他們堪用了，先換這幾個。」
「是。」
徐武衛稟告完事情，好奇地看了旁邊的丫鬟一眼。
以往侯爺身邊都是夜半在伺候，如今居然用上了婢女，難道說外頭傳言坤儀失寵於侯府的事也是真的？
想到這裡，徐武衛倒是眼眸一亮：「大人，臣斗膽提一件事。」

「說。」

「龍魚一族似乎對坤儀十分感興趣，曾提出以數百妖蛋與其交換的想法，原先臣未敢提，可眼下咱們正是缺妖蛋的時候，這筆買賣……」

聶衍沉默地聽著，將手裡的朱筆放下，和藹地抬頭問他：「這筆買賣很划算？」

當然划算啊，數百妖蛋，都能振興一個沒落的妖族旁支了。

徐武衛想點頭，可侯爺的表情看得他背後發毛，這頭怎麼也沒敢點下去：「侯爺的意思是？」

「龍魚一族上不達蛟，下略勝於雜魚而已，不見得有多高貴，數百妖蛋就想換了我的夫人？」他淺笑，「你讓他們領頭的人親自來與我談可好？」

耳根一凜，徐武衛立馬搖頭：「早些時候的主意了，眼下未必還算數，侯爺息怒。」

「我有什麼好怒的，不就是買賣，眼下大家都喜歡談。」聶衍輕笑，聲音溫柔，「我也正想說，讓妖市尋些好東西交於我府上，給我的這位心腹挑選查看，若能與人間通了買賣，他們往後的日子也能好過些。」

頓了頓，親切地補充：「龍魚一族的東西除外，人間不缺。」

坤儀正滿心打著算盤要如何破這局面，冷不防聽得他這句話，有些哭笑不得。

怎麼老喜歡與龍魚過不去，她都許久沒見著龍魚君了。

不過，妖怪要與人做買賣，這事還得好生把握，弄好了說不定能更了解他們一些，找到他們的弱點，但若弄不好，她可能要將整個盛京都搭進去。

坤儀不是個喜歡將大任都擔在自己肩上的人，如果可以，她更想回去美容養顏。

可聶衍竟就這麼將他的信物交到了她手裡，還與人對好了暗語。

第64章　信任

坤儀覺得聶衍似乎很信任她，任由她出入他的書房，與人談事也毫不避諱她在場，閒時便將她抱在膝蓋上，與她一起看那卷長長的山海圖。

山海圖繪盡山海，奇形怪狀的妖怪羅列其間，他偶爾還會與她解釋，這隻是雍和，那隻是窮奇。她裝作漫不經心，卻將牠們一一都記下了。

盛慶帝似乎後悔起了這麼多年對坤儀的厚待，收回宗碟不算，還接連查封了她幾處莊園，用來賞賜新臣。

幸好，望舒果的生意做得不錯，坤儀借著秦有鮫的人脈，直接成了合德大街最大雜貨鋪的背後東家。那雜貨鋪原先是賣些針線工具，眼下將望舒果從錢莊那邊拿來，成了主打的招牌，並著賣些別的好貨。

徐武衛一連幾日都給坤儀送了新鮮玩意兒來，有能求得陣雨的喇叭花，名雨師妾，雖只能引得一盞茶的陣雨，雨落一畝見方之地，但這東西對大旱的田地來說卻是珍貴的寶貝。

有能祛贅瘤病的神藥數斯，有能生密髮的烏木梳，還有吃了能讓人擅長投射的舉父毛。

每一樣東西對妖市來說都是司空見慣，但對凡人來說都是千金難求。

坤儀也聰明，一開始用銅錢銀票交易，到後頭熟悉了妖市裡幾個供貨的掌櫃，便也私下送他們一些人間的東西，比如鮮美的湯包，再比如織布的機杼。

再後來，有兩個供貨的掌櫃便提出以物易物了，他們給出想要的東西清單，坤儀看過覺得合適，便也列出她要的貨物數量。
短短一個月，妖市就繁榮了不少，而凡間上的雜貨鋪，簡直是日進斗金。
坤儀將望舒果壟斷，價格一度被哄抬到九十餘兩一顆，盛京的高門大戶一次能買上十顆，沒有官爵的人家一次也能買三顆左右，一時成為了盛京裡的閨閣俏貨，甚至還流進了宮廷內闈。
她很大方地將帳與聶衍七三分了。
夏夜涼如水，聶衍擁著她坐在後院裡，懶眼瞧著她遞過來的銀票：「我要這個做什麼。」
「夫君該得的。」坤儀攬著他的脖頸，嘴甜如蜜，「若沒有你照拂著，前些日子那個告我買賣妖貨的小妖怪就能將我的店給鬧得查封了去，就算是與大人交些茶水錢。」
「倒要與我分這麼清楚。」他不悅，嘴角微微抿起。
她順勢就在他唇角親上一口，末了舔舔嘴：「白送的銀錢夫君還不要，那我便替你存進我的錢莊。」
他默許，摟著她的腰身摩挲：「妳這幾日十分奔波，怎麼反還胖了些。」
坤儀一聽，小臉一垮：「明日不吃那麼多葷腥了，正好清清腸胃。」
「愛吃便吃，豐腴些倒也好抱。」他低笑，鼻尖蹭在她脖頸上，親昵溫存。
有那麼一瞬間坤儀都要覺得他是一個普通的沉溺於情愛的少年郎了。
白日上朝，日落歸府與她用膳散步，無人之時，便將她抱在腿上親吻。
可是，他寵著她的同時，分明又在繼續擴張妖怪的勢力。
一向不摻和立儲之事的護國公府，昨日竟也在朝堂上反對立三皇子為太子。

四皇子遇難，嫡子只剩了三皇子，三皇子又經常參與朝政，帝后雖都還沉浸在悲痛之中，也覺得該立儲以保江山穩固。但朝中有許多新臣，以猶在喪期，不宜舉行大典為由，不肯在此時奉三皇子為儲。這些新臣有一個共同的特點，就是多多少少都與上清司有些牽連。

原來腹背受敵的上清司，不知不覺間已經成了朝野裡無人能撼動的重要司所，就連帝王也不敢輕易責問。

本想著靠著宗親舊臣，還能先將形勢穩住，再行商議，誰知今日就連護國公也在雙方爭議的時候偏幫了新臣黨，請求帝王待喪期過了再行立儲。

盛慶帝將自己關在上陽宮裡，發了好大的火。

嘴唇微抿，坤儀從聶衍腿上站起來，慵懶地打了個呵欠：「說來下午還有一批貨要到鋪子上，我得去看看。」

懷裡一空，聶衍微微抿唇：「妳也不必累著自己。」

「總要找些事做嘛。」她撒嬌，「我倒覺得這日子過得比先前充實，能自己賺銀子，比得封賞來得高興不少。」

說著，想了想：「你要不要也去看看？」

「城北出現了一隻大妖，淮南他們再搞不定，我便得過去看看。」他道，「妳自己小心些。」

「好。」她一笑，眉眼同畫兒似的，攏著一襲留仙裙就走出了院子。

夜半從暗處出來，遞給了聶衍幾張紙，他看了一眼坤儀離去的身影，輕笑道：「殿下也是個心寬的，聖上如此對她，她倒也沒傷心太久。」

紙上寫著朝中幾個重要的人最近的動向，聶衍掃了一眼，微微一頓：「怎麼都愛往望舒鋪子走。」

夜半低頭：「夫人這生意做得大，家裡但凡有女眷的都愛去這地方買東西，就連吳世子也去買過幾顆。」

吳國公最近納了個小妾，膚白貌美，擅長枕頭風，將吳國公吹得找不著北，不僅在朝堂上對舊臣一黨倒戈相向，還極力促成吳世子和張曼柔的婚事。

誰料吳世子天生反骨，不但不聽撮合，反而是對霍二姑娘更加好，前些日子望舒果難買，他愣是親自去望舒鋪子，買了十顆給霍二，氣得張曼柔直哭。

「真是麻煩。」聶衍有些不耐，「他繼位總歸還早，張曼柔若是不堪用，就先不管她了，只讓人將護國公盯緊些就行。」

「是。」

坤儀乘了低調的小轎，從後門進了望舒鋪子。

這鋪子因著生意大，後頭修著亭臺樓閣，專門招待貴客，坤儀進去倒也不顯突兀，挑個角落坐下，時不時會有人過來與她打招呼。

「侯夫人怎麼還在這裡坐著，不去前頭看熱鬧？」有人過來笑道，「打的打，搶的搶，這鋪子可真是個風水寶地。」

一聽有熱鬧，坤儀樂了：「誰呀大白天的這麼給樂子。」

「還能有誰，霍家的少夫人被他們家老夫人給抓著了，說她上趕著來這裡給仇敵送銀子，眼下正在左側堂裡打著呢。右側堂便是那張翰林家的小姐與霍家的老二，爭今日的最後十幾顆果子，吵得厲害。」

乖乖，上好的熱鬧都湊在這一處了。

坤儀走過去，左右看了看，猶豫了片刻，還是先進了右側堂。

「我帶的銀錢自然是不如妳多，可凡事講究先來後到，我訂好的果子，憑什麼要給妳。」

「人家掌櫃的開著門做生意，自然是要賺錢，妳沒錢卻要擋人財路，倒還理直氣壯起來了。」張曼柔雙眼微紅，臉上難得露出了有些刻薄的神情，「往日妳哄著男人替妳買，今日這裡可沒有別的什麼人。」

「妳！」

這話說得太難聽，霍二姑娘險些暈厥過去：「我撕爛妳的嘴！」

她這病弱的身子哪裡是張曼柔的對手，張曼柔站在那裡，手都不用動，霍二就被震得倒跌向門口。

坤儀剛好進門來，被她砸了個正著。

「不好意思。」霍二與她賠禮，眼裡含淚。

這小姑娘生得沒有張曼柔好看，卻自有一股子讓人憐惜的氣質，坤儀也不與她計較，只走進去撿了椅子坐下：「我路過而已，您二位繼續。」

來了外人，兩個人還怎麼吵得下去，霍二身邊的丫鬟低著頭就跑出去了，張曼柔的丫鬟像鬥贏了的孔雀，張著袖口就將桌上僅剩的一盤子望舒果統統抱了去。

「我這等的相貌，原也用不著這個。」張曼柔冷哼，「拿回去賞賜給丫鬟也是好的。」

霍二氣了一瞬，倒也笑了：「是啊，有的人壓根不用吃，吃得再膚白貌美，也是上趕著送都沒人肯要的。不像我這種蒲柳之姿，稍微好看些，便惹得他滿心歡喜，非要我多買些好生養養。」

張曼柔臉色頓沉。

她實在看霍二不太順眼，殺心都起了好幾次。

可是……

「妳在眾目睽睽之下，怎也好意思欺負一個弱女子。」吳世子跟著霍二的丫鬟跨進門來，分外惱怒地瞪向張曼柔。

張曼柔垂眼。

她就知道會這樣，永遠都是這樣，在他眼裡霍二是弱女子，她是個鐵打的，每回都不用顧及她的顏面，只管將霍二捧在手心。

完全不記得以前他滿心都是她的時候了。

爭了這麼長的時間，張曼柔一直沒肯放棄，她覺得吳世子總有一天會想起她的，可是眼下，當他命令似的對她道：「將果子還給霍姑娘。」

不分皂白，只顧他的霍姑娘。

張曼柔突然就覺得累了，她有幾百幾千年的壽命，為什麼非要折在這個只能活幾十年卻又半點不將她放在眼裡的人身上。

「拿去。」她將丫鬟懷裡的果子取了，一個個地朝這兩人砸過去。

吳世子大怒，連忙護著霍二，又斥她：「妳瘋了？」

「原也就是瘋了才會看上你。」她冷著臉，眼裡卻落下淚來，「你不必再愁與我的婚事，我自去與國公府解除，到時候你便與她雙宿雙棲，再莫來礙我的眼！」

第65章　懷疑

十幾個果子砸完，張曼柔頭也不回地離開了鋪子。

吳世子滿眼怒火，對身邊的隨從斥道：「愣著做什麼，將她抓回來，這京中女子還未曾有放肆至此的，我今天非要替張翰林教她規矩！」

隨從應聲而去，可追出鋪子也沒趕上張曼柔和她的丫鬟。

豔紅的果子落在地上，被踩裂開來，霍二心疼地看了兩眼，抬頭想安撫吳世子，卻見他死死盯著門口，氣得胸口都劇烈起伏。

這是惱她行為羞辱了他與她，還是惱她要解除婚約？

霍二看不明白，低著頭沒有做聲。

坤儀倒是看了個高興，茶都多喝了一盞。

「不曾看見侯夫人也在此處。」吳世子發現了她，微微拱手，「冒犯之處，還請夫人海涵。」

坤儀擺手，讓蘭苕去取了一碟新的望舒果：「將我定好的果子送與霍二姑娘吧，反正我也不急。」

「多謝夫人。」霍二連忙行禮。

抬手示意她免禮，坤儀倒是盯著吳世子多問了一句：「世子當真半點也想不起與張家小姐原先的糾葛了？」

兩人這婚事來得莫名其妙，他能與她有什麼糾葛？吳世子納悶地看著坤儀，又不敢造次，只能乖順地答：「我原是與她姐姐指腹為婚，她姐姐病逝了，張家前些日子才將她認回來，便要與我成婚——倒是沒有別的瓜葛了。」

比凡人強大得多的妖怪，在感情一事上倒是輸得多些，凡人可以轉頭就忘，而妖怪還要記上成百上千年。且記得與不記得，壓根不受妖怪的掌控。

坤儀垂眼，抬袖打了個呵欠。

吳世子見狀，連忙帶著霍二與她告辭。

「主子，有人在後堂等著了。」蘭苕在她耳邊輕聲道。

坤儀頷首，就見她將側堂的人清了，門也闔上，還讓魚白守在了外頭。

「見過殿下。」有人掀簾進來便與她行禮。

坤儀輕笑：「我宗碟都沒了，還叫什麼殿下。」

來人起身，一張黝黑的臉顯得十分憨厚：「陛下說過，您永遠是我大宋的殿下。」

這是盛慶帝身邊的暗衛王敢當，會道術，來去自如，成了兄妹之間傳遞消息的絕佳人選。

盛慶帝並不想廢除坤儀，但聶衍勢力漸大，她夾在兩人中間不會有好日子過，故而帝王才將她的身分摘取，將她弱化成一個普通女子，好繼續留在聶衍身邊。

不知道聶衍信了多少，但最近坤儀的事辦得還挺順利，她很清楚哪些朝臣與聶衍來往得多，甚至能整理一本小名冊，將一些根基還未深的妖怪羅列給帝王。

也沒想明白出於什麼心態，坤儀交上去的都是些與聶衍直接關係不大、且有命案在身的妖怪。

但這一次，她知道聶衍將一隻妖怪送給了護國公為妾，也明白皇兄眼下最頭疼的就是護國公的突然倒戈，卻不知道這事該不該說。

沉默良久，她嘆了口氣：「浮玉山上失蹤的那一部分禁軍應該是要到回城的日子了，他們經歷過這種變故，以後必定能助皇兄一臂之力，且讓皇兄重用吧。」

頓了頓，又補充：「尤其是霍家兒郎。」

王敢當應下，取了她遞過來的名冊正打算走，突然耳朵一動，接著就拔出了長劍，劍尖直指她的咽喉。

坤儀一愣，很快就意識到了什麼，一甩長袖就往那滿地的望舒果殘渣上跌過去。

魚白眼瞧著侯爺突如其來地出現，連報信都沒能，就被夜半捂住了嘴。

她身後的房門緊閉，裡頭隱隱傳來人聲。

聶衍緊繃著臉，駐足凝聽。

「我念在與他是親生的骨血的份上，才未曾怨恨於他，他也有他的難處，可他如何就要對我趕盡殺絕？沒了封賞，沒了田莊，我眼下想自己做些生意也不成了麼！」

「夫人好手段，生意已經做到了宮闈之中，有人說這些是妖物，卻立馬被人滅了口，聖上寢食難安，也想讓您安分些。」

「我還要怎麼安分，你殺了我好了，看我家夫君會不會擰下你的腦袋來！」

「夫人還真以為昱清侯爺能護您一輩子？」

「總比龍椅上那個說話不算話的來得可靠！」

她嗓音帶著些委屈的輕顫，聽著是要哭出來了。

神色微變，聶衍推門而入。
王敢當一驚，收劍便扔下一張千里符，眨眼就消失在原地。
坤儀雙眼微紅，跌在滿地的狼藉裡，漂亮的淡紫留仙裙被望舒果的果漿染得亂七八糟。
聶衍快走兩步，將她抱了起來。
坤儀很是意外：「你怎麼來了。」
一開口，蓄了許久的眼淚吧嗒吧嗒地就往下掉。
聶衍沒回答這個問題，只道：「怪我疏漏，護身符能在妳遭受妖怪攻擊的時候告知我，卻不會在妳被凡人為難的時候有作用。」
「哪怪得了你，是他們欺人太甚，看我銀錢賺得多了，便想著法子要我吐些出來。」她抽抽搭搭地道，「我才不吐呢，他對我不仁，就休怪我也不念往日恩情。」
妖禍四起，國庫空虛，盛慶帝的確為銀錢傷透了腦筋，加稅不可取，可又沒別的門路，只能將主意打到最近風頭正盛的望舒鋪子頭上。
不曾想，坤儀看著不計較，原來心裡還是有這麼深的怨氣。
微微抿唇，聶衍略帶愧疚地揉了揉她的頭髮：「下次陪妳一起出來。」
「好。」她乖巧地應下，又嫌棄地看了看自己身上亂七八糟的裙子，「我得回去換一身。」
聶衍點頭，陪著她出門上車，又看了魚白一眼：「下回也該知道求救。」
魚白略帶委屈：「夫人不讓我們管。」
坤儀拉了拉他的衣袖，笑得甜津津的：「皇兄還沒到會殺我的份上，至多是讓人來找罵，我罵上幾句心裡也舒坦，哪裡用求救。」

聶衍垂眼，突然問：「這是他第一次派人來找妳？」

「是啊，突然出現，嚇了我一跳。」坤儀直撇嘴，「往後出門，我還是得多帶兩個護衛。」

沒有再問，他靠在車壁上，有些疲憊地閉目養神。

惴惴不安地看了他兩眼，坤儀扯著他腰間的荷包穗把玩：「最近有些忙，我就不扮做丫鬟隨你去書房了，徐武衛那邊自會與我對著暗號行買賣的。」

「好。」他應下。

今日有幾個新上任的五品官被查封了府邸，理由是有妖邪之嫌，雖然上清司有心維護，但秦有鮫親自開了祭壇，叫那兩人現出了原形，當下便打了個魂飛魄散。

即便只是兩隻小妖，但聶衍依舊起了戒心。

他覺得秦有鮫沒那個本事能精確地抓到這兩個人頭上，也許是哪裡走漏了消息。

朱厭和黎諸懷都讓他小心坤儀，可他放了那麼多消息給她，她若有問題，今日出事的一定不止是這兩個五品小官。

突然過來，不曾想恰好撞見盛慶帝身邊的人在找她麻煩。

當真是在找她麻煩嗎？

坤儀的眼睛清澈見底，望著他一點心虛和慌張也沒有，這等自然的神情，也不像是裝的。

若當真誤會了她，他倒也有些不好意思。

這人這麼喜歡他，將他視為最後的依靠，他若也懷疑她，倒真叫她再無歸處了。

可，要是沒有誤會她呢？
將眼睜開些，聶衍看向坤儀。
她有些睏了，倚在他腿上閉了眼，小巧的鼻子還有些泛紅，眼睫上也溼漉漉的。
漠然看了她好一會兒，聶衍還是伸手，將她攬進了懷裡。
「張若蘭與護國公府解除了婚約。」
兩人到府裡的時候，夜半便來稟告，「吳世子一氣之下，尋了冰人上霍家提親。」
聶衍對這些事沒什麼興趣，張若蘭不堪用了，那便用在別處，只要護國公還聽他小妾的話就行。
坤儀倒是感興趣得很：「這樣的情況下，霍家也肯答應？」
「霍家一直缺少靠山，有此良緣，自然是肯答應的。」夜半道，「正好那霍少夫人與夫人您近來走動頻繁，夫人到時候也可以去吃喜酒。」
提起霍少夫人，坤儀倒是想起來問蘭苕：「鋪子裡老夫人沒把他家少夫人打死吧？」
「打得不輕。」蘭苕嘆息，「還罵了您不少難聽話。」
無所謂地聳肩，坤儀道：「你送點傷藥給霍少夫人，就用鋪子裡剛到的那個神藥。」
蘭苕應下。
在霍老夫人眼裡，坤儀是害死她兒子的罪魁禍首，自家兒子屍骨尚且沒找到，兒媳卻上趕著去與人送銀子，這擱誰誰不生氣？就算這兒媳是他們家高攀來的，那也得教訓一頓。
「娘，坤儀公主……不是，是昱清侯夫人，她人真的沒那麼壞。」霍少夫人猶自不服。
霍老夫人板著臉將她拽上馬車帶回家，冷聲道：「這世上的好壞，從來不是看皮相分的，女子愛美是常事，但妳得先愛妳的夫君。」

「夫君他會回來的。」霍少夫人喃喃，「我夢見他說的，今日就回來。」

霍老夫人動手都動累了，也懶得再說，只打算到府就將她關去柴房裡。

然而，馬車在門口停下，她扶著奴僕的肩下車，竟真看見一道熟悉的身影站在家門口。

「母親。」霍安良朝她拱手。

第66章　他花了什麼心思呢

禁軍衙門傳出消息，原是將八百餘禁軍祕密留在浮玉山山腳下的村莊，以殲滅頻繁作亂了數十年的山賊。如今山賊盡誅，禁軍凱旋歸來，帝心大悅，加以厚賞。

霍老夫人顫顫巍巍地拉著霍安良的手，打量了他好一陣子才道：「他們不是說你，說你被坤儀那妖婦害了……」

臉色一變，霍安良連忙與她跪下：「還請母親慎言，若沒有坤儀公主，我等便全要死在浮玉山上，再無歸家之日。」

「夫君莫再喚她公主。」霍少夫人低聲道，「她已經被廢了宗碟，如今只能稱一聲侯爵夫人。」

霍安良一怔，不解：「公主聖眷隆重，為何會被廢宗碟？」

霍老太太抖了抖嘴唇，沉默了。

當日眾命婦攔鳳車砸她，又去御前告了大狀，就是知道如今朝中缺人，帝王首尾難顧，是最能對坤儀狠下心的時候，眾人還覺得只廢宗碟、收封賞算輕了。

藺老太太當時一字一句地指責，她竟也沒反駁。

坤儀那個人驕傲慣了，打出生到現在就沒受過那麼大的委屈，可她居然忍下來了，這些日子不見消沉，居然還熱熱鬧鬧地做起了生意。

霍老太太突然覺得，坤儀不像傳聞裡那般只知享樂、驕奢淫逸，完全不像。

她捏了捏霍安良的手，將他扶起來：「咱們，咱們家，得備些厚禮去昱清侯府上。」

霍安良搖頭：「去不得。」

秦國師說了，敵在暗，他們在明，切不能向公主謝恩，反倒是連累她。

「咱們且先回家，京中最近有的是熱鬧。」霍安良一手扶著母親，一手拉著妻子，跨進了霍家大宅。

浮玉山下的山賊斷沒有厲害到要近千禁軍去祕密剿滅的，上清司的人很清楚，這是秦有鮫找的由頭，既要這些人名正言順地回來，又給了帝王理由重用他們。

盛慶帝也沒客氣，尋了各種名目，將霍有良等人委以重任，甚至還給了部分兵權。

「要我說，你大可不必這麼彎彎繞繞的，一把火燒了整個盛京，到時候誰不得聽你的？」朱厭粗聲粗氣地道，「倒同他們玩這麼多手段，費這麼多心力。」

「你懂什麼。」從不周山回來了的黎諸懷一把將朱厭推開，眉頭直皺，「要真有那麼簡單的事，他還用紆尊降貴親自來折騰？」

龍族自千年前就背負上了屠戮人間的惡名，以至於神非神，妖非妖，還要被天狐一族捏著咽喉，聶衍就是想打破這局面，才會從人間下手。

凡人永遠無法接受妖怪，無法為龍族洗清冤屈，那麼他只能將這人間都變成他的，屆時神龍歸位，天狐可除。

大宋是最富庶的國度，自然是絕佳的下手對象，但此事必須做得悄無聲息，一旦廣開殺戒被天狐察覺，就要前功盡棄。

「盛慶帝是個聰明人，他起了戒心，卻又佯裝與上清司親近，我等便只能陪他演這場戲。」聶衍垂著眼看向窗外枝頭上零落的白蘭花，「如今宮闈守衛森嚴，輕易替換他不得，這帝位若換人，又恐壓不住下頭虎視眈眈的各路藩王。」

「他倒是不能動，那坤儀呢？」黎諸懷問，「你還打算將她留在身邊？」

聶衍這種自持的人，若不是坤儀使詐，他當日斷不可能放走那麼多的人。

微微垂眸，聶衍道：「你也沒證據證明就是她的問題。」

黎諸懷氣笑了：「她不是秦有鮫的徒弟？秦有鮫眼下沒在與我們作對？」

「她還是盛慶帝的親妹妹，那又如何？」他抿唇，「身分又不是她能選的。」

「……」

「我有意透露了不少消息給她，她未曾出賣我，你也不必露出這種表情。」聶衍起身，「無論如何我們也不會輸給凡人，你又何必著急。」

妖怪始終勝凡人一個命長，百十年後，這大宋江山遲早也會落進他們手裡，眼下他要做的，只是找些法子來縮短這段時間罷了。

「你也知道她只是凡人。」黎諸懷看著他的背影道，「你也清楚，她至多能陪你幾十年，那就莫要花太多心思在她身上。」

他花了什麼心思呢？至多不過讓她開心些。

凡人如螻蟻，讓她開心一些又有何妨。

聶衍沒答他的話，兀自翻著手裡的冊子。

坤儀今日一起床就很倒楣，先是踢到椅子腿，將自己的小腿上撞出一塊淤青來，然後乘轎出門，結果轎夫在半路崴了腳，軟轎就只能落在路旁，蘭苕與魚白陪她等著護衛去找新的轎夫來替換。

她原來很喜歡人多的大街，華麗麗的鳳車響著鈴鐺走過去，無數人都會朝她投來憧憬又豔羨的目光，可如今，誰不知道她是個落了碟的公主，打量她的目光太多，叫她很不自在。

果然，沒一會兒她就撞見了李寶松。

「這不是侯夫人麼？」她坐在車上，掀起簾子來打量她，眉眼裡帶著幾絲揶揄，「怎的落到如此地步。」

坤儀沒搭理她，就她那普普通通的桐木馬車，她才看不上。

「夫人若是也要去上清司的午宴，我倒是可以帶夫人一程。」李寶松並不打算輕易放過她，猶自說著，「你我同為上清司的內眷，同路也算合理。」

聶衍已經好些日子沒將她帶在身邊，上清司的午宴自然也是不會要她去的，李寶松心知肚明，卻是故意拿這話來擠兌。

坤儀打著絹扇，懶洋洋地望著豔陽天：「我就算去午宴，也是端坐內堂，與夫人這等坐在外室的身分不一樣，同不著路，夫人請吧，不必心心念念著我，叫人看了還以為與我有多好的交情。」

臉色微變，李寶松抓緊了車簾：「夫人已經下了枝頭，卻還執意與人結仇，就不怕有朝一日牆倒眾人推？」

「我下哪裡的枝頭？」坤儀挑眉，「昱清侯爺難道不是妳眼裡最高的枝頭，我何曾下來過？」

「妳，妳休要胡言！」李寶松急了，「當街毀人清譽，哪有為人婦的正形！」

「我胡言，妳若不是惦記我夫婿，就憑妳我一個地下一個天上的容貌身分和才情，又怎會執意來與我拌嘴？」坤儀翻了個白眼，「看見我合該繞過去才是。」

李寶鬆氣了個夠嗆：「沒了宗碟，妳說什麼與我天上地下的，妳哪裡就贏了我了！」

「夫人莫生氣。」旁邊有丫鬟連忙出來替她撫著心口，「您這剛懷上身子，胎還沒坐穩，何必理這些嫉言酸語的，您與我們大人關係好著呢，哪像她，怕是離被休棄不遠了。」

一邊說，還一邊拿眼角瞥她。

坤儀眼神一冷，嚇得那丫鬟一縮，心道自己失言，失勢的公主也是皇家出來的人，哪裡能被賤籍丫鬟這般奚落。

可轉念一想，自己又不是賣身給昱清侯府的，做什麼要怕她。

挺了挺胸脯，那丫鬟還待再虛張聲勢兩句，卻見霍家的華蓋馬車朝這邊來了。

「霍老夫人。」李寶松眼眸一亮，連忙下車去見禮。

霍家可是個大家族，雖然眼下霍家兒郎官職還不高，一家子卻是出息的，祖上也有福蔭，加上霍老夫人又不喜歡坤儀，定能幫她漲漲氣勢。

坤儀也想到了這一點，扭頭就要帶著蘭苕魚白先走。

「夫人留步。」霍老太太下車來，越過李寶松，兩三步就走到坤儀身邊將她攔住。

她有些不耐地嘀咕：「今日真是出門沒看黃曆了，盛京的街這麼寬，怎麼就接二連三地撞見妳們。」

「夫人莫氣，我這是替我家媳婦兒來謝謝夫人了。」霍老太太一改之前的凶惡模樣，反倒是親熱地拉著她的手，「妳來瞧瞧我家媳婦，吃那望舒果，如今出落得煞是好看，我帶她回老家省親，也再不用聽些怪言怪語了。」

霍少夫人攙著老夫人站著，直對她眨眼。

坤儀怔愣了片刻，隨即就了然了。那幾顆果子是斷不能改變這固執老太太的心意的，多半是霍安良回來了。

緩和了神色，她也笑了笑：「老夫人言重，這生意之道，銀貨兩訖，哪裡用得著什麼感謝，少夫人要是用得著，今日我再讓他們多留些出來。」

「用得著用得著。」霍老夫人喜笑顏開，拉著她就往馬車走，「正好同路，夫人不嫌棄我這馬車破舊的話，就來與我們擠一擠。」

「霍家的馬車大氣華麗，哪裡有嫌棄的。」坤儀順勢就上了車。

車簾落下來的時候，她瞥見外頭僵站著的李寶松。

她像是沒想明白其中關節，臉上又是震驚又是難堪。

簾子落好，霍老夫人看了看坤儀的額角，眼眶有些發紅：「老身對不住夫人。」

「多大點事。」坤儀垂眼，「老夫人不必放在心上。」

捏著帕子揩了揩眼角，霍老夫人低聲道：「不提了，不提了，往後夫人若有什麼用得著的地方，只管讓人送信給書華，她定會來知會我的。」

老實說，坤儀還沒被別的女眷這麼客氣厚待過，坐在老夫人身邊被她拉著手這麼親熱地說話，她倒有些不知所措了。

第67章　小黑胖子

也不知霍安良回去說了什麼，霍家人是當真感激她，一到望舒鋪子就買了許多東西，還讓隨行的小廝幫著將有些鬆動的門軸都修好了，午膳時分，還硬是拉著她去珍饈館吃了一頓。

老夫人到底是長輩，盛情太過也知她尷尬，便留了少夫人錢書華下來與她聊天。

錢書華是個性子爽快又與她一樣愛看熱鬧的，磕著瓜子就嘰哩呱啦與她聊了不少盛京閨閣事，比如近日杜蘅蕪與她的未婚夫婿好像鬧了彆扭，那日徐梟陽離開相府的時候，氣性大得將側門外的石獅子都踢壞了。

再比如李寶松雖然很受孟極寵愛，但她自己心術不正，兩人關係也不太和睦。

甚至還有皇宮內闈的，說四皇子一死，皇后娘娘的病反而好些了。

坤儀聽得目瞪口呆：「妳怎麼知道這麼多？」

甚至好些是連她都不知道的。

「耳聽八方麼，我們這些婦道人家平日裡在家也沒別的事做，就光傳閒嘴兒了。」錢書華眨巴著眼看著她，「也就是妳先前太高高在上，沒人敢與妳說嘴，如今可好，知道妳不吃人，我也多個人聊天。」

坤儀佯裝凶惡：「萬一我還吃人呢？」

「那以妳的品味，也得挑個膚白貌美的吃，我這樣的小黑胖子，入不了妳的眼。」她一副理所應當的模樣。

坤儀樂了，她覺得這個小黑胖子比外頭一捆美人加起來還可愛。

於是接下來的日子裡，坤儀就時常在下午的時候去望舒鋪子，聽錢書華與她說嘴。

「最近城裡也不知怎的了，大把大把的人早產。」錢書華咬著望舒果，嘀咕道，「先是三皇子的側妃，只懷了七個月就生下一個男孩兒來，再有就是尚書省何大人家的夫人，七個月落得個女嬰。」

「要是一個人運氣好早產能保住胎也就罷了，這一個個的都早產了，還都保住了，也不知是什麼說法。」

「不過妳鋪子裡的送子花也當真是個寶貝，幾家常年難有子嗣的，一吃這花，隔月就懷上了，喜得宮裡都派了人來爭搶。」

坤儀聽著，下意識地看了旁邊放著的送子花一眼。

這是徐武衛新挑來的妖貨，能助人好孕，且沒什麼副作用，只是產量少，一百兩黃金才能買一朵。

不過即便價格高昂，在幾家夫人有孕之後，這東西也成了俏貨。

繁衍子息是人之要務，坤儀自然樂得兜售，早產的那幾家夫人倒是沒吃過這個，但不知為何，坤儀總覺得有什麼不對勁的地方。

她讓王敢當去問了一下秦有鮫。

秦有鮫回信只五個字：京中多妖胎。

妖怪繁衍困難，且妖蛋孵化需要的時間較長，所以妖怪將主意打到凡人的身上，與凡人結合產子，雖然生出來的後代只有一半的機會能繼承妖血，但也要快得多了。

七個月的早產兒，若是人類就很難存活，但若是妖怪，便能安穩無虞地長大。

坤儀看得背後發涼。

七個月的時候催生，是妖怪則生，是凡人則死，還真是絕妙的篩選方法，只是，若生產的女子是妖還好說，若是男妖與女子結合，那這生產的女子該遭多大的罪？

妖怪裡確實有想與凡人一樣活在陽光下的，但這麼殘忍的手段，又將凡人置於何地。

「夫人，侯爺過來接您了。」魚白通傳了一聲。

坤儀回神，將臉上的悲憤快速地收斂好，挽起衣袖出門去。

昱清侯今日心情甚好，他攔腰將她抱起來塞進馬車，親昵地蹭了蹭她的耳廓：「三皇子喜獲麟兒，要在宮中設宴，我方才命人去將做好的新首飾取回來了，妳回去看看，戴著出席宴會可還合適？」

坤儀覺得聶衍簡直是進步神速，從一開始的視金錢為阿堵物，到現在時常用這些東西來討她歡心。

她可不像別家的姑娘覺得這些豔俗，她就喜歡貴重好看的寶貝，越貴重好看的越喜歡。

在他臉上親了一口，坤儀揶揄他：「誰料這外頭讓人聞風喪膽的昱清侯爺，在我面前這麼招人喜歡呀，真是恨不得日日擁著你，不做別的了。」

她時常用這些話調戲他，可最近兩人忙，已經許久未曾行歡，乍被她這麼一說，聶衍眼神都深了深：「那便不做別的了。」

「你別，這還在車上。」

「嗯，車上。」

哭笑不得，坤儀攔著他的動作，臉上飛紅：「往日常說我放肆，我看你比我可放肆多了，這等事也……啊。」

聶衍擁著她，低聲道：「結界就是這時候堪用的。」

呸！叫上清司的開司元祖聽了，不得被他氣活過來！

情濃之時，聶衍抵在她耳側道：「妳想要什麼，我都能給妳。」

眼睫微顫，她抱著他的腰身，嘻笑著答：「那我就要你的一心一意。」

「好。」他答。

到侯府之時，魚白和蘭苕連坤儀的面都沒見著，就聽得夜半說：「去浴房外頭就行。」

兩人耳根皆是一紅，連忙低頭匆匆往浴房趕。

坤儀是最嬌軟的，貪歡便要賴床，從浴池裡扶起來都沒個力氣，還要聶衍將她抱回房裡，再將新做好的首飾端到膝蓋上，讓她一樣樣地看。

「都是好東西。」她眉眼彎彎，「等宮宴的時候，你與我戴同一套的簪子去。」

「好。」他低頭，揉了揉她的後頸。

坤儀睏了，眼皮有一搭沒一搭地就要闔上。聶衍看得好笑，將她放回被褥裡，又命人將晚膳溫在灶頭上，只等她睡醒來吃。

然而，他前腳剛去書房，後腳坤儀就睜開了眼。

「蘭苕，替我抓一副藥來。」

蘭苕一怔，有些不能理解：「人人都盼有子息，那送子花是何等緊俏的東西，您哪能反吃那避子的。」

坤儀輕笑，深深地看著她：「人人都能盼有子息，我能盼嗎？」

她流著皇室血脈，若與聶衍有了子嗣，那往後一旦場面不好看，她如何自處，孩子又該如何自處？

蘭苕紅了眼。

世人都道公主尊貴，要什麼有什麼，可她眼瞧著公主這麼多年來，除了珠寶首飾，別的一樣好東西也不能有。

她不是多喜歡珍寶玉器，她是只能喜歡這些。

咬咬唇，蘭苕朝坤儀行了個禮，悄無聲息地退了出去。

府裡不敢起爐灶熬藥，蘭苕是將藥在外頭熬好了才端回來，送到坤儀手上的時候尚溫。

坤儀看著那漆黑的藥面，臉皺成了一團，不過還是捏了鼻子，一股腦灌了下去。

許是真的太苦了，她眼淚直流。

蘭苕讓魚白將藥碗收去砸了埋在後院，然後抱著她的主子，一下下地撫著她的背。

「我不難過，妳別擔心。」坤儀乖巧地道。

蘭苕沒吭聲，手上動作沒停，眼淚一滴一滴地順著她披散的長髮往下滑。

不生孩子而已，坤儀覺得也沒什麼，聶衍也不像是急著要子嗣的人。

但這一碗湯下去，她肚子越來越疼，疼得冷汗都冒了出來。

坤儀原想自己扛過去，但晚膳的時候，聶衍又過來了。

她頭一次這麼不想看見這個美人兒，拉著被子就要躲，結果手腕被他一把抓住。

「蘭苕，請大夫來。」

「……是。」

疼得迷迷糊糊的，坤儀就察覺到自己被人擁進了懷裡，她渾身是汗，有些不想沾染別人，他卻像是渾然不在意，只將她擁著，溫熱的手放在她的肚子上。

而後，坤儀就感覺有什麼東西從她的肚子裡滑了出去。

……

醒來的時候，屋子裡燈火通明，坤儀動了動身子，發現自己依舊被聶衍抱在懷裡，奇怪的是兩人躺的床單被褥好像換過了，蘭苕和魚白都跪坐在腳榻邊，一見她睜眼就遞了參湯來。

「怎麼了？」她沙啞著嗓子問。

蘭苕笑了笑，輕聲道：「您吃壞肚子了，惹得侯爺好一陣著急。」

聶衍跟著她起身，眼裡略有血絲：「下回肚子疼早些叫大夫。」

好凶哦，坤儀縮了縮脖子，含著湯嘀咕。

伸手揉了揉她的頭髮，聶衍垂眼：「是我對不住妳。」

鮮少瞧見他這麼難過的樣子，坤儀有些不解地看向蘭苕，後者卻垂著眼，沒有與她對視。

「大夫說妳要靜養，暫時不能與我同房，我讓夜半將書齋搬到了妳院子的側房裡，妳若有事，只消大聲些喊，我聽得見。」從床上起來，聶衍替她掖好被褥，「莫要再著涼了。」

「好。」納悶地點頭，坤儀目送他出去。

「這是怎麼了？」等門合上，她終於問蘭苕，「他這副樣子是做什麼？」

蘭苕身子微顫，低聲答：「侯爺以為是馬車上那一場胡鬧，讓您肚子疼的。」

「他傻麼，那胡鬧跟肚子疼能有什麼關係。」坤儀失笑。

她母后去得早，身邊也沒有別的嬤嬤教習閨閣之事，完全不知道方才自己失去了一個還未成形的胎兒，只當自己真的是著涼了肚子疼，又疲倦地睡了過去。

蘭苕死死捂著魚白要哭出來的嘴，將她拖出了門外。

「此事，府中只有侯爺與我二人知道，妳切莫讓主子察覺了。」她咬著牙吩咐魚白，「藏住了，就當什麼也沒發生過。」

第68章 小產

魚白比蘭苕年紀小，到底是更脆弱些，站在門廊下止不住地流淚。蘭苕要好些，紅了一陣子眼眶就恢復如常，只替坤儀安排好每日養身子的藥膳參湯，又將內屋的丫鬟減少，以免走漏了風聲。

誰也沒料到避子湯能將殿下腹中還未成形的孩子吃落下來，不過好在請來的大夫也不曾察覺是避子湯的緣由，只當是太過勞累引起的小產，侯爺不但沒怪罪，反而是心疼不已。

蘭苕一直覺得侯爺對自家主子的感情沒那麼深，雖然平日裡瞧著是蜜裡調油，但兩人中間始終橫亙著家國大事，她怕一旦有事，侯爺捨棄了主子，主子會難過。

可如今這一出，聶衍瞧著卻是當真急了，將事務都歸攏在早上，趁著坤儀還未起身時處理乾淨，待她起來，便雲淡風輕地與她一同用膳，夜間雖不同房，卻也時常站在側屋窗邊瞧著主屋的方向，一直到主屋熄燈。

蘭苕覺得倒也難得。

這在夜半眼裡，就不止是「難得」兩個字可以形容的了。

聶衍身分特殊，自是與別的妖怪不同，他不需要借著凡人的身子繁衍子嗣，那反會汙了龍族血統，夜半以為他會小心的，誰料他竟當真從未防備過坤儀。

不防備也就罷了，不知何時得來的孩子，竟就這麼丟了。

聶衍連續幾晚都沒有睡著，上清司原先那些極力勸諫他疏遠坤儀的人眼下連大氣都不敢再出，生怕說錯什麼觸怒於他，再被扔回不周山。底下尋常做著事的也都戰戰兢兢，已經有好幾個人明裡暗裡與他打探消息，到底要如何才能讓這位主兒心情好些。

他們問他，他又問誰呢。

「今天外頭天氣真好啊。」坤儀倚著聶衍，雙手勾住他的脖頸，撒嬌似的搖晃，「我們去放紙鳶好不好？」

聶衍下意識地想答應，一想到她這身子，便又抿了唇：「常州進貢了新茶來，府裡那個新來的廚子也正在為妳做菓子，外頭那麼晒，紙鳶就過幾日再放吧。」

細眉一耷拉，坤儀委屈巴巴地看著他：「我都在屋子裡待了好幾日了。」

「大夫說了要靜養。」

就一個肚子疼，讓她靜養這麼久，當她是紙糊的不成？

洩氣地翻了翻桌上成山的帳本，她小聲道：「我閒著也就罷了，你怎麼也能總在家裡呀，陛下不催你辦事兒麼？」

聶衍挑眉，倒是輕哼了一聲。

察覺到不對勁，坤儀看向旁邊站著的蘭苕。

蘭苕的消息還是靈通的，只是有些事她沒問她也就沒說。眼下提起來了，她倒是小聲與她解釋：「聽說陛下重用了霍安良和龍魚君等人，與秦國師一起，接手了一些上清司一直未曾結案的舊事。」

比如藺探花為何變成了妖怪，再比如四皇子究竟是被什麼妖怪吃掉的。

這些案子帝王原先倒是沒提，眼下突然就問起來了，上清司一時也沒給出結果，帝王揮手就讓秦有鮫帶著人去查了。

這無疑是在打上清司的臉，但帝王行事倒是巧妙，扭頭就口封了聶衍為伯爵，連帶嘉獎上清司一眾道人，封賞的旨意已經在擬定了，倒叫他們不好發難。

聶衍為此事，已經三日不曾上朝，帝王召見，也稱病推脫。

他倒不是將秦有鮫放在了眼裡，而是龍魚君，帝王明知他不喜此人，卻硬是給了龍魚君官職。

這人立馬就將離明珠臺最近的一處二進官宅給要了去。

聶衍想起就覺得煩，眼眸垂下來，如遠山籠霧，冷冷清清，疏疏離離。

坤儀覺得不妙，立馬「哎喲」了一聲捂住肚子。

他一怔，略慌地扶住她的胳膊，皺眉將他抱過來：「又疼？」

「有點兒。」她睜著半隻眼偷看他的表情，臉上佯裝痛苦，「這都多少天了呀，怎麼還是疼，我究竟吃壞什麼東西了？」

聶衍再顧不得生什麼氣，起身將她打橫抱起來，朝夜半吩咐：「叫大夫過來。」

「誒誒，不用，你抱抱我就好了。」坤儀眨眨眼，臉貼著他的衣襟蹭了蹭，「大夫多累啊，老這麼跑來跑去的。」

夜半忍著笑低聲道：「夫人不必擔心，侯爺特意將西側的院子給了大夫住，他只為您一人看診，累不著。」

冷清空曠的昱清侯府，在這幾個月的時間裡簡直有了翻天覆地的變化，四處貴重的擺件多了不少不說，府裡的人也多了，有專門為夫人養的大夫，有專門為夫人養的戲班子，有專門為夫人養的首飾匠人，還有專門為夫人養的廚子和馬夫。

若放在以前，遇見這樣鬧哄哄的宅院，聶衍定是扭頭就走，一刻也不願多待。可如今，他不但不覺得吵，反而還成天地往府裡帶人，好端端的昱清侯府，活要變成第二個明珠臺。

坤儀也被他這舉動驚了一驚，眨巴著眼道：「人家大夫苦學醫術幾十年，為著治病救人來的，你就讓他給我一個人看診，他在府裡多憋悶吶。」

「總比妳疼起來找不著大夫來得好。」聶衍淡聲道。

心口暖軟，坤儀一口親在他下巴上：「找大夫還不容易？你且養著他，只將西側門給他開了，讓他也能給附近住著的人看看診，只寫方子不出門，這樣便妥了。」

蘭苕聽得有些意外。

主子以往何曾考慮過別人的感受，文武百官都不放在眼裡，更何況普通的大夫，如今不但學會了體諒，還會為人著想，甚至言語間有了些憐憫的意味。

只是，這提議實在是……哪有侯府側門給外人這麼出入的，就算西側那邊有三道門關，也終究是不妥。

可侯爺聽著不但沒覺得不妥，反而覺得這樣一來主子有事做了能開心些，當即就點頭：「好，我明日便讓夜半去做。」

夜半：「……」我覺得我主子瘋了。

蘭苕：「……」我也覺得你主子瘋了。

不管怎麼說，坤儀是高興了，被聶衍抱去床上吃了兩碗甜粥，又拿了他的山海長卷來看。

「孟極的原身竟長這樣。」指了指圖上一角裡畫著的豹子模樣的東西，坤儀咋舌，「真的不會吃了李三姑娘麼？」

聶衍瞥了一眼：「孟極雖喜食人，但盛京裡的這一隻手上沒什麼殺戮，辦事也牢靠，尚算好用。」

妖與妖之間也有克制一說，聶衍是誰都不怕，但比如朱厭，他就怕水屬的妖怪，而孟極，就專吃水屬妖怪，有他幫忙，朱厭辦事能順當不少。

坤儀聽得噘了噘嘴：「他是挺喜歡李三，李三也挺喜歡你的。」

聶衍又迷茫了一陣，似乎在回憶李三長什麼模樣。

坤儀看得失笑：「我知你看不上她，不用想了，往後她要尋著由頭來你跟前晃悠，你不理她便是。」

「好。」他點頭。

笑彎了眼，坤儀蹭了蹭他的手背，舒坦地躺進了軟榻裡。

昱清侯挺可愛的，雖然有時候未必了解她們這些女兒家的心思，但他會聽她的。

他若是妖，原身得是什麼？

瞇著眼在山海圖上劃拉了一圈，坤儀沒想出來，吃飽喝足，很快又睡了過去。

秦有鮫查案極快，十日之後便在朝會上稟告：「經查，四皇子身上傷口齒痕與妖獸孟極往日的行凶痕跡吻合。」

朝堂譁然。

先前孟極就曾為禍國舅府，上清司親自帶人捉拿誅殺，不曾想它竟然又出現了。

聶衍站在前頭聽著，臉上沒什麼表情。

他看向秦有鮫，後者也正看著他，兩人遙遙相望，嘈雜的朝堂從他們身邊剝離開，喧鬧之上，寒風呼嘯，周遭彷彿不是金碧輝煌的朝堂，而是冰凌入骨的不周山。

「妖怪狡猾，修為又高，恐就藏在京中，臣請陛下允准臣隨著秦國師搜查幾處地方，三日之內，臣必定將其捉拿歸案。」龍魚君上前拱手。

盛慶帝龍顏大悅，當即道：「朕賜你玉龍牌，能出入京中官邸，各家各戶為著自己的身家性命，也當配合你。」

「謝陛下。」

碧綠的牌子落進手裡，龍魚君微微一笑，沒入朝官隊伍。

短短一個月，這人就脫了樂伶的賤籍入了秦有鮫門下，以全新的身分做了官，雖有帝王的私心在，但也是他本事了得。

幾個老臣在暗中瞧著，總覺得這天好像又要變了。

聶衍和秦有鮫都心知肚明孟極在何處，但皇令一下去，龍魚君並未直奔上清司。

他先去了昱清侯府。

聶衍站在門口，滿眼冷笑。

龍魚君也不與他多說，執著玉龍牌道：「你今日沒有理由攔著我。」

「但我可以殺了你。」雙目微有鱗光，聶衍居高臨下地道，「讓你悄無聲息死在盛京，於我而言算不得難事。」

龍魚君莞爾：「侯爺自然是本事不凡，但我出來的時候秦國師便在我身上落了『追思』，侯爺能悄無聲息殺了我，但未必能悄無聲息地殺了他。」

鮫人乃蛟龍旁翼，修為實在是不低，不然也無法三番兩次在他眼皮子底下惹事。

聶衍瞇眼，心裡燥意更甚，抬手就想落下結界。

龍魚如何，鮫人又如何，他若不高興，一次可以殺兩個。

第69章　往事

午時還未到，暮色沉沉就地往四周落。

龍魚君眼看著，卻壓根沒挪步子，只似笑非笑地看了一眼他身後。

聶衍突然皺眉，像是想到了什麼，翻手收回了結界。

果然，沒一會兒，蘭苕便探出頭來，小聲道：「侯爺，夫人醒了，正在尋您呢。」

眉目間的殺氣在一瞬間消散乾淨，聶衍轉身，一邊往回走一邊對夜半道：「請大人去前院坐著，等我與夫人出門，便讓他再去後院搜查。」

「是。」夜半應下。

龍魚君皺眉，張口還想說什麼，聶衍已經走得沒了影子。

坤儀睡醒就覺得身子不太對勁，原先被聶衍用血符封住的胎記眼下又有些灼痛，她伸手去捂，卻又沒摸到什麼異常。

正難受得想撒嬌，就聽見蘭苕進門來，飛快地與她低聲道：「龍魚君持著皇令來搜府，侯爺不高興了。」

坤儀一愣，抬頭就正好看見聶衍跨門進來。

「想不想吃望月齋的燒餅？」他低眉問。

老實說，躺著的這段日子吃得多了些，她是想吃些素食的，但想了想蘭苕方才說的話，坤儀乖順地點頭：「好。」

眼下她與龍魚君又沒什麼好見面的，白惹這美人兒難受就不划算了。

果然，她一應下，聶衍的臉色就好看了不少，將桌上散亂著的山海圖一併捲了，帶著她去望月齋的二樓雅座裡一邊吃一邊看，大有等到龍魚君走了再回去的意思。

馬車出府的時候，還特意從龍魚君跟前繞了一圈，沒停。

坤儀被他這舉動笑得淚花都出來了：「何至於。」

「你看不明白他安的什麼心。」聶衍道，「我看得明白。」

妖怪是沒有倫常可言的，別人家的夫人於他而言就是心上人，既然是心上人，他想與她在一起就沒有任何不妥。

呵，做夢。

車軲轆響著歡快的聲調，帶著聶衍和坤儀就跑遠了。

龍魚君冷眼看著門外，又轉身繼續跟著夜半往後院走。

「這處是夫人新修的涼亭，這邊是夫人買回來的一些丫鬟。」夜半皮笑肉不笑地替他引路，「大人可看仔細了，在這裡若尋不著孟極，可不是我昱清侯府包庇。」

龍魚君未置一詞，越走卻越覺得煩。

他以前趁夜色經過了昱清侯府一回。

黑夜裡這座府邸閃著冷漠不近人情的法陣，府裡除了幾叢雅竹，就只有威嚴冰冷的房屋。眼下不但多了幾處亭臺樓閣，伺候的奴僕和隨從也多了不少，甚至還有戲班子和成群的廚子。

坦白說，在照顧坤儀感受的這一點上他不如聶衍，想不到這麼周全，在人間收斂的財富也未必能支撐這麼大的府邸開支。

「嗯？大人怎麼不跟上來了？」夜半停下來看他。

龍魚君擺手，冷漠地轉身就走。

龍魚非龍，不會囤積寶石，亦無法開採山海間的寶貝，他與聶衍之間差的，又豈止是一個身分。還得要更多的東西才行。

夏風徐徐，吹過望月齋的窗外，聶衍抬頭瞥了一眼自己府邸的方向，心情極好地替坤儀翻著山海長卷。

「這裡畫著的是什麼？」她好奇地指了一處來問。

不知道出於什麼樣的想法，聶衍不抵觸為她介紹這些東西，甚至她越感興趣，他越高興，只要她問，他都會答，包括各家妖族幾千年來的各種糾葛。

然而眼下他定睛一看，坤儀指的是畫卷最中央的一處景象。

烏雲遮月，雷閃雷鳴，玄龍於雲中露出首尾，怒目視下，牠面對著的不周山上，一隻九尾雪狐仰頭而立，口中泛著紅光。

眼神緊了緊，聶衍別開了頭：「狐族與龍族在千年之前有過一場大戰罷了。」

他說得輕描淡寫，坤儀卻像是突然來了興致，丹寇撫著那狐狸的尾巴，欣喜地問：「這種九尾變成的人是不是就是傳說裡傾國傾城的美人兒？」

知道她在想什麼，聶衍沒好氣地道：「九尾一族以女為尊，少有雄性化人形行走世間。」

坤儀沉默了，丹寇有一下沒一下地點著圖面。

就在聶衍以為她不會再問的時候，卻聽得她悶悶地道：「原來這世上當真會有比我還美的女子。」

聶衍：？

聶衍：……

他不知該說他家夫人自視甚高，還是該說她居然連這種問題都想過。

「人之皮相，外物爾爾。」他抿唇，「妳不管變成什麼樣，也都比她們好。」

「真的？」她又重新高興起來。

暗嘆一口氣，聶衍點頭：「真的，九尾狐族離開人間已有近千年，妳也不會遇見她們。」

「哇」了一聲，坤儀眼眸亮亮地挽住他的胳膊：「她們離開人間能去哪裡？」

聶衍沒有再答，只將茶杯遞到她唇邊：「府裡乾淨了，待會兒便與我回去。」

這麼快。

坤儀有些失落，嘴撇得老高，但還是乖順地跟著他走了。

只是，她給秦有鮫傳了一封信。

秦有鮫忙著追查孟極之事，壓根沒空來見她，只打發杜蘅蕪來解答她的疑惑。

於是這日聶衍去了上清司，坤儀就坐在後院裡看杜蘅蕪這張刻薄又揶揄的臉。

「才大半個月不見，妳怎就豐腴了？」杜蘅蕪上下打量她，小白眼直翻，「怕當真是離被休棄不遠了。」

坤儀覺得好笑：「我就算宗碟被廢，這婚事也是皇婚，哪那麼好休的，妳別真是聽外頭那些肖想昱清侯的人說的瞎話，真以為這侯府後院能易主。」

杜蘅蕪撇嘴，倒沒反駁這個，只落下了結界，轉臉與她說正事。

「妳怎麼想起問龍族之事了。」她撇嘴，「練功不見妳多勤奮，聽熱鬧真是將耳朵都要豎得招風了。」

坤儀輕哼：「師父讓妳傳話，也沒讓妳擠兌我。」

白她一眼，杜蘅蕪扔來一方小冊子：「自己看。」

雙手將冊子接下，坤儀當即展開。

聶衍沒騙她，龍族和九尾狐在千年之前的確有過一場大戰，但他沒說的是，這場戰一開始是龍族和九重天上別的族類在打，狐族原本是龍族的助力，卻在背後陰了龍族一把，誣告龍族水淹人間，謀害萬千人命。

凡人不知為何，一力幫狐族作證，坐實了龍族的罪孽。

妖可以殺人，神卻不可以，龍族腹背受敵，冤枉難申，在接下來的大戰裡節節敗退，最後隱入了人間的不周山。

狐族倒也沒有好下場，上萬年修為的狐王被上清司的開司道人封印，人間也因著狐王的封印得了喘息之機，安穩生活了這麼多年。

看見上清司的字樣，坤儀頓了頓：「哪個道人這麼厲害，竟連狐王也能封得。」

「這妳都不知道？」杜蘅蕪撇嘴，「都說了讓妳少去容華館，多看書。」

上清司的開司道人宋清玄，乃芸芸眾生裡最為人間長臉的一個，道術出神入化，膽識也十分過人，本可以修道成神，但為著人間太平，愣是以自己的三魂七魄封印了妖王，自己也身死神滅。

「宋清玄的死，妳父皇母后都知道，所以朝中才有了上清司，只是妳皇兄沒見過那場面，對他們不太信任，才有了後來的上清司沉寂多年的情況。」杜蘅蕪想了想，又道，「不過如今的上清司亂七八糟的，妳皇兄不信也好。」

這早就不是宋清玄還在時候那個為民除害的上清司了。

坤儀聽得怔忪，低聲喃喃：「我今日看他神色奇怪，這才想自己找故事來看，誰料還真與上清司有些牽連，那也說得通。」

她還以為他與那九尾狐有什麼牽扯呢，眼神那麼幽深。

微鬆了一口氣，坤儀將冊子還給了杜蘅蕪：「妳帶走，莫要留下讓他看見了。」

杜蘅蕪輕哼：「瞧妳這模樣，往常可是二十多個樂伶一起往府上請的，眼下身邊乾淨得連個小廝都沒有，哪還有妳當年的威風。」

說罷起身：「我沒那麼多閒工夫在妳這兒待，妳自個兒小心些吧，看師父那模樣，是不打算放過妳夫婿的。」

秦有鮫原也是個喜歡遊歷山水的閒散國師，這次回京不知怎的突然就對權勢有了興趣，在朝堂上與聶衍劍拔弩張，下朝了也與上清司過不去，將上清司抖擻了幾遍，氣得黎諸懷差點顯形與他打起來。

不過他這般行徑也沒什麼好果子吃，一到夜裡就被幾方妖怪圍攻，連覺也沒個好睡。

黑夜懸月，聶衍站在牆頭上，淡漠地看著下頭狼狽躲避的人：「你何苦來插手我的事。」

「我若不插手，眼睜睜看著你將我徒兒拖進深淵？」秦有鮫啐了一口血沫，擋開噬魂妖怪的攻擊，朝他看了一眼，「她是我看著長大的，用了多少奇珍異寶才護著平安長大，你休想。」

聶衍有些煩，他不知道秦有鮫和龍魚君哪裡來的自信他們就是要護坤儀，他就一定是要害坤儀。

她在他身邊，分明可以很開心。

他想殺了秦有鮫，可剛抬手，這人就道：「我可是世上最後一個知道你仇敵下落的人，殺了我倒是無妨，你想找的東西可就再也沒機會現世了。」

第70章　師父

這威脅旁人聽著沒什麼要緊，可落在聶衍耳裡，愣是讓他停了手。

他垂眼看著秦有鮫，和藹地笑了笑：「你當知道，我最恨的是什麼。」

龍族睥睨天下，最恨人威脅，當年他若是肯受天狐的脅迫，與那人完婚，後來天狐也不至於因著太過畏懼龍族而挺身走險。

秦有鮫自然知道這一點，但見聶衍停了手，他還是笑了：「你總歸是恨我的，讓你多恨些也是無妨。」

卻邪劍帶著凌厲的風聲橫在了他面前，聶衍抬手，四周開始落下厚重的結界。

秦有鮫的動作倒是快他一步，朝天上扔了一隻紙鳥，那紙鳥又輕又小，在結界落下之前就飛了出去。

「你可以殺我，但我一定會讓坤儀知道你的所作所為。」他淺笑，負手而立，任由結界在四周砸了個結實。

聶衍面無表情地看著他：「她拿你當師父，你拿她當籌碼。」

「這天下若有人能成為脅迫龍族的籌碼，那可是天大的幸事。」秦有鮫深深地看著他。

結界內狂風大作，電閃雷鳴。

……

坤儀從睡眠裡驚醒，下意識地往旁邊一摸，沒有摸到聶衍。

她起身，接過蘭苕遞來的茶，皺眉問：「侯爺去哪兒了？」

蘭苕答：「宮中傳話，讓侯爺面聖去了。」

坤儀皺眉，總覺得有些不安，攏了披風起身，她站在窗邊往外看了看。

一隻紙鳥飛在院牆外的天上，急吼吼地撲搧著翅膀，侯府院牆外有法陣，牠進不來，直發出僵硬古怪的鳥叫聲來。

坤儀瞇眼看了許久，吩咐護衛去將牠帶進府。

有了凡人掩護，紙鳥順利地進到了她的房裡，開口就是秦有鮫那熟悉的語氣：「愛徒，為師有難。」

這話坤儀聽得不少，小時候秦有鮫誤入花樓，喝了一罈三百兩銀子的酒，也是派這麼一隻破鳥來知會她的，是以，坤儀翻了個白眼，漫不經心地坐下來，聽他這次又惹了什麼麻煩。

然而，接下來的話，卻是將她驚出了一身冷汗。

「妳所嫁非人，意在宋家江山，我若下落不明，則是為他所害，妳修為低微，莫要替為師報仇，明哲保身即可。」

屋子裡眾人臉色皆是一變，坤儀下意識地就扭頭道：「魚白，將門關上。」

「是。」

紙鳥傳完了話就自己燒了起來，火光在屋子裡亮了又暗，映得坤儀的臉色十分難看。

秦有鮫是她師父，她不信聶衍會下這個狠手，可師父這話又不像是誆她的，聽語氣裡的焦急和擔憂，想必他正面對著危險。

聶衍又恰好不在……

「主子，恕奴婢多嘴，國師修為高深尚且不能自救，您就萬不要去摻和他們的事。」蘭苕死死地抿著唇，「聽了就聽了吧。」

她是個自私的人，她才不管什麼家國大事你死我活，她就想要她家主子活得好好的。

坤儀白著臉轉過頭來，眼神有些恍惚：「蘭苕，覆巢之下，焉有完卵？」

秦有鮫是當下少有的修為高深還願意護皇室周全之人了，他若被害，那誰還能制衡上清司？到時候這天下，便是上清司的人說了算，那皇兄將如何？她又將如何？

他們宋家的先祖也是馬背上得來的天下，沒有一代人是軟骨頭，又豈能看著臥榻之側他人酣睡而無動於衷。

況且，況且秦有鮫是她的師父。

幼時皇兄害怕她，不肯拉她的手，是秦有鮫板著臉將皇兄帶出去看了真正的妖怪，教他血濃於水，教他愛護幼妹，她才有後來的好日子過。也是秦有鮫，在她數次遇見妖怪的時候踏雲而來將她救出。還是秦有鮫，在她生辰思念父母的時候，為她做十分難吃的長壽麵。

她幾乎是他看著長大的，又怎麼可能聽著他身處危難而坐視不理。

「主子！」蘭苕低呼。

坤儀恍若未聞，她徑直跨出房門，一路快走，繞過回廊，走過前庭，一路上拖曳到地的裙擺帶得路旁的花枝窸窣亂響。

側門就在前頭不遠，她呼吸有些急，三步並兩步地上了臺階就想去拽門。

然而，先她一步，側門自己打開了。

夜半扶著人進門來，抬頭就對上了坤儀那張明豔不可方物又滿是焦急的臉。

他一怔，下意識地就想退出去。

「站住！」坤儀啞聲喊。

聶衍聽見了她的聲音，身子僵了僵，飛快地拂開了夜半的攙扶，夜半直皺眉，不放心地虛扶了他好幾下，見他能站穩，才勉強笑著朝坤儀拱手：「夫人怎麼這個時候要外出？」

怎麼還恰好走了這個側門吶。

深呼吸將氣平順下來，坤儀有些不敢置信地看著臉色蒼白的聶衍：「你受傷了？」

「無妨。」他負手而立，沒有與她對視，只道，「回來的路上遇見了些麻煩。」

「那哪是一點麻煩，簡直是拚了命地要置侯爺於死地。」夜半嘀咕。

「夜半。」聶衍冷斥。

濃厚的血腥味兒從他的衣裳下透出來，坤儀急了，吩咐魚白和蘭苕：「將侯爺扶進去。」

然後轉頭瞪著夜半：「出什麼事了，你和我說清楚。」

夜半畏懼地看了聶衍一眼。

「看他做什麼，看我！」坤儀怒斥，天家的氣勢霎時上來了，驚得夜半一低頭，竹筒倒豆子似的道：「聖上突然召了侯爺入宮，說要商議要事，誰料卻是要侯爺將上清司一分為二，交一半給秦國師。侯爺不明所以，沒有答應，秦國師卻以您做要脅，說若不答應，就讓您與侯爺和離，侯爺氣急，拂袖出宮，卻不料在出宮的官道上遇見了埋伏。」

外頭天還沒亮，宮城附近是有宵禁和夜防的，若非聖上之意，誰能在這地方埋伏下那麼多道人來？

坤儀聽得直皺眉。

她師父是瘋了不成，這種朝政大事，也能拿兒女情長來做威脅？屬實幼稚，上清司眼下就算勢大，也沒理由一上來就要人交權的。

至於皇兄，皇兄確實一直有殺聶衍之心，她沒法說什麼，但三更半夜讓人進宮，又在官道邊埋伏，著實也是過於急躁，且還容易寒人的心。

她想了想，招手叫來自己身邊的護衛，吩咐道：「替我傳個話給國師，他欺負了我的人，便給我送最好的傷藥來。」

護衛拱手應下，接著就出門了。

夜半欣慰地道：「主子被國師那番言語氣得不輕，幸好夫人還是明事理的，願意站在他這一邊。」

「我是他夫人，不站他這邊還能站誰那邊。」坤儀嘟囔，「我師父也真是的，怎麼能做出這等事來。」說是這麼說，她心裡還是有疑竇的，叫護衛去傳話也不是真的為了什麼傷藥，而是想看她師父是不是還安好。

結果一個時辰之後，護衛來回話：「國師氣得不輕，將屬下趕出來了。」

「你看清楚了，是國師本人？」坤儀低聲問。

護衛點頭：「除了國師，少有人能直接將屬下從府內扔到大街上。」

坤儀：「……」

所以，那隻紙鳥還真是傳的胡話。

氣得翻了個白眼，坤儀轉身回屋去看聶衍。

聶衍傷的都是皮肉，但血淋淋的看著嚇人，她仔細替他洗了傷口，又替他上藥，手剛碰到他的手臂，就被他翻手抓住了。

然後，這位當朝新貴、上清司權柄、被無數人視為最大威脅的昱清侯爺，問出了一個無比幼稚的問題——

「我和妳師父同時掉進水裡，我們都不會水，但妳會，妳只能救一個人，妳救誰？」

坤儀：……

她是來給人當夫人的，不是給人當相公的，為什麼也要面對這種事？

哭笑不得，她伸手撫了撫他的手背：「救我師父。」

眼神一暗，他抿了抿唇：「那我呢？」

「我陪你去死啊，等到了陰曹地府，閻王爺一查我這死因，肯定覺得我特別可憐，說不定下輩子還讓我跟你在一起。」坤儀手托著下巴，眼眸亮晶晶的，「到時候我就不要生在皇家了，生在一般的富貴人家就行，然後嫁與你，我們離水遠些，過一輩子安穩日子。」

神情微微一滯，聶衍沒想到這問題還能這麼答，有些沒回過神來。

坤儀噗哧地就笑出了聲。

她笑得明豔，彷彿完全不覺得這個問題是他在要她做選擇，反而愉快地暢想起來：「我要不是公主，你不知道還會不會遇見我，像你這樣前途無量的少年郎，怕是一出生就要與人定親，到時候我只能眼巴巴地拉著你的手，問你——」

「公子，我和你未婚妻同時掉進水裡，我們都不會水但你會，你只能救一個人，你救誰？」

媚眼如絲，她睨著他，輕輕搖晃著他的手指，等他作答。

聶衍悶哼一聲，手臂上的傷口流出一抹血來。

坤儀嚇了一跳，一邊拿白布來擦血，一邊惱道：「受傷了就老實些躺著，亂動什麼呀。」

夜半站在旁邊，眼觀鼻口觀心，心裡暗自唾棄自家主子，回回都用這招，真是太無恥了。

更可氣的是，坤儀還就吃這一招，什麼救誰不救誰的，她現在滿眼都是他們家侯爺。

第71章　好人

聶衍這一受傷，直接躺在侯府裡不願再去上朝。

坤儀也理解他，在官道上被埋伏，等於帝王對他亮了劍，雖然事後裝作無辜地送來不少補品慰問，但聶衍顯然不好糊弄。

要上清司分權，可以，就看秦有鮫能不能接住。

秦有鮫倒也不怵，接手了上清司二司，就讓龍魚君將孟極捉拿入了鎮妖塔。

「冤枉，實在是冤枉，我家夫婿連春獵也沒去，一直在盛京，如何就能隔著幾十里路傷了四皇子性命。」李三跪在侯府外，不停地磕頭喊冤。

坤儀聽得直皺眉：「她不去御前喊冤，跑我們這兒喊什麼，人又不是我家侯爺抓的。」

過府做客的錢書華一邊啐瓜子殼一邊道：「她是跟她那夫婿過日子過魔怔了，瞧著她夫婿像侯爺，便覺得侯爺也該心裡有她，尋著由頭來見面，只可憐她那夫婿，為著不連累她，特意給了她一紙和離書，誰料她完全不怕被牽連，反倒是就要用這上清司在職官員家眷的身分來攀扯。」

說著，又湊近她小聲道：「妳可得小心了，她肚子裡還懷著孩子，萬一在妳府邸門口出什麼事，白給妳惹一身的麻煩。」

想想也是，坤儀起身，帶著眾人一起去了門口。

一看見是她出來，李三變了神色，卻仍舊跪著沒起身：「侯夫人與我同為人婦，不至於這個關頭還要來為難我吧？」

坤儀笑瞇瞇地搖頭：「不為難，就是覺得妳跪錯了地方，怕妳傷著身子。」

李三抿唇。

眼下只有聶衍能從國師的手裡救人，她沒跪錯。只是沒想到聶衍當真心硬如此，完全不理會她。

「我不會走的。」她沉聲道，「侯爺若不出來，我就一直跪下去。」

錢書華被她氣得直翻白眼，剛想說她醉翁之意不在酒，毫無廉恥，結果就見坤儀神祕兮兮地蹲了下去。

她一愣，低頭看她，就見坤儀從袖袋裡掏出一張符紙，用朱砂寫寫畫畫了一陣，然後往李三面前的空地上一拍。

咻地一聲響，李三憑空消失了。

眾人目瞪口呆，李三身邊的丫鬟更是嚇壞了：「妳，妳這是什麼妖法，我家姑娘呢？」

「妳去宮門口繼續陪她跪吧。」捏著絲帕將手上的朱砂擦乾淨，坤儀笑瞇瞇地道，「那兒才是正經喊冤的地方。」

千里符，原先她不會畫，這幾日聶衍養傷無聊，順手就教給她了，本意是讓她以後保命用的，誰料還能用在這裡。

丫鬟驚慌失措，一邊喊著救命一邊帶人跑了，坤儀拍拍手，帶著錢書華繼續回院子裡嗑瓜子。

「妳這也太厲害了。」錢書華感慨，「如今京中人人都以修道為上乘，送家裡的姑娘哥兒去杜家那個修道私塾，要花好大一筆銀子呢，沒想到妳原就是會的。」

妖孽當道，修道自然成了上流，只是等這些人成長起來，怎麼也得十年之後。坤儀嘆了口氣：「小時候隨便學的。」

而且什麼花哨學什麼，都是些沒大用的。

錢書華卻是崇拜極了地看著她，一邊走一邊道：「等我生了孩子，便央著做妳的徒弟。」

坤儀哭笑不得：「妳也是心寬，整個盛京都知道我不著調，妳還敢把孩子交給我。」

「那有什麼的，我覺得妳活得開心。」錢書華不以為意，「我的孩子，也只管開心就成了，別學他們爹，活得那麼累。」

霍安良自從回京就升任了兵部要職，鮮少歸家，以至於錢書華無聊得天天往侯府跑。霍老太太一聽她是來侯府，不但不攔著，反給她塞一堆東西叫她帶來。

什麼新繡的帕子，新做的短襖，還有鄉下遠房種的蔬菜果子，都不是什麼貴重的東西，但坤儀很喜歡，每次接著眼眸都亮亮的，看得錢書華更樂意給她送了。

「說來今日是妳生辰，霍大人怎麼也沒回府？」坤儀順嘴問了一句。

錢書華扁了扁嘴，白了一些的臉圓圓的十分可愛：「原是說要回來與我一起吃碗麵的，可今日街上不知怎的就闖出一隻大妖來，妳家侯爺不是臥病在家麼，上清司又不聽秦國師的調派，夫君就只能先帶著兵部的人過去了。」

大妖？坤儀皺眉，兵部那些個肉體凡胎，哪裡能對付得了大妖。

她側頭就讓蘭苕出去打聽。

孟極是上清司的人，且並未顯出原形就被秦有鮫和龍魚君帶走，上清司的人不服，覺得這是污蔑，今日巡街的人都少了些，是以兵部只能出面穩定人心。

但街上出現的那隻大妖是鹿蜀，兵部去再多的人，也扛不住牠一道火燒。

聽聞龍魚君已經趕過去了，但能不能及時趕到、現在那邊街上是什麼狀況，大家統統不知道。

錢書華就是為了不一個人在家裡擔憂，才躲到她這兒來的。

坤儀安撫了她兩句，就聽得下頭的人來回稟：「鹿蜀燒了半條洛北街，眼下已經被控制，但京南又出了一隻反舌獸，京西也有一條丈高的化蛇，官府已經貼出了通告，讓家家戶戶門窗緊閉，莫要上街。」

龍魚君再厲害也只是一個人，就算加上秦有鮫，兩個人也攔不住京中多處妖禍。

坤儀下意識地回頭看了一眼聶衍房間的方向。

這樣的亂象若說是碰巧，她是不信的，可聶衍怎麼也不像是會拿尋常百姓的性命來與人賭氣的，這些年來他救的人不在少數，也從未辜負過上清司之名。

應該有別的什麼原因。

「杜家小姐往城西去了。」護衛補充了一句。

坤儀睫毛顫了顫。

杜蘅蕪是相府千金，若無大事，自是不會拋頭露面親自動手的。

「侯爺的傷怎麼樣了？」她問蘭苕。

蘭苕嘆息：「傷口還未結痂，昨兒疼了一夜，天亮才剛剛睡著。」

這種情況，也不能強求他什麼。

坤儀起身，拉著錢書華的手道：「外頭亂，我親自送妳回去。」

錢書華垂眼，跟著她一路走到後院停著馬車的地方，才道：「我回去也是歇息不了的，不如去看看夫婿。」

「太危險了。」坤儀搖頭。

錢書華手掰著腰間掛著的香囊，也知自己這提議荒謬，跟著她上車，眼睛紅紅的，沒有再開口。

然而，這車一路走外頭卻是越來越喧鬧。

「車上何人，前頭不能再去了。」有人攔車。

蘭苕坐在車轅外頭，橫眉冷目，氣勢唬人：「昱清侯府的馬車你們也攔？」

一聽是昱清侯府，外頭的人壓根沒問車上有誰，徑直就退開了。

錢書華看了看外頭的街景，有些驚訝地回頭：「夫人……」

「我這個人不學無術，也沒多厲害。」坤儀漫不經心地道，「但護著妳看一眼夫婿還是可以的，大不了甩一張千里符，咱們一起逃，斷不會叫妳傷著。」

鼻子一酸，錢書華哇地一聲就撲到了她腿上：「我今天擔心了一整天……一整天都沒敢與人說我想去看他，我知道他們要說我不懂事，一個婦道人家又幫不上忙，還要去添亂，可是我真的好怕他和上回一樣突然就消失了。」

她哭起來一點大家體統都沒有，一把鼻涕一把淚，落了好些在她衣裙上。

坤儀皺眉遞過去了帕子，稍微有些不自在：「懂事不懂事的，這盛京裡誰不知道我是最不懂事的一個，多大點事啊，妳別哭了，前頭就要到了。」

「夫人，妳真是個好人！」她接過帕子，還是哭，「我再沒遇見過比妳還好的人了。」

睫毛顫了顫，坤儀抿嘴，不太自在地別開頭去看窗外：「這話哄哄我就算了，說給別人聽，要將人笑得直不起腰。」

她當過禍水，當過妖婦，就是沒有當過好人。

「他們不懂，他們只知道傳風涼話。」抹抹臉，錢書華雙眼清澈地看著她，篤定地道，「妳就是好人，先前救了我夫君，眼下又救了我。」

被罵倒是無所謂，難得被誇一回，坤儀簡直是手都不知道往哪裡放，彆扭地將她拉起來，擺手道：「行了，前頭有個茶館，上二樓有露臺，妳去那裡站著，正好能看見鄰街的場景。」

霍安良就在鄰街，鹿蜀雖已被制服，但打殺牠還要廢些功夫，加之四周都是火苗，裡頭的人也不太好過。

龍魚君已經帶人馬不停蹄地趕往下一處了，霍安良引弓搭箭，一箭射入鹿蜀的咽喉，又取了刀，在牠屍身消失之前，將牠的尾巴割下來，好與陛下稟告。

這人年少有為，英姿颯爽，雖然渾身髒汙，但瞧著確實是個可靠之人。

錢書華遠遠地瞧著他無恙，長出了一口氣，側頭正想與坤儀說話，卻見她臉色突然變得蒼白。

「書華，快跑。」她突然道。

錢書華懵了，沒有反應過來，愣愣地站在原地，就見坤儀突然吃痛地捂住了自己的後頸，而後，鄰街那頭已經奄奄一息的鹿蜀不知為何猛地就掙開了身上的纏妖繩，漆黑的眼眸對準茶館的方向，不顧一切地朝她們衝了過來。

第72章　容器

火光炸開的時候，整個茶館在一瞬間變成了黑色的剪影。

坤儀的瞳孔一點點睜大。

炙熱的火浪將整個茶館擊碎，她張大了嘴，想動用千里符，可在拿出來的一瞬間，符紙就被猛烈的熱浪化成了灰。

眼睜睜看著錢書華的面容如秋風裡的殘葉一般在自己面前破碎消失，坤儀瞳孔失焦，跟著就被一道身影捲著飛出去老遠。

天地間的聲音變成了古怪的雜響，坤儀怔愣地看著，看著兩層高的茶館在她眼前被夷為平地，看著方才還鮮活的血肉眨眼連渣也不剩，也看著一方她自己遞出去的繡花手帕被風吹得老高，在空中打了幾個圈，然後碰著下頭的火苗，被一點點地燒了個乾淨。

街上大火未滅，濃煙滾滾，地上殘瓦碎礫數不勝數，受傷的百姓相互攙扶著撤離。

荒唐得像是噩夢一樣的場景。

蒼黃色的軟紗登雲袍在她眼前微微起伏，有人低聲喚著她：「坤儀，坤儀？長歲！」

長歲，她母后為她起的乳名，但她一次也沒能親耳聽母后喊過。長命百歲是她的，而她身邊的人，統統都不會有好下場。

喉間堵得發疼，坤儀深吸了一口氣，彷彿倒了一罐子辣椒在喉嚨裡，劇烈地嗆咳起來。

咳完，她嗅到了濃厚的血腥味，從抱著她的人身上傳來的。

坤儀呆呆地抬眼，正對上聶衍一雙顏色幽深的黑眸。

他嘴唇蒼白，似是剛從床榻上起來，呼吸有些急促，蒼黃色的登雲袍摸著有些濡溼。

坤儀下意識地將他拉側過去，看了看他身後。

趕來太急，他傷口崩裂，背後一片血肉模糊，血水混在蒼黃色的袍子上，形成了古怪的深褐色。

她怎麼總在害人啊……

喉間堵著的東西像是堵不住了，她眉尾一耷拉，肩膀發顫，突然就嚎啕大哭。

哭聲悲愴，響徹整條大街。

聶衍聽得心頭一痛，反手就將那還在掙扎的鹿蜀打了個魂飛魄散屍骨無存，但這麼一用力，他背後的傷崩得就更厲害，有血滲出了袍子，順著面兒往下滴。

坤儀抓著他的衣袖，哭得說不出話，一邊哭一邊搖頭。

「侯爺？」霍安良帶著人跨過七零八落的燒焦橫木走到二人面前，似是有所感地朝茶館的方向看了一眼，「發生……什麼事了？」

坤儀看著他，想起錢書華滿臉感激地望著她的模樣，整個人不可遏止地發起抖來。

「夫人，妳真是個好人。」

——她哪裡是什麼好人，她是個殺人凶手，盛京所有人都知道要離她遠些，偏這個傻子待她好，所以難逃一劫。

坤儀突然伸手，狠狠地抓向自己後頸上的胎記。

幾下猛抓，後頸上血肉模糊。
聶衍反應不及，沒攔住她，下一瞬，就察覺到了熟悉的濃烈妖氣噴薄而出。
「坤儀。」他有些心慌地低喊。
她還在哭，小臉哭得慘白，一邊抓著自己的後頸一邊往鹿蜀方才被捆住的方向踉蹌：「你們到底要什麼，要什麼！來同我要，將我的命也拿去！」
「坤儀！」
「夫人！」
四周伸了好多雙手要來扶她，坤儀將他們揮開，雙目通紅地望著天：「哪有人生來就罪孽深重的，哪有人什麼也沒做就要背負那麼多人命的，你們想要什麼，早些來拿啊！」
妖氣洶湧，從她身上飛速蔓延到整條街。
聶衍連忙捏訣想落下結界，不料各處的妖怪反應更快，瘋了一般地朝她這邊靠攏，南邊的反舌獸，西邊的化蛇，以及城中潛伏著的大大小小的妖怪一時間都衝了過來。
還未落完的結界被牠們沖散，聶衍皺眉，顧不得別的，只飛身到她跟前，想將她帶走。
然而，一到跟前，他對上了一雙萬分熟悉的眼眸。
瞳細、眼角尖，是為狐也。
心口大震，聶衍下意識地鬆開了她。
坤儀原本就沒站穩，他再一鬆，她就跌坐到了地上。一向嬌貴的人，眼下卻是沒喊疼，只低頭看著自己的手，像是有些陌生。

「讓開！」身後一股拉力將他拽到旁側，聶衍回神，就見秦有鮫落在了坤儀面前，二話不說就咬舌尖血捏訣，落下一個封印陣來。

「坤儀，妳不能睡！」他神色凝重，一邊封印她背後胎記一邊低斥，「醒過來！」

四面八方的妖怪撲了上來，聶衍朝天放了信號煙，翻手落陣，將坤儀和秦有鮫護在了陣中。

坤儀歪著腦袋看著秦有鮫，眼瞳依舊是狐瞳：「原來是你。」

秦有鮫死死地捏著陣訣：「你放她出來。」

「咯咯咯～」面前的人笑起來，花枝亂顫，「你若當真心疼這小丫頭，又怎麼會任他們將我留在這裡。」

「閉嘴！」

金光大作，狐瞳有些痛苦地緊縮，卻依舊沒褪去：「你們凡人忘恩負義，還妄想一輩子隱瞞事實？」

她眼神唬人，秦有鮫卻是絲毫沒害怕。

青丘一族靠著出賣龍族得封天狐，但他們的王卻因著殘害蒼生，被道人封印，眼下就算神識醒轉，也未必能恢復以前的修為，不過是色厲內荏罷了。

但，他很擔心坤儀。她若是就這麼睡下去，那可真是大事不妙。

正想著，一道光從他身後飛越上來，替他加重了封印陣。

強大的法力壓得面前這人吐了口血，狐瞳不甘不願地，終於是被迫閉上了。

坤儀的身子軟軟地倒在了廢墟裡。

秦有鮫鬆了口氣，回頭卻對上聶衍那雙比狐瞳還讓人害怕的眼睛。

他似笑非笑，深深地看了他一眼，又看了看後頭的坤儀。

秦有鮫頭皮發麻。

誰也沒料到今日會出這樣的事，當初宋清玄封印妖王之時，分明說過不會讓別人發現的。

幾十年前的龍狐大戰，生靈塗炭，龍族退隱，天狐得意，為使人間免遭天狐傾覆，上清司開司元祖宋清玄拚著自己再不入輪迴，以三魂七魄將天狐妖王封印。

原是想將牠封印在不周山，可當時的宋清玄沒多少活頭了，走不了那麼遠的路，盛京之中又沒有足以容納妖王的法器。

結果當時皇后正好產女，生下了公主坤儀。

坤儀出生的時候，人間難得有了萬里無雲的好天氣，宋清玄掐指一算，這女娃根骨奇佳，命數離奇，比任何容器都來得好。

帝后看著滿目瘡痍的天下，含淚答應了他的要求，讓他臨死前將妖王封印在了坤儀幼小的身體裡。隨著坤儀的生老病死，妖王也會跟著死去，再不入輪迴。

計畫是很好的計畫，但不知為何，宋清玄封印用的三魂七魄，突然就少了一魄，以至於坤儀身上的封印痕跡妖氣四溢，裡頭那東西還能透過這痕跡吸食別的妖怪。

秦有鮫不得不為她穿上繡滿瞞天過海符的衣裳，來遮擋那胎記。

聶衍給的龍血符也是有用的，天狐怕龍，看見他的符咒能安生很長一段日子，但不巧的是，聶衍與裡頭封印著的那隻天狐似乎有些過往，以至於安生了沒多久，那東西反而是更想出來了。

「這孩子因著這東西，打小沒過過一天的安穩日子。」將坤儀抱起來，秦有鮫走到聶衍跟前，「她是肉體凡胎，一出生卻就被當成了容器，因此害死了身邊一個又一個親近的人，所以她原是不敢再與人親近，也不敢再放下心防。」

「是你和你的龍血符給了她錯覺，讓她以為自己可以像普通人一樣結交朋友、過尋常日子，誰料今日還是釀成了悲劇。」

「我看她是不想活了，所以才會被天狐霸占了神識。你找這隻天狐多年，如今終於找到了，我想攔你是攔不住的，你若想將牠從坤儀身體裡抽出來，便動手吧。」

「只是，她身子本就弱，封印一解除，天狐任你宰割，她也必死無疑。」

人被放進了他的臂彎裡，聶衍僵硬著手臂接著，臉上神色陰森恐怖：「你又想用她威脅我。」

「沒了這保命符，我可不敢再威脅你，說些實話罷了。」秦有鮫聳肩，「我鮫人一族算來與你也算遠親，若非你行事歪斜，我也不會出手阻攔，如今你已經尋得舊敵，接下來要如何做，全憑你高興。」

說罷，一揮手就退出了幾丈遠。

「師父！」杜蘅蕪追著化蛇過來，瞧見前頭的場面，焦急地跑到他身邊，「你就這麼走了，坤儀怎麼辦？」

秦有鮫擺手：「生死有命。」

「你騙人！」紅了眼睛，杜蘅蕪惱道，「這本不是她的命，是你們強塞給她的，既然塞給她了，就該保住她的命！」

誰都知道龍族有多恨天狐，把封印著的死敵交到聶衍手裡，他如何不會想除之而後快？

秦有鮫撓了撓下巴，他沒想通自己這大徒弟怎麼就這麼笨，看看那頭聶衍那難看的臉色，是會想剝了坤儀的模樣麼。

大徒弟精於道術卻不通情愛，小徒弟通了情愛卻笨蛋得連一張千里符都護不住，以至於情緒失控到險些放出天狐。

他這個當師父的哪裡還有臉回去見族人。

第73章　青臒

街道上的明火很快被撲滅，只剩了滾滾濃煙，將路兩邊倖存的店鋪門面都燻得黢黑。
聶衍面無表情地抱著坤儀往回走，走到街道岔口上，他停住了步子。
往左是家，往右是上清司。
狐妖王藏在坤儀的身上，她最該去的地方自然是上清司，待眾人落陣，他就能將那該死的東西揪出來打個魂飛魄散，以慰龍族多年屈辱。
可是，他站在這裡，居然有些邁不動步子，腦海裡甚至還浮現出了要怎麼才能瞞住上清司其他人的想法。
今日街上動靜太大，又處在鬧市，發生了什麼是瞞不過黎諸懷的，看秦有鮫的態度，倒是覺得只要狐妖王能滅絕於世，犧牲坤儀也無所謂。
……好個無所謂，真是她的好師父，虧得她還時常惦記他的安危。
指節有些發白，聶衍深吸了好幾口氣，腳尖往上清司的方向轉了一轉。
但他倏地就想起了先前在府裡的某一天。
那天他和黎諸懷打賭，賭坤儀會去裝著容華館新來魁首的房間，還是去看望身子不適的他。
很幼稚的賭約，但她沒讓他輸。
心裡沉了沉，聶衍低頭看著坤儀昏迷的側臉，踟躕半晌，低咒一聲，還是往侯府……不對，是新封的伯爵府的方向大踏步走去。

坤儀坐在一片混沌裡，不好奇這是哪，也不太想動彈。

她周圍好像有哭聲，也有笑聲，要是放在以往，坤儀定要嚇得魂不附體，但眼下，她想著錢書華在她面前碎掉的模樣，滿心蒼涼。

自己比鬼可怕多了，還怕什麼鬼。

錢書華新懷了身子，還沒有坐穩，惦記著以後送孩子來給她禍害呢，結果別說孩子，連她也沒了。她死的時候不知道有沒有意識到是她口中的好人害了她。

霍老太太又要恨死她了，剛救回來兒子，她又將她的兒媳害死。

也不止她家兒媳，杜家的哥哥、鄰國的皇子，都是被她害死的，人多了，下去說不定還能湊在一起數落她，也算有個伴。

傻傻地笑了一聲，坤儀想，萬一有一天輪到聶衍呢？

聶衍要是也這樣被她害死了，她又當如何？

「妳未免自視過高。」一直哭著的聲音突然幽幽地開了口。

坤儀眼皮子也沒抬，權當沒聽見她那鬼魂一樣的聲音。

青䑋原想裝腔作調拿捏她，誰料這人完全不搭腔，她吸食了那麼多妖怪才找回來的神識，居然被人這麼冷落，當下就有些不高興：「和妳說話呢。」

「本宮乃嘉和帝所生唯一嫡親的公主、盛慶帝胞妹、昱清伯爵夫人，尋常人要與我說話，得通傳，妳算什麼東西，說話我便要答？」坤儀突然開口，聲音清冷帶著威嚴。

青臒大怒，人間這些名頭算什麼東西，她只要一揮手……

罷了，現在揮不了手。不但揮不了，她連教訓一下這個小丫頭都不成。

忍了一口氣，青臒顯出人形來。

坤儀這才抬眼瞥她。

聶衍沒說錯，狐族化人當真是一等一的好看，眼前的女子容色比她更盛，粉口瓊鼻，狐眸長眉。一襲雪白長裙，裙上繡著不知名的白花，裙擺之下，九條大尾搖擺招展，氣勢十足。

她朝坤儀蹲下來，微微一笑：「我有法子從生死簿上劃掉妳的名字，如此一來妳便可長命百歲，妳可願意？」

坤儀回她一個皮笑肉不笑：「不願意。」

青臒：？

凡人都求個長生不死，她憑什麼不願意？

氣得尾巴直甩，青臒道：「若不劃名字，妳幾十年後就要死，人死了很可怕的，要在黃泉下頭排老長的隊，才能再世為人。」

美人生起氣來也是美人，若不是心情不好，坤儀覺得自己應該會答應美人的要求。但如今，她想的不是怎麼活，而是怎麼早死。

「妳能在生死簿上劃名字，那能將生死簿的死期提前麼？」坤儀淡聲道，「幾十年也太久了，我等不了。」

青臒起身，在原地跳了幾下，努力將自己的怒火壓回去，才勉強繼續笑著蹲回她身邊：「妳有什麼想死的？妳看聶衍，他這麼厲害的人為妳急得團團轉。妳再看妳師父……算了這個人不看也罷，看龍魚君吧。」

揮手給了她一面鏡子，青雘指著裡頭正朝伯爵府方向狂奔的龍魚君：「他早就能位列仙班，因著妳，留在人間已經好幾輪龍門了。」

龍魚君？

坤儀不解地看了看鏡子。

龍魚君原想再等幾年，等他建功立業，也等她對聶衍膩煩了再去找她，反正妖怪壽命長，等得起。可誰料突然出這麼大的事，秦有鮫覺得無妨，他卻是實在擔心坤儀，不顧一切地就去闖伯爵府了。

然後理所應當地被無數法陣攔在了門外。

「妳也只是救了他一回，他都不知道救妳多少回了。」青雘看得嘖嘖搖頭，「你們皇家的風水就是好，御花園池子裡也能得機緣。」

龍魚君的影子漸漸與她記憶裡那條漂亮的白色錦鯉重疊，坤儀有些怔忪，慢慢垂下了眸子。

原來是這樣，怪不得，她還奇怪，容華館的樂伶小倌，見面也不過一二，怎麼就對她執念如此。

不過，他的執念是他的，她對他又沒什麼執念，若念著報恩，他們早就兩不相欠了。

瞧著她的眼眸又灰暗下去，青雘著急得直跺腳：「妳這人不是號稱喜歡美人麼，怎麼看這麼美的人為妳奔波都不動容的，妳別是拿話騙外頭那些蠢人的吧。」

坤儀未置一詞，繼續坐在黑暗裡不動。

青雘長嘆一口氣，將鏡子裡的人換成了聶衍：「行了行了，妳與他是人間的夫妻，給妳看他總成了吧？」

說著，又嘀咕：「我與他也是夫妻呢，差一點就完婚了，這麼多年他一直沒成親，我還以為他對我有點想法，不曾想一遇見妳，整個人都變了，沒意思。」

耳尖微微一顫，坤儀皺眉：「妳與他？」

「小丫頭片子，妳才活多少年，我與他都一起活了上萬年了。」青雘撇嘴，明麗的狐眸眨了又眨，「天地初開之時他便在了，女媧捏人，他捏獸，這世間萬獸都有像他的地方，卻都不是他，因為他那一族是捏不了的。」

「可惜他捏出來的獸一直被人欺負，要麼被驅趕要麼被蠶食，於是一部分獸就開始修煉，變成了更為厲害的妖。」

「他才該是妖王，推我青丘一族出來，不過是因著不齒妖的名頭。」

「也對，龍族本就該是神族，不是妖族。」

瞳孔微縮，坤儀屏住了呼吸。

龍族，聶衍是龍族？

眼前這個人，是狐族？

所以那日看山海圖，聶衍不是因著別的臉色奇怪，是因著想起了舊事？

龍族和狐族有過一場大戰，可眼前這人卻說，她和聶衍有過婚事。

坤儀心裡有些古怪的彆扭。

瞧出她有了好奇心，青雘倒是大方，輕哼一聲便與她解釋：「神族趁著龍族還在捏獸之時，就占領了九重天，性情溫順的女媧娘娘他們是樂意接受為神的，畢竟女媧不好戰。可聶衍所在的龍族就不一樣了，聶衍強大又不受束縛，他們很害怕。」

「所以，神族許諾，只要我有辦法讓龍族無法歸入神族，便允我狐族成為天狐。」

「是以我攛掇聶衍先打敗一力阻止龍族歸神的太虛一族，討回屬於他的東西，並且我狐族願意助力。」

老實說，當時的青腰是打著兩個算盤的，聶衍這一遭若是贏了，她便能借著功勞替狐族討封，聶衍若是輸了，她也能憑著神族的許諾討到封。

狐族左右都是贏，她順其自然就好了。

聶衍太過強大，壓根沒借助狐族太多的力量，就要贏了那一場仗。

狐族不放心，想讓聶衍娶了她，好保證贏了之後狐族的地位。

青腰是喜聞樂見的，這天下誰不愛慕強者？她這樣的絕世美人，與他真是十分般配。

可惜，聶衍無心於她。

青腰當時想了各種各樣的辦法討好他，甚至用過狐族祕傳的媚術，都未能得他側眸，也就是在一場戰役裡，她拚著斷掉一尾也撲過去替他擋法器，這才換來了他態度的鬆動。

鬆動歸鬆動，眼看著龍族要贏了，他也還是沒有要與她完婚的意思。

兩條路權衡之下，為了保險起見，狐族還是選了第二條。

他們出賣了龍族，聯合當時飽受戰爭之苦的凡人，為龍族扣上了屠戮人間的汙名。

是以，狐族成了天狐，龍族敗退不周山，而凡人，最弱的也是最狡猾的凡人，居然趁著她被龍族重傷之際，將她封印在了這個小女娃娃的身體裡。

只要坤儀死了，她也就會死。

青臒不樂意，她還想做她的四海八荒第一美人，還想帶著她的狐子狐孫逍遙人間，還想再去勾一勾聶衍的心神。

雖然，她覺得他的心神已經被人勾了。

說來也是見了鬼，聶衍那樣的高貴種族，到底是怎麼看上這麼一個要什麼沒什麼的凡人的？他對她，一開始分明也只是利用。

第74章 被欺

凡人在妖怪眼裡，就如同普通的飛禽走獸在凡人眼裡的模樣，牠們覺得凡人脆弱、短命、可以被馴服。神界和妖界不是沒有養凡人做寵物的，但寵物歸寵物，誰會對自己的寵物動凡心啊？

青臒不能理解聶衍的行為，十分不能理解。

但眼下，她還想靠著坤儀的身子活下去，只能繼續哄著她：「小姑娘，妳已經是一等一的福澤深厚了，可別再想不開了。睜開眼去看看聶衍，有他在，這天下沒人能害了妳，妳更害不了他。」

「放心睜開眼吧，去繼續過妳錦衣玉食的生活。」

「妳再不睜眼，我可去見妳夫君了啊？」

坤儀兀自坐著，沒什麼反應。

青臒圍著她上躥下跳的，累得直喘氣，終於是失去了等待的耐心，將她留在這裡，自己沒入了黑暗裡。

昱清伯爵府。

黎諸懷幾次想進去看坤儀都被聶衍擋住了，他有些哭笑不得：「大人吶，我就是嗅見了奇怪的妖氣，想進去瞧瞧是什麼來由，並沒有別的意思。」

「於禮不合。」聶衍面無表情。

黎諸懷很想罵人，他們是妖怪，守什麼人間的禮啊？這人分明是心虛，他那麼敏銳的人，定然更早察覺到這像極了狐族妖氣的味道。

可聶衍一聲不吭，他也沒敢直接問，只能在坤儀的房外來回走動：「如今這局面是你跟我們努力多久才拿下的？不止你的心血，還有一眾兄弟的心血在裡頭，你若尋得那青腰的下落，就沒道理因著任何事隱瞞我們，這對誰來說都不公平。」

若能殺了青腰，他們龍族一能洩恨，二能震懾其他族類，再免背叛。三能將狐族諦聽人間消息的耳朵徹底封閉，四還能永絕青腰這個後患。

百利而無一害，百利啊。

聶衍怎麼能糊塗到在這種事上都要猶豫！

「裡頭的是坤儀，不是青腰。」聶衍執著卻邪劍站在房門口，一雙眼平靜無波，「我有我的計畫，青腰出不出現都一樣。」

「可她若是出現了，你能省多少事！」黎諸懷微惱，「你直接告訴我，坤儀身上的異樣妖氣，是不是因為青腰？」

聶衍沒答，神色陰鬱。

坤儀從小到大遭受的不幸，都是青腰一手造成。

青腰被封印，封印的魂魄卻少了一縷，導致她得了機會，透過坤儀身上的胎記釋放妖氣蠱惑周圍的妖怪趕過來，然後再將他們吞食，以滋補自己受重傷的魂魄。

包括坤儀的母后。她曾經好奇地問過，什麼樣的妖怪吃人能讓人像睡著了一般？聶衍當時說沒有這種妖怪，因為魄類的妖怪早已滅絕，宮中也尚有抵抗魄類妖怪的符咒，若有，定該顯形。

道理是這個道理，但他們都忽略了一種可能性，那就是狐妖王的魄被封印在坤儀的身上，坤儀肉體凡胎，自然不會被符咒所擾，而當年剛被封印，虛弱不已的青臒，連妖氣也釋放不出去，就只能就近吸食掉坤儀母后的魂魄。

青臒是坤儀的殺母仇人，但現在，她與她共生。

「你不說話，我便猜到了。」黎諸懷看著他的神色，長長地嘆了口氣，「事情總要做個了結，青臒和她的狐族背叛過你，你沒道理因著區區一個凡人就放過她，萬一她將來休養好了，坤儀也會死。」

「如今秦有鮫一力與上清司奪權，外頭那個龍魚君又是個瘋魔不要命的，你再拖下去，你族人想洗清冤屈就又得再等幾十年。」

聽得煩了，聶衍抬眼看他：「今日若是你心愛之人被青臒寄生，你可會想也不想地拔劍殺她？」

要是以前聽見這個問題，黎諸懷肯定會笑，說老子沒有心愛的人。

但眼下，他居然詭異地沉默了一瞬，而後才神色如常地道：「你別是被坤儀那小丫頭給蒙了。」

龍族看似冷血無情，實則十分好騙，因著過於強大的實力，他們未必會圖什麼，但只要有人真心對他們，並且企圖用自己弱小的身軀保護他們，龍這種笨蛋動物，就會被打動。

「你只是血脈作祟，未必當真有多喜歡她。」黎諸懷十分冷酷地道，「而她們，都在利用你的這個弱點騙你。當年青臒是這樣，如今的坤儀還是這樣。」

若是真心，坤儀就不會在暗地裡幫她的皇兄做事。

聶衍冷眼看著他：「青臒是青臒，坤儀是坤儀。」

氣得直跺腳，黎諸懷道：「你不信是吧，好，我今日讓你看看，凡人女子心狠起來，未必就輸給了青臒。」

開了自己的妖眼，黎諸懷飛上伯爵府內最高的亭台，掃視四下，很快找到了那東西的去處。

他拉著聶衍走到坤儀居所後頭的院子裡，揮手撥開一處泥土，撿起一堆碎瓷片來。

「你可還記得鄰街那家兩個鋪面大的醫館？」黎諸懷捏著瓷片看著他道，「那是上清司三司的暗樁，我們的人接頭用的，平日裡我手下兩個徒弟偶爾過去坐坐診。好巧不巧，就在你家這位夫人小產的當日，她身邊的婢女去醫館裡買過一副藥。」

聶衍微怔，臉色瞬變：「不可能，她壓根不知道……那是個意外。」

「一個讓你愧疚到現在、不捨得殺她的意外？」黎諸懷翻了個白眼，「你真以為皇家長大的公主，是個蠢笨如豬的不成。」

「藥是她自己吃下去的，孩子本就保不住，與你無關。」

「你被她誆了。」

心口震了震，聶衍下意識地出手，將黎諸懷抵到後頭的院牆上，死死扼住他的咽喉：「你要她死也不該這樣冤她。」

「我冤她？」黎諸懷被扼得臉上漲紅，卻還是輕笑，「你去套一套她那婢女的話不就知道了。若是假的，我自裁給她賠罪，若是真的，你便捨了她吧。」

連身生孩子都不願意留下，還要用作讓他愧疚的籌碼，這樣的女人，比青䨼可厲害多了。

聶衍不信，他清楚地記得坤儀當日沒有任何意識，只疼地在他懷裡流淚，醒來的時候也真當自己是腹痛，不曾說過別的話。

可是，後院裡為什麼會有藥罐子的碎瓷片，看著還是剛埋進來不久。

慢慢鬆開黎諸懷的咽喉，聶衍站直身子，沉默良久，還是往前頭走去。

坤儀一直昏迷，蘭苕很是焦急，裡裡外外地忙著讓人熬藥請大夫，又親自去做她最愛吃的菓子，打算放在床榻邊等她醒來了吃。

菓子做到一半，蘭苕突然聽見伯爺的聲音在她身側響起：「原先後廚裡有個瓷白的藥罐子，你可看見了？」

手上一顫，蘭苕被蒸籠的熱氣一燙，當即「啊」了一聲捏住自己的耳朵。

她轉頭，就瞧見聶衍居高臨下地看著她，眼裡平靜無波：「大夫說有一味藥得用它來熬，我原先見過，眼下沒找著了。」

莫名心慌，蘭苕垂下了頭，含糊地道：「這等粗活怎麼能讓伯爺您來操勞，奴婢已經吩咐下去了，院子裡的婢女婆子們會來做的，您且先去看看夫人……」

「那罐子被摔碎了？」像是沒聽見她的話，聶衍繼續問。

頭皮有些發麻，蘭苕將顫抖的手背在身後：「奴婢也沒瞧見，許是摔碎了吧，先前還見過……」

凡人的害怕是妖怪眼裡最常見的神態了，但眼下這份害怕，聶衍並不是很想看見。

他寧願蘭苕是一臉茫然，亦或者是莫名其妙，也比這心虛萬分的害怕要順眼得多。

普通摔破的罐子並不會被掩埋在後庭的花土裡，見過大世面的蘭苕，也並不會因為一個普通的藥罐子在他面前冷汗直流。

聶衍轉身，又去了一趟門房。

他眼裡尚有一絲餘溫，只要坤儀小產當日蘭苕並未出府，那黎諸懷就是在撒謊。

然而，手指沒劃兩頁，他就看見了當日門房的記錄。

蘭苕出府。

事由：買點心。

聶衍突然就笑了。

他闔上冊子，看了看遠處的天。

許是要下雨了，天上一片陰霾，烏雲壓山，風吹樹搖。

坤儀是不喜歡這樣的天氣的，她喜歡晴空萬里，可以穿漂亮的裙子在陽光下轉圈，可以乘華貴的車出府遊玩。

她喜歡的東西好像很多，珍寶玉器、翡翠紅瑙，他不介意滿足她，讓她開心。但他獨獨忘了問，她是不是當真喜歡他。

從小被妖怪連累得父母雙忘，她居然還能對他說出就算是妖怪也喜歡的話來，原本就很奇怪，只是他沒有細想。

龍族多驕傲，驕傲到不會懷疑任何人喜歡自己的動機，他們值得任何族類的厚愛。

獨沒想到，人心難測。

聶衍去了主屋。

他還想親耳聽聽坤儀的解釋，聽她說說為何要在浮玉山與他圓房，為何要作丫鬟裝扮與他同進同出。為何口口聲聲說喜歡，卻連他的孩子都不願留下。

可是，她沒給他這個機會。

主屋裡空空蕩蕩，原本躺著人的地方眼下只剩了一床凌亂的被褥，旁邊的花窗大開，風從外頭灌進來，吹得人衣袍如船帆一般鼓動。

第75章　妖怪是沒有心的

青艧拎著裙擺，一邊往宮城的方向跑一邊低聲抱怨：「妳個姑娘人這麼嬌小，裙子為什麼要穿這麼大的，跑起來不費勁嗎？不怕踩著裙擺摔著嗎？」

坤儀懶洋洋地答她：「我出門不用自己走路。」

青艧：「妳得意什麼，我若不是法力沒恢復，我也不用走路。」

她現在的神識頂多能偶爾與她爭搶一下這具身體的使用權，要說法力，那是當真沒有。

累得氣喘吁吁，青艧回頭看了一眼，喘著聲兒道：「妳聽我說啊，聶衍方才還好好的，但眼下不知為何對妳動了殺心——我太熟悉他的殺氣了，這山海間沒有人比我更了解他的殺氣。」

坤儀挑眉：「他就沒殺過別人？」

「殺過啊，所以被他動殺心的人都死了，我是唯一一個從他眼皮子底下活下來了的。」青艧得意地扭了扭腰肢，「妳可想知道為何？」

坤儀抿了抿唇，沒搭腔。

這狐狸是個話多的，兀自就繼續道：「我總覺得那時候他是喜歡過我的，所以才放了我一馬。聶衍這個人，要說心硬倒也是的，屠殺起仇敵來跟切菜似的，面對血海屍山眼裡也沒有半點憐憫。但要說他心軟麼，他對自己喜歡的人，真的會心軟。」

沒忍住冷哼了一聲，坤儀道：「他若真喜歡妳，妳又怎麼會淪落到這個地步。」

臉上有些掛不住，青臒惱道：「所以說是喜歡過嘛，又不是一直喜歡……哎呀，妳先操心操心自己吧，先前還好好的，他怎麼突然就想殺妳了。」

坤儀沉默。

她又沒做什麼大錯事，聶衍自然是不至於想殺她的，如果想殺她，只能是因為青臒。看來在她的性命和殺了青臒報仇的選擇之間，聶衍選擇了後者。

「哎喲……」青臒疼得一激靈，捂著心口道，「妳難過什麼呀，弄得我這麼痛。」

「我沒有。」坤儀垂眼，「早就料到過今日這樣的場景，我何必難過。」

「妳這話騙騙別人就算了，我與妳連著心吶，糊弄得過去嗎。」青臒又氣又笑，「妳有本事嘴硬，有本事心別絞成一團，疼死我了……」

坤儀在黑暗裡坐得端正又乖巧，像無數次遇見禍事時那樣，聲音溫和：「他既然是龍族，便有他自己的事要做，我沒法與他白頭偕老，他選擇報仇也是對的。少年夫妻都未曾有多少能患難與共，更何況我與他成親不過數月。」

「妳這是在說服旁人還是在說服妳自己？」青臒鄙夷地道，「半點作用也沒有。」

眼睫顫了顫，坤儀突然想起了蘭苕。

她摸了摸黑暗裡的地面，突然皺眉抬頭：「妳一個人跑出來，蘭苕怎麼辦？」

青臒撇嘴：「我自己都保不住命了，還管妳那婢女？」

「回去，將她一起帶出來。」坤儀沉了臉。

青臒不以為意，她雖然是皇家之女，也不至於片刻都離不開自己的婢女，就算關係好，可性命攸關的當口，哪還能顧得上那麼多。
誰曾想，一直死氣沉沉的小姑娘，因著她的不理睬，突然就開始掙扎了起來。
膝蓋一軟，青臒跌在了路邊，意識有一瞬間的渙散。
她惱道：「妳這小姑娘真是有意思，美男妳不感興趣，倒這麼在意一個婢女，早說嘛，我也不至於哄妳哄得喉嚨都要乾了。」
坤儀冷著臉搶回了自己的身子。
意識回籠，她恍惚了片刻，定睛才發現自己跌坐在宮城外的河道邊上，遠處已經有禁軍朝他圍過來了，而身後不遠處，一道熟悉的身影也正策馬而至。
是聶衍。
他的眉目還是這麼好看，遠遠地騎在馬上，身姿挺俊、長袍如風。可惜，眼下的他周身裹著戾氣，手裡還捏著卻邪劍，看著可怕得很。
「殿下！」王敢當離得近，先跑到了她身邊，將她扶起來，當即甩下一張千里符。
坤儀最後看了聶衍一眼。
她現在的樣子肯定很不好看，以至於聶衍看她的眼神裡沒有絲毫愛意，只有鋪天蓋地的失望和冷漠。
只一眼就讓她覺得心涼。
坤儀突然覺得有些生氣。
是他想殺她，為什麼他還要是這副表情，該失望的是她，這麼長久的相處也未曾換得他的偏愛，先前那些個親昵恩愛，不過都是他的逢場作戲。

早該知道妖怪是沒有心的。

眼前一花，她被王敢當帶到了上陽宮，層層疊疊的禁軍守衛看得她有些意外，差點沒敢邁步子。

「坤儀。」盛慶帝從內殿出來，踉蹌著來拉她。

定了定神，她看著自己的皇兄笑：「臣妹有負所托。」

盛慶帝皺眉搖頭：「妳說的什麼話，妳能做的都已經做了，幾個冊子對江山天下都幫助極大，妳大可以休息一段日子。」

朝中新臣的與妖孽來往的人脈關係、潛伏的妖怪都被她挖了一大半，若有機會制服聶衍，這些冊子就能替他省下不少搜查的功夫。

坤儀已經比他想像中的還要厲害了。

只是，外頭不知道出了什麼事，國師突然調人將上陽宮護住，連皇后和三皇子也一併接了過來，囑咐他們萬不可離開宮門。

「殿下。」龍魚君朝她行了一禮。

坤儀側眼，見他嘴角有傷痕，忍不住皺眉：「你大可不必受這些傷。」

龍魚君一怔，抬頭對上她的眼神，心裡微沉：「殿下都知道了？」

不等坤儀回答，他又道：「殿下看我，當以雙眼，不可以雙耳。」

他對坤儀，又豈止是想報恩那麼簡單。

坤儀眼下沒有心思說這些，她看著龍魚君，突然問了一句：「若是九重天上有人知道妖怪在危害人間，我等是不是就不必受他威脅宰割了？」

龍魚君垂眸：「是這個理，但殿下，九重天非尋常妖怪能踏足之地，若非天神機緣巧合下凡來，我等沒有辦法上去報信。」

而天神下凡，少則百年，多則千年，遠水救不了近火。

並且，聶衍聰明就聰明在他以凡人的身分行走人間，以道術玩弄人間權術，並未大肆動用過妖術，這一狀恐怕是不好告。

「天狐既然已醒，那他就會有忌憚在，不會再輕易動用妖術。」

秦有鮫跨進門來，滿身風雨，「只要他不動妖術，我們就有機會。」

動用原身的聶衍不會給任何人反抗的機會，但若他只能用道術，那如同先前所言，雖然厲害，卻也未必無敵。

「坤儀只要活著，大宋就能存活下去。」秦有鮫看向她，「妳切不可有輕生的念頭。」

眼裡劃過一瞬的嘲弄，坤儀沒有反對。

她漫不經心地玩了一會兒自己腰間的護身符，終於是將它扯下來扔出了窗外。

「你們替我把蘭苕和魚白救回來。」

「好。」秦有鮫答應了她。

……

黑暗裡，青雘看著重新坐回來的坤儀，嘖嘖搖頭：「我原覺得自己是可憐的，狐族那麼多人，偏我被推成了狐王，來受這封印之苦。可看看妳，我又覺得我還不是最可憐的。」

「妳想死都死不成，萬念俱灰之下，還要作為一個籌碼好好活著。」

「原以為聶衍對妳動了心，可是好像也就那樣，他也能捨了妳。」

「妳皇兄看起來很心疼妳，但他也沒考慮過妳的心情。」

「妳師父那個人，身負守護凡人的職責，他也不是真的心疼妳。」

伸手摸了摸坤儀的腦袋，青䕶揶揄：「妳好像從未被人愛過。」

坤儀頭也沒抬：「妳被人愛過嗎？」

「哈哈哈——」青䕶笑得花枝亂顫，「我是狐王，天底下最漂亮的女人，我需要誰的愛不成？」

「嗯。」坤儀點頭，「我也不需要。」

青䕶繼續笑，但笑著笑著她就笑不出來了，蹲到坤儀身邊，與她一起抱著膝蓋發呆。

狐族是最容易對凡人動情的妖族，從她出生開始就聽說了很多族人與凡人的戀情，她也想有一段感天動地的經歷，好回去挺著腰桿與人說道，但她唯一看上的聶衍，已經被她親手推到了死敵的位置上。

眼下還在想方設法地要殺她，為了殺她，連坤儀都不顧了。

這小丫頭還當真挺喜歡他的，就是嘴硬了點，彷彿只要不流露出傷心欲絕的模樣，自己就沒那麼可憐。

輕輕嘆了口氣，青䕶踢了踢坤儀的腳：「妳皇兄和妳師父都護不住妳的，我給妳指一條明路，妳去掌燈酒家找一個人，她比我活著的時候還厲害，她能護住妳的性命。」

坤儀似乎在出神，好半晌才聽見她說的話，淡淡地道：「妳幫我，想要什麼？」

「廢話。」青䕶撇嘴，「想活命啊。妳死了我也活不成，以後再無重見天日之時，那我可不樂意，妳趕緊去吧，找合德大街街尾的三岔路口，掌燈酒家，姓樓的女掌櫃。」

坤儀動了動身子，卻又坐下了，沒好氣地道：「妳覺得是我找到妳這個女掌櫃快，還是聶衍找到我取了我的性命更快？」

青䨼一噎，面露難色：「可妳等在這裡，也是會死的。」

「不急。」她抬了抬眼，「黎諸懷一貫想要我的命，我就在這裡等等他，他能幫上我的忙。」

第76章　黎諸懷

青臒覺得挺奇怪的。

先前她看坤儀，只覺得這小姑娘挺會享受，吃穿用度都要最好的，一件外袍的花銷就夠普通百姓過一輩子，更莫說她的髮釵玉飾環佩瓔珞，都是價值連城世間罕有。

這麼養大的姑娘，定是天真單純，不沾俗務才對。

但眼下，面對這麼大的變故，她幾乎是從天上跌到地下，說一句孤立無援也不為過，可她坐在這裡，竟還能冷靜地想著要利用黎諸懷。

黎諸懷可不是什麼好人，不周山的黎族，嗜血好戰，心機深沉，雖能治病救人，但毫無憫世之心，追隨聶衍這麼多年，做的最多的事就是殺人。

殺一切阻攔聶衍奪回九重天的人。

這樣的人，她一個小姑娘怎麼應付得過來？

坤儀沒有解答她的困惑，她太累了，需要好好睡上一覺，生死關頭，一個足夠清醒的腦子是最必要的東西。

青臒冷眼看著她陷入噩夢裡。

她已經很久沒做噩夢了，聶衍周身的龍氣足夠替她驅散這些東西，可眼下，坤儀又重新回到了熟悉的夢境裡，周圍都是渾身襤褸血肉模糊的、來向她尋仇的人。

青騰看著她驚慌逃竄，看著她躲進巷子裡抱住自己的腦袋，也看著那些人還朝她逼近。

她好像只有在夢裡才敢露怯。

然而這次她醒來，身邊沒有人能安撫她，蘭苕不在，她獨自坐在被禁軍層層包圍的上陽宮側殿裡，緊抿著唇，單薄的肩膀微微縮著，眸子不安地轉動。

好一會兒才緩過勁來。

有人掀開珠簾進來，輕輕嘆了口氣。

坤儀抬眼看過去，嘴唇動了動：「皇嫂。」

張皇后消瘦了很多，裝扮雖還如前，宮裝的腰身卻是空蕩蕩的。她走到她床榻邊坐下，低聲道：「上陽宮周圍都是國師親自布下的法陣，就算無法護妳周全，也能在他們靠近的時候有所警示，妳大可以安心多睡會兒。」

看了看外頭的天色，坤儀道：「睡夠了，我還有事要做。」

張皇后知道她在想什麼，略略垂眸：「如今上清司勢大，連陛下身邊也有他們的人，不管是明的還是暗的，我們都鬥不過他。國師已經約了聶衍，打算協商一些事，妳我只用等著結果便是。」

聶衍不能光明正大殺進宮裡來，禁軍和法陣足以擋住大部分的刺客和妖物，眼下雙方僵持，誰也不願把路走死，那就還有得談。

「你們不太了解他。」坤儀搖頭，「有一次，上清司三司門下一個天賦異稟的道人起了異心，聶衍帶我去見他，那道人的確有本事，能單打獨鬥殺掉一隻旁人都束手無策的吃人妖怪。他自視也甚高，要聶衍替他求一個三品的武官位置，否則他就投靠夜隱寺。」

「按理，他的要求其實不過分，他身居要職，對聶衍也沒什麼壞處，畢竟都是上清司的人。」

「但，聶衍聽他說完，直接廢了他在上清司學得的所有道術，將他經脈打斷，扔去了夜隱寺門口。」

張皇后怔愣，坤儀卻是習以為常：「這便是他處理事情的手段，只要妳沒扼住他的命門，用共贏之事來與他談條件是沒用的，他不喜歡聽人威脅。」

秦有鮫或許能與他談下些什麼條件，但聶衍如今占著上風，他們想要安心，只能反手捏住他的命門，否則，他們一個好覺也別想睡。

「還請皇嫂幫我個忙。」坤儀與她道，「我這側殿的後院，可以留出一處破綻來。」

張皇后一聽就搖頭：「就算聶衍對妳心軟，他身邊的人可未必，妳一留破綻，必死無疑。」

「皇嫂放心。」坤儀淺笑，「只管幫我的忙就是。」

坤儀先前幫過她，張皇后自然是冒著風險也會回報，這是妖怪的規矩，是以，當天夜裡，上陽宮側殿后庭裡的法陣就出現了一個缺口。

缺口不大，沒有驚動秦有鮫，但也不算小，恰好能容納一隻蒼蠅飛過。

黎諸懷很快就發現了這件事。

他知道坤儀在上陽宮，已經借著巡邏之名在附近繞了好幾天了。聶衍是不肯動手的，甚至還願意去聽秦有鮫說一些廢話，所以要乾淨俐落地除掉坤儀和青雘，還是只能靠他。

他要動手，還不能留下痕跡，不能給人機會指認上清司和聶衍，所以，最好是用普通刺客的身分潛入動手。

這蒼蠅縫兒給了他靈感。

黎諸懷當即就拉了淮南來替他望風。

「大人，你這樣不太妥當。」淮南連連皺眉，「伯爺都還沒下決定，你哪能擅自動手。」

「交給咱們伯爺，坤儀就只能老死了，也就是說你我想去九重天，都得再等幾十年。」黎諸懷變身成了蒼蠅，繞著他嗡嗡飛了兩圈，「他就算是怪我，我也得將這事先辦成了。」

說罷，順著縫隙就飛進了上陽宮。

淮南看著他的背影，心裡五味陳雜。

坤儀殿下不算一個完美的好姑娘，但她至少是喜歡過伯爺的，好端端的兩個人，怎麼就走到了這個份上。

黑夜無月，蒼蠅飛入側殿，落地成了一個黑衣人。他瞧見床榻上鼓著包的地方，無聲地變出長刀，手起刀落，直取她咽喉。

坤儀還沒來得及哼一聲，血就濺了老高。

一個哆嗦，黎諸懷沒捏穩長刀，刀和著血落在地上，哐啷一聲響。

「什麼人！」外頭守著的禁軍當即反應過來，推門而入。

黎諸懷變回了蒼蠅，頭也不回地衝出了上陽宮。他的身後，禁軍低喝，宮女尖叫，隨即有悽愴的哭聲直衝雲霄：「殿下——」

跌出上陽宮外變回人形，黎諸懷臉色不太好看，但卻不怎麼後悔。

坤儀是一定要死的，尤其她身上還有個青臒，他雖是欺負了弱小，但也算是幫聶衍做了個了斷。值得。

「殿下！殿下——」上陽宮側殿亂成一團，宮女們踉踉蹌蹌地跑去跟盛慶帝稟告，火把隨之亮起，宮門四處落了鑰，禁軍巡邏各處，開始搜查可疑的人。

動靜太大，以至於站在上陽宮最高的屋簷上說著話的兩個人都被驚動了。

聶衍掃了下頭一眼，微微皺眉，秦有鮫倒是直接提拎了一個宮人上來，皺眉問：「吵吵嚷嚷的，怎麼了？」

那宮人突然飛上屋簷，嚇得腿都軟了，哆哆嗦嗦地道：「坤，坤儀公主被害，下頭正在找凶手。」

秦有鮫以為自己聽錯了：「你說什麼公主？」

「坤儀公主。」宮人牙齒都打顫，「側殿裡的坤儀公主，被人抹了脖子！」

腦子裡嗡地一聲，聶衍冷了臉色：「人在哪裡？」

「就……就在下頭側殿。」

拂袖跳下屋簷，聶衍徑直跨步走進側殿，秦有鮫緊隨其後，表情難看極了：「去把上清司今日在宮裡的人都請過來，一個也不許藉故離開。」

「是。」隨侍領命而去。

聶衍已經沒有多餘的精力去問他憑什麼懷疑上清司，他幾步走進側殿，迎面就聞到了濃厚的血腥味兒。

坤儀躺在被血浸透的被窩裡，臉上已經是一片灰敗之色，一條傷口從她的咽喉一直橫亙到耳後，皮開肉綻。

他下意識地搖頭，上前想細看。

「你做什麼？」張皇后紅著眼擋住他。

聶衍冷冷地看著她：「坤儀身上有我給的護身符，不可能受此橫禍我卻不知情……讓開！」

張皇后不讓，咬著牙將他的護身符扔還給她：「坤儀進宮那日就把這東西扔了，你能知道什麼？再者，她不是被妖怪殺害的，這是誰的手筆，你難道猜不出來？」

略有些陳舊的護身符，上頭還沾著些泥。

聶衍只看了一眼就將它捏緊，下頷緊繃地道：「我不信。」

她沒那麼容易死，她身上還有青騰，青騰也不會那麼容易讓她死。

「你對她總歸只是利用，眼下就莫要站在這裡，讓她皇兄都不敢進來送自己的親妹妹一程。」張皇后淚如雨下，「伯爺，你是翻手為雲覆手為雨的，你心裡誰也沒有，但他們是人，人的生離死別是何其痛苦，您何必再擋在這裡，白給他們添堵。」

「坤儀——」

外頭響起了盛慶帝沙啞又不可置信的喊聲。

聶衍死死地盯著床上那個人，僵硬了半晌，才側開身子。

「伯爺，這是個好機會。」黎諸懷近到他身側來，低聲道，「青騰跟著沒了，這人間便再無天狐能通風報信，您就算改了這人間，九重天上也察覺不……」

話還沒說完，眼前突然一花。

黎諸懷怔愣，再一定神，周遭就變成了花園的一隅，他被聶衍掐著咽喉抵在假山上，好懸要被他直接捏死。

「你動的手？」聶衍問。

黎諸懷抿唇想否認，可對上他那雙十分懾人的眼睛，他沉默半晌，還是點了頭：「如此……你我前路再無阻隔。」

嘴唇驀地發白，聶衍猛地就將他扯進了結界裡。

黎諸懷被他盛大的怒火嚇了一跳，不由地皺眉：「她只是個凡人，與你相識不過數月，我跟了你上千年，你要為了她殺了我？」

第77章　樓似玉

「時間太長，你彷彿忘了你六足蛇一族為何能存活至今。」結界裡狂風呼嘯，聶衍冷冷地看著他，手上的力道一點也沒鬆。

黎諸懷被他這話給噎住了，臉上一陣紅一陣白。

六足蛇也是聶衍捏出來的獸修煉成的妖，因著形與龍十分相似，地位和法力都頗高，行事也就霸道，有一回衝撞了女媧，釀下數十萬還未出生的凡人夭折的慘禍，導致九重天降下責罰，要將他們滅族。聶衍以一己之力將他們主要的族人給救了出來，放他們入不周山，給了他們巢穴和守地，讓他們繁衍生息，這才保住了六足蛇一脈。

黎諸懷也是因此發誓一輩子追隨聶衍的。

只是，他的行事作風依舊沒改，聶衍不曾約束他，他也就變本加厲地管起了更多的事。

「我沒要她死，你憑什麼要她性命？」聶衍看著他，鴉黑的眼眸裡泛著殺意，「她算計我也是我的事，我還沒動手，你憑什麼殺了她？」

背脊發涼，黎諸懷咬緊了牙，沒敢再吭聲。

「去把她尋回來。」鬆開他，聶衍轉過了身去，「上天入地，隨你去哪裡尋，尋不回來，你就也別回來了。」

凡人死生如蜉蝣，但都是有來處有去處的，生從女媧手下來，死則歸於九幽黃泉，只要將魂魄尋回來，再給她捏個肉身，坤儀就還有複生的機會。
黎諸懷不太甘心，但也知道聶衍沒給他第二個選擇，只能拱了拱手，表示應下。
聶衍撤了結界，頭也不回地走了。
坤儀騙他，利用他，他未必對她有多至死不渝，但除了他，旁人憑什麼決定她的生死？他還有帳要與她清算，還有話要問她，沒說完之前，誰也別想要她的命。
宮中喧鬧成一團，吵嚷哭泣聲不絕於耳，穿過上陽宮，繞過御花園，落在清渠的水裡還清晰可聞。
因著宮裡的亂子，上清司的人守衛出現了很大的缺口，坤儀被龍魚君裝在結界裡，馱在魚背上從清渠順流而下，安靜地離開了宮闈。
外頭正在宵禁，龍魚君維持著坤儀所在的結界，並不能立馬化人形，所以直接一直順著水游，到合德大街附近的溝渠邊上，才將她放下。
誰料，結界剛一解開，遠處就有人呵斥：「什麼人！」
坤儀驚了驚，立馬起身就跑。
風聲在耳邊呼嘯，夾雜著身後追兵的喊聲，她腦子有些亂，一時間也沒想起來青腰說的地址，只埋頭朝前衝，穿過幾條小巷還沒將身後的追兵甩開，這才有些急了。
街上空無一人，家家戶戶門窗緊閉，她連個躲的地方都沒有。
正絕望呢，眼簾裡突然映入一家敞著門的店鋪。
坤儀大喜，三步並兩步地跑過去，悶頭就撞上了門口正在點燈的人。
「哎喲。」那人軟綿綿地叫喚一聲，捂著腰扭過頭來瞪她，「小姑娘怎麼橫衝直撞的。」

一張明豔得略顯狐媚的臉，妝點精細，美色誘人。窈窕的腰肢又嬌又軟，被她側身捂著，眼裡含嗔帶怨，端得是風情萬種。

坤儀看得呆了呆，一時都忘了躲追兵。

這女子往她身後看了一眼，凶惱的表情當即一變，打著團扇就迎了過去：「哎呀兩位官爺這大半夜的怎麼累得滿頭大汗吶，要不要來咱們這兒住個店？剛修葺過，被褥乾淨著呢，一晚也才二兩銀子，現在外面隨便吃幾個菜都不止這個錢了。」

那兩個官兵瞪眼看著坤儀的背影：「她是什麼人？叫半天不站住也不回頭，別是什麼逃犯。」

「哎喲我的大人，這青天白日……青天大晚上的，哪來什麼逃犯吶，這就是我酒樓裡一個不開眼的粗使，說家裡有急事，趕著想出城，我都告訴她宵禁了她不聽，這不，遇見二位官爺，想必是被嚇著了，這會兒老實了。」

說著，她朝坤儀嬌嗔一眼：「還不過來請兩位大人進去酒樓坐坐？」

坤儀硬著頭皮轉身，剛要下臺階，就見兩個官兵擺手：「罷了罷了，我二人就不進去坐了，最近城裡不太平，樓掌櫃妳自個兒小心些，別叫什麼妖怪鑽了空子。」

「多謝二位大人關懷，但大人，真的不進去坐坐？我店裡還新到了花雕酒，買三兩送一兩，合算著呢。」她盛情地問。

大抵是知道這家酒樓價格昂貴，不太划算，兩個官兵擺了擺手，又回去繼續巡邏了。

坤儀目瞪口呆地看著，覺得很不可思議，盛京裡的巡邏官兵一向難纏，這人竟能兩三句話就將他們打發了。

她不由地又多看了這老闆娘一眼。

「樓掌櫃！」酒樓裡突然有人喊，「這兒有人喝醉了，摔爛了妳的青瓷瓶。」

老闆娘方才還笑著的臉陡然一變，柳眉倒橫，叉著腰就往回走：「那是青瓷瓶麼？那是前朝的古董瓶子，官窯的，三百兩一個，誰敢給我摔了，誰就給我賠！」

路過坤儀身側，她拉了她一把，十分自然地就將她帶入了酒樓。

臨進門的時候坤儀抬頭看了一眼招牌。

掌燈酒家。

誤打誤撞的，竟給她找著了。

收回目光，坤儀又看了看身邊的人，下意識地問了一句：「樓掌櫃？」

樓似玉瞥她一眼，狐眸輕撩：「姑娘出門的時候，帶銀子了沒？」

坤儀點頭，青腰說過樓似玉貪財，她特意揣了很多銀票在身上。

說時遲那時快，樓似玉對著她的臉突然就變得笑靨如花了，捏著她手腕的手改成了挽著的，身子也朝她微微躬下了些：「這就對了，咱們這酒家您是來過的，知道東西好吃，就是貴了些是吧？這年頭生意也不好做，我可做不起收留落魄公主的好事來……」

說著，扭頭朝旁邊路過的夥計吩咐：「最貴的傢伙事兒都往天字一號房送一份來。」

「得嘞。」

扭頭再朝她一笑，樓似玉捏著香風羅裙，殷勤地道：「情況呢我是知道一點的，但我這人情況也有些特殊，未必能幫得上忙，具體的事還要聽您說說才行。」

老實說，有那麼一瞬間，坤儀覺得她不太可靠，哪有妖怪做起人間掌櫃的來比人還精的？

可下一瞬，她就看見了樓似玉的眼睛。

一雙金色的狐眸，帶著看穿一切的眼神，在她面前一閃而過。

坤儀收回了懷疑，跟著她進了房間。

天狐一族說厲害也厲害，能將龍族玩弄於股掌之間，但說慘也慘，狐王被封印，其餘天狐也都被帶上九重天，再沒有踏足人世。

獨一隻狐狸例外，那就是樓似玉。

樓似玉是名正言順的狐王繼位人，但她愛上了一個凡人，不願被封印，也不願上九重天，便將位置讓給了青腹。

結果後來，她的愛人身死神滅，她便隱姓埋名生活在凡間，開了酒家，一直等著她的愛人回來。

坤儀當時聽見這個故事的時候覺得很奇怪，樓似玉既然是那麼厲害的狐狸，為什麼要等一個凡人？不是可以去生死簿上搶人麼？

青腹意味深長地道：「普通的凡人還能搶上一搶，但她喜歡的那個，有點厲害。」

凡人就是凡人，再厲害又能厲害到哪裡去？坤儀不以為然。

然而眼下，樓似玉坐在她旁邊，眼睛眨也不眨地盯著她胎記的位置已經三炷香的功夫了，坤儀覺得不太對勁。

「敢問……」她神色很是複雜，「您認識宋清玄麼？」

「……」樓似玉翹著的嘴角僵了僵。

她收回目光，沒有回答她的問題，只道：「妳只要願意活著，我便能做牽制聶衍的人。普通的妖怪很難上達天聽，但她可以，一旦聶衍動用妖力屠戮人間，她便能知會九重天，如此一來，聶衍必定忌憚。

「他想替龍族洗清冤屈，我倒是不攔著，但大家各憑本事，他龍族睥睨天下蠻橫任性的那一套可行不通。」起身走到窗邊，樓似玉望著遠處層層疊疊的黑雲低笑，「人心都是會說話的。」

凡人在天神面前無法撒謊，所以龍族當年因著幾個人的證詞就被定罪。只是，人不能撒謊，卻能被蒙蔽，青雘的手段，她多少是清楚的。

眼下別的都不重要，重要的是，坤儀不能死。

她死了，青雘死了，宋清玄的三魂六魄也就跟著沒了。

坤儀撐著下巴打量著她的表情變化，突然道：「妳們妖怪，原來是會真心實意喜歡凡人的，我還以為在妳們眼裡，我們這種只能活幾十年的短命東西，不值得放在眼裡。」

樓似玉回神，漂漂亮亮地白了她一眼。

她捏著團扇遮住半張臉，妖嬈地道：「人生苦短，但人情難得，遇見個對妳好的人，如何就不會動心了？我可不是聶衍那樣的狠心妖怪，連自己成了親的夫人都捨得追殺。」

說著，她一頓，又捏著扇面打了打自己的嘴：「我怎麼能對天字一號房的客人說這麼狠心的話，要扣錢的。」

坤儀垂眼，淡淡地道：「說實話哪裡用扣錢，老闆娘既然肯幫忙，此事就得勞煩您同聶衍說上一說，也好叫我早日歸家，過我該過的日子。」

第78章　玩弄於股掌之間

樓似玉抹開一面妝鏡，鏡面如水般泛起漣漪，片刻之後平靜，便顯出聶衍的身影來。

他似是站在某個高處，周身繞風，赤緹色的籠紗長袍被風拂得烈烈，臉上神情淡漠又疏遠，像極了她第一次見他的時候。

算算時辰，這時候他應該已經看見了她和龍魚君布置好的「凶案現場」，知道了她的死訊。這樣的反應，也著實涼薄了些。

臉色有些發白，坤儀自嘲地抿了抿嘴角。

樓似玉餘光瞥著她，打著扇兒寬慰：「他這樣的人物，妳要人家為情所困，也著實勉強了些，他能擇個地方靜上這麼久，也算他心裡有過妳了。」

出來的時候只穿了一件素紗，坤儀捏了捏自己泛涼的胳膊，撇嘴道：「倒不為別的，我只是在想，他對我的生死都這麼冷漠，我還能用什麼拿捏他。」

樓似玉忍不住給她豎了個大拇指：「自盤古開天闢地，從沒人想過能拿捏玄龍，就算是我那心機深沉的大姪女，也只想著臨陣倒戈而已，妳這姑娘有出息，是個幹大事的。」

她笑得狐眸盈盈，似乎沒把她這句話當真。

但笑了一會兒，樓似玉就在坤儀認真而嚴肅的神色裡安靜了下來。

「妳當真是這麼打算的？」她忍不住皺眉。

坤儀眨眼看著她：「我別無選擇。」

青雘當年是有得選，她自己選了一條與龍族作對的路，而她現在是被聶衍逼到了懸崖邊上，身上還背負著大宋和萬千百姓的將來。

「聶衍善權謀，也能治妖，但他不知道該怎麼讓百姓過上好日子，若要為了將龍族罪名洗清便讓他接掌江山，天下會大亂。」坤儀嘆息，「就算他學著帝王治理國家的本事，幾年內弊端不顯，但他身側還有旁的妖族，那些多是食人的，一旦建功立業位高權重，妳知他們會害死多少凡人？」

「我與他尚算親近，知道他一些喜惡，眼下有掌櫃的相助，勉強能保住性命。此等良機，若還苟且度日，便是坐以待斃。」

樓似玉聽得怔愣，忍不住重新打量她一圈兒：「妳個嬌滴滴的姑娘，金尊玉貴的，如何做得這些……」

「便就是我金尊玉貴，受天下人供養，我才該去做這些。」坤儀輕笑，鳳眼微勾，脖頸挺直，「掌櫃的莫不是覺得我們皇家人當真是吃白飯的。」

樓似玉震了震，狐眸裡終於露出了兩分真心：「如此，我也算沒幫錯人。」

這果決清醒的樣子，還頗有兩分宋清玄的風骨。

凡人雖然脆弱，但有時候當真挺有意思的。

「妳且在這裡住著，明日我就去找他說話。」樓似玉起身，扭著腰肢朝她擺了擺手，「睡個好覺吧，在我這天字一號房，神仙也動不得妳分毫。」

「多謝掌櫃的。」坤儀頷首。

門被她爽快地帶上了。

可是沒一會兒，坤儀就看見那門又吱呀一聲被推開了一條縫，樓掌櫃那雙纖長的手從縫裡伸進來，拿起她放在門口矮櫃上的一張百兩銀票，不好意思又有些理所應當地朝她晃了晃，然後飛快地抽走並且再次關上了門。

哭笑不得，她搖了搖頭。

這家客棧有些陳舊，壓根沒有掌櫃的吹噓的那麼新，坤儀沒能在床上躺下去，便就在椅子上坐著睡了。

夢裡，她回到了很久以前，她端坐在殿堂之上，目之所及的臺階下頭，他眉目盛著光一步步走上來，衣袍翻飛起來，像極了懸崖邊盤旋的鷹。

她心口的跳動在夢境裡都清晰可聞。

可惜了，可惜了。

聶衍在盛京最高的望月樓的屋簷上站了一夜。

他也不知道自己在等什麼，只覺得有無邊的孤寂像潮水一樣從四面八方湧過來，拖拽著要讓他往下掉。

黎諸懷下了黃泉去尋人，人是定然能尋回來的，只是她體質特殊，萬一有什麼限制，尋著了魂魄也未必能復活。

不能復活的話，他可要等她下一世輪迴？

可是，為什麼要等？他與她也不過是機緣巧合被逼無奈成的親，他不見得多喜歡她。

腦海裡劃過一張笑盈盈的臉，鳳眼彎彎如月，眼角波光粼粼。

坤儀笑起來似乎總是這樣，不管是真心還是假意，仰頭看他的時候，眸子裡總是亮晶晶的。與他嬉笑怒罵，與他嬌嗔打鬧。

若他再受點傷，她便要急了，捏著裙子跑得比兔子都快，從她的院落一路跑過來，撲在他床邊抓住他的手，滿眼都是心疼。

是凡人太會偽裝，還是他見得太少？這樣的人，怎麼捨得連他們的孩子都一起利用。

「大人怎麼能慌。」邱長老突然出現在他身後，聲音低沉帶著嘆息。

聶衍回神，微微斂眸：「我沒有。」

「大人若不是慌了，又何至於在這裡守著。」順著他站的方向看過去，剛好是日出的方向。

邱長老看了兩眼，搖了搖頭，「生魂若能歸，自當是在日出之前從這裡歸來，但是大人，您在這裡是等不到坤儀公主的生魂的。」

眼神一沉，聶衍突然轉頭看他。

邱長老被他眼裡的威懾之意嚇得微微一頓，旋即苦笑：「老夫的意思是，坤儀公主並未身故，生魂自然不會從這裡回來。」

什麼意思？聶衍有一瞬間的茫然。

「一張符紙做的小把戲，大人但凡認真看看，就不該上這一當。」邱長老將失效了的變化符呈到他面前。

瞳孔微微一緊，聶衍伸手接過，將符紙慢慢捏進掌心。

眼前浮現了上陽宮側殿的畫面。

失效了的符紙從「坤儀」的屍體上落下來，方才還面目清晰的屍體，瞬間變成了幾節脆藕。

盛慶帝等人驚呆在當場，張皇后卻像是早就料到了，只將帝王扶起來坐去一側，慢聲細語地與他說著什麼。

宮人和隨侍七手八腳地開始收拾側殿，原本跪哭的丫鬟女使們也都被叫了起來，如常開始做別的事。

「您與黎諸懷，都不該上這樣的當，他是被您擋了沒有仔細去看，而您，是亂了心神。」邱長老深深地看著他，「大人，被一個凡人女子一直玩弄於股掌之間，這樣的事，您還打算做上多久呢？」

聶衍沉默地看著手裡的符紙。

她是借著這點掩護出宮去了吧。

就這麼料定他會因著她的死顧不上其他，就這麼喜歡用自己作籌碼來算計他？

孩子也是，她自己也是。

她這個人，有心嗎？心裡當真如她嘴上所說，那麼喜歡他嗎？

還是從一開始，就只是打算利用他，反叫他陷在這場可笑的婚事裡，還覺得日子和順，難能可貴。

褪色的符紙碎成了末，被人一把揚在風裡，片刻便吹散了。

朝陽便在此時從山頭升起，漆黑的人間漸漸被照成一片金黃。

聶衍從屋簷上躍落到了地面，拂了拂有些霧氣的衣擺，似笑非笑地道：「勞煩邱長老轉告秦有鮫一聲，他說的條件我答應了，只是有一件事，我不允。」

邱長老躬身做拱手狀。

「盛慶帝曾與徐梟陽打賭，要我與坤儀成親一年而健在，才肯將鐵礦交付大宋。如今賭約未結，婚事不能如他所說作廢。」

邱長老皺眉：「徐梟陽當初那賭約，便就是故意為難您與坤儀殿下的。」

他那一族與狐族有仇，連帶著也就恨上了坤儀，設著套想看聶衍親手殺了坤儀的那一天，不然，如何捨得那麼多的鐵礦。

「他這點把戲，為難不了我，或者說，壓根為難不了她。」聶衍轉身，挑准一個方向，抬步往前走，「你只管放心，先去看看那厲害得不得了的坤儀殿下，還準備了什麼手段來對付我。」

他語氣嘲中帶諷，冰冷非常，聽得邱長老背後汗毛都立了起來。

龍族最討厭的就是欺騙，而坤儀，已經接連欺騙了他兩次。

邱長老無聲地嘆了口氣，隨著他一步一步地走向合德大街。

清晨天剛亮，街上的包子鋪剛出了幾籠熱氣，擺攤的小商販已經拉扯好了攤位，開始叫賣。趕集的婦人牽著沒吃到糖哇哇大哭的孩童，一邊數落一邊往賣菜的攤位去。紅彤彤的糖葫蘆插在草垛上，在晨曦裡泛著金紅色的光。

要是以往，聶衍一定覺得這場面看著很舒心，可眼下，他連側眸也不曾，一雙鴉黑的眼直直地看向街尾一家剛開了門的鋪面。

大紅的燈籠在半夜的時候就燃盡了，樓似玉打著呵欠將它取下來。

一片紅色在眼前落下去，她不經意地一抬頭，滿臉的睏倦登時就消散了個乾淨。

「大人起這麼早，想來是睡得不太好啊。」狐眸眨了眨，樓似玉提著燈籠就笑，「我這兒有剛出鍋的餅子和清粥，還有小菜任選，只收一兩銀子一位，價格公道，您可要嘗嘗？」

聶衍沒有說話，徑直走進了掌燈酒家。

樓似玉跟在他身後打著扇兒：「許久不見，大人是越發英姿颯爽了，險些還沒認出來，如今這眼神，也算是識遍了人間，想來是有許多話想與舊人說的，正好，我得了個寶貝，能讓您去一趟九重天，您可要看看？」

第79章　復位

當年龍狐大戰，樓似玉並未攪合，她因著族內人的爭鬥而流落了人間，正是與宋清玄活得快活的時候，是以若要清算與狐族的恩怨，聶衍不會將她算進去。

但是，這人為了宋清玄，也真是不講道理，好好的日子不過，竟要幫坤儀的忙。

聶衍皮笑肉不笑：「掌櫃的寶貝我看過，甚至還親手毀過六塊。」

女媧娘娘為了聆聽凡人的疾苦，特意留了七塊晶石在人間，每百年看上一次，若有覆滅人間的大妖禍，她便將率眾神臨世，除妖滅魔。以至於早些年，聶衍一直在尋找並且毀滅這些晶石。

可是一連毀了六塊，第七塊卻怎麼也找不到了，它像是被人藏起來了，不再發光，也沒有指示。

沒想到是被樓似玉藏起來了。

聶衍敲了敲她的紅梨木方桌：「妳想要什麼？」

「我在此處已經等了二十年，相信再過不久，我就能等到他的轉世。」眼裡泛出光來，樓似玉用團扇半遮了臉，「等他那一魄轉世，我想將他其餘的三魂七魄也都救出來，叫他不至於一世比一世虛弱。」

言下之意，坤儀不能死。

聶衍垂眸：「他那一魄，果然是妳弄走的。」

「妖活那麼多年，總要有個念想。」樓似玉撐著方桌，眼眸望向門外楣上掛著的有些陳舊了的一串銀鈴，「我不介意等，但你不能讓我等不到。」

聶衍沒有接話，只喝了一口她桌上的茶，微微皺眉。

樓似玉又笑：「我看你也挺捨不得那姑娘的，留她一命怎麼了，她活著，只要你不動用妖術，不濫殺無辜，青臒難道還真能告了你去？」

後頭的話聶衍沒聽進去，他只聽見了前半句，略微有些疑惑。

為什麼連樓似玉都覺得他挺捨不得坤儀。

他往日裡做事，是不是太不成體統了些？

不悅之色泛上眼裡，聶衍放下茶盞，淡聲道：「把人交出來吧，我不殺她。」

樓似玉看了他兩眼：「大人一向以大局為重，想也做不出為了報復青臒非要殺了自己髮妻的事來。我交人不難，但那小姑娘最近日子看起來不太好過，難得睡一個好覺，大人不妨讓她多睡片刻。」

「我沒那麼多時間。」聶衍面無表情地起身，伸手往樓上的方向一抓。

坤儀從夢境裡驚醒，身子不受控制地往下墜。

她低呼一聲，下意識去抓身邊能抓到的東西，但那力道太大，她不但沒抓住，反將手狠狠磕在了門框上。

一陣疼痛之後，天旋地轉。

她落進了一個人的手裡，那人抓著她的手腕，力道極大，似乎還笑了一聲。也不知是在笑她這滿身狼狽，還是笑別的什麼。

「回去了。」聶衍道。

坤儀猛地抬頭，就看見他那一張好看得人神共憤的臉正像往常一樣對著她淺笑，恍惚間叫她覺得這只是一個平常的清晨，她在外頭貪玩，他正好來接她了。
可是，他手上的力道真的好大。
「疼……」她掙扎了一下。
聶衍鬆手，將手攏進袖口之下，轉身往外走：「殿下且先想想宮裡怎麼收場吧。」
坤儀反應了好一會兒，看向樓似玉：「他當真不殺我了？」
「殺了妳對他的壞處比好處多得多。」樓似玉看著他的舉動，神色有點複雜，「小姑娘自己多保重，若有什麼事，差人過來尋我便是。」
頓了頓，她又補上一句：「小麻煩五十兩，大麻煩一百兩起。」
坤儀覺得這掌櫃的挺有意思，凡事明碼實價，倒比攀關係來得乾淨脆生，她眼下最喜歡的就是這樣的來往形式。
是以，離開的時候，坤儀將身上的一千多兩銀票都給她了。
樓似玉數著票子，笑得眉毛不見眼：「姑娘慢走，下回再來。」
外頭已經有馬車在等著了，坤儀盯著垂下的車簾吸了好幾口氣，才鼓足勇氣坐進去。
聶衍端坐在主位上，一言未發。
坤儀僵硬著身子與他同乘了好一段路，確定他真的不會殺自己，才慢慢放鬆了下來。
他要的是族上汙名洗淨，無人知曉的情況下定然想滅了青雘封口，但眼下，樓似玉、秦有鮫、龍魚君……這麼多人都知道了此事，樓似玉又能上達天聽，他放棄要她的性命也是情理之中。
只是，先前他那眼神給她留的陰影還在，坤儀並不敢再與他親近，兩人之間留了一大塊空座出來，他手搭著膝蓋，她手貼著車壁。

「就如往常一樣過日子便是。」臨近宮門，聶衍突然開了口。

不知為何，一聽他說話，坤儀有些鼻酸，她捏了捏自己的耳垂，將眼淚捏回去，低低地應了一聲：「嗯。」

如往常一樣，怎麼如往常一樣呢，她已經沒法毫無芥蒂地撲進他懷裡了，在他眼裡，她只是一個隨時可以被殺掉的容器，往日的恩愛，到底是她的一廂情願。

聶衍餘光瞥見她有些傷心的眼神，眉尖微皺，眼裡掠過一絲嘲諷。

她有什麼好難過的，被她威脅的是他，被她玩弄的也是他，眼下要退步的還是她，凡人做到這個份上，當去給自己寫一面誇讚大旗，順著風揚出去三里地。

收回目光不再看她，聶衍進了宮。

秦有鮫收拾殘局的時候還有些惱，坤儀行事不與他商議，萬一出什麼意外，這天下都得毀她身上，就算不出意外，也白讓這麼多人為她傷心難過。

但那兩人一起回來面聖的時候，他倒是愣住了。

聶衍的神態看起來好像什麼也沒發生過一般，只跟帝王行禮：「殿下走失是微臣的過錯，回府定當好生賠罪。」

盛慶帝有些驚慌地看向秦有鮫。

秦有鮫倒是穩得住些，眉頭卻也沒鬆開：「伯爺言重。」

「近來京中多有妖禍，秦國師看起來不能掌好上清司。」站直身子，聶衍看向他，「術業有專攻，上清司還是交由在下全權負責更為妥當。」

「上清司裡的道人少了很多。」秦有鮫也不惱，十分平和地道，「再肩負巡邏各處宮門之責，人手上難免有些捉襟見肘。」

「如此，東西兩方的宮門便交還禁軍，上清司也該廣納新的道人，開班授課。」

「甚好。」秦有鮫點頭。

兩人幾句話之間就商定好了未來幾個月盛京的平穩局面。

盛慶帝先是怔愣，而後倒是笑了：「伯爺一心為我大宋，真是棟梁之才。坤儀，你與伯爺可要好生過日子，莫要再任性了。」

坤儀點頭，忍不住又看了聶衍一眼。

他居然真的願意各退一步，原本都強勢到了那個地步，再進一步直接扶持一個傀儡登基，於他是一勞永逸。

看來青䑋讓她找樓似玉，當真捏住的是聶衍的命門。

心裡鬆緩了一些，坤儀後知後覺地發現自己腦袋昏沉。

「妳且回府休息，宗碟一類的事，張皇后會替妳辦妥。」盛慶帝還在上頭說著。

坤儀想謝恩，但晃了一晃，整個人還是不受控制地往前倒。

聶衍瞥見了。

他沒想動，任由她跌下去也不會要了命。

這人從未對他心軟過，他又何必對她心軟。

可是，在她跌落到地的前一瞬，一隻手還是從旁邊橫了過來。

「坤儀？」

有人在喊她。

坤儀答不上來話，兀自陷入了昏暗的世界裡。

……

夏日最炎熱的時節裡，坤儀為救盛慶帝，生了一場大病，帝感念骨肉親情，特恢復其宗碟，重封公主之位，賜還明珠臺及大婚府邸，一切待遇如前。

交頭接耳的朝臣和名門望族們打聽了許久也沒打聽出來坤儀是怎麼救了盛慶帝的，但比起這個，他們更好奇的是，坤儀恢復了公主之位，怎麼反而與昱清伯爺分居了。

兩人原先住在大婚御賜的府邸裡，之後遭逢變故，也是一起搬到侯府，可如今宮裡的賞賜從合德大街的街頭排到了街尾，坤儀公主卻住回了明珠臺。

有膽子大的，趁著下朝去問聶衍：「是不是公主任性，拿身分壓著你了？」

聶衍十分溫和地笑道：「公主賢良淑德，如何會做這種事。」

像是為了證明這件事的真實性，沒過幾日，坤儀就親自做主，為聶衍添了一房側室。

京中震驚不已，一部分人誇坤儀賢慧，另一部分人羨慕昱清伯爺的好福氣，竟能讓公主親自給其納妾。

但是杜蘅蕪覺得很荒唐，皇婚納妾，坤儀這不是擺明告訴天下人她有過錯，甚至是無法生育的過錯，不然怎麼會低聲下氣至此？

她氣衝衝地就跑去了明珠臺。

誰料，層層疊疊的帷帳裡，杜蘅蕪沒瞧見那驕矜不可一世的人，反而只瞧見外頭站著的蘭茗。

「殿下病了半個月，未曾下得了床，姑娘好奇之事，還是奴婢來答吧。」雙眼通紅，蘭茗給杜蘅蕪放了矮凳。

杜蘅蕪皺眉不已，坐下來看著她。

「妾是伯爺自己要納的，那幾日殿下原本有些好轉，能坐起來說話，他一說納妾，殿下只笑，一夜未眠，第二日就給他納了良妾回來。只是那之後，殿下又接著高熱了幾日，直到今日才稍微好轉。」

咬了咬牙，蘭茗道：「就當看在姑娘與我家殿下同窗一場的份上，姑娘莫要再奚落殿下，殿下也未必想這樣。」

第80章　納妾

當日兩人成親，十里紅妝，熱鬧了整個盛京，侯爺對殿下日益疼愛，看著都羨煞旁人。

誰能料到短短幾個月後，聶衍能站在殿下的病床邊，對她說出要納妾的話來。

蘭苕幾乎要覺得伯爺是被什麼妖怪頂替了身分了，可殿下笑著說，這世上沒有妖怪能頂替伯爺的身分，他說的話，只會是他自己想說的。

殿下看起來一點也不難過，但分明快好了的身子，又一日日地發起高熱來，睡夢裡死死抓著她的衣袖，一聲也不吭。

蘭苕分外心疼自家殿下，但她不能安慰，她家殿下性子嬌氣，有些東西咬牙忍了也就忍了，最不能再聽軟話，一安慰她，反而會崩。

當然，她也不想聽杜小姐再奚落殿下，聽著心疼。

杜蘅蕪怔愣地盯著帷帳看了好一會兒才緩過神來，她輕吸一口氣，起身將蘭苕往外拉了幾步，低聲道：「這可怎麼辦？她會不會想不開？」

蘭苕抿唇，搖了搖頭：「姑娘倒也不必擔心這個，殿下很想好好活著，這幾日高熱來勢洶洶，吃藥是不見好的，全憑殿下自己熬著，硬生生從鬼門關邊緣熬了回來。大夫說，這一覺睡醒，她就該好了。」

眼下時辰臨近晌午，杜蘅蕪想了想，躡手躡腳地走回床榻邊，小心翼翼地將她的帷帳掀開。

坤儀臉上還有些病態的潮紅，神態卻是十分安詳，雙手交疊放在繡著孤鶴的錦被上，彷彿在做什麼好夢。

只是，連日的高熱讓她太過憔悴，哪裡還有往常那威風的樣子。

杜蘅蕪抿唇，摸了摸她蓋著的錦被：「這是我鬧著玩送的，她竟還留著。」

兩人慣愛鬥嘴和互相擠兌，生辰之日又往往都會邀對方去吃宴，這是坤儀十七歲生辰的時候杜蘅蕪送她的，孤鶴無伴，哀鳴河畔，就是個故意氣她的玩意兒，咒她孤獨終老。

蘭苕垂眼：「殿下說，這世上懂她的也就您了，您送這東西不吉利，但襯她，加之料子上乘，沒有不留下的道理。」

杜蘅蕪沒忍住翻了個白眼：「她自個兒都不盼著自個兒好，誰還能救她。」

蘭苕沉默。

屋子裡香煙嫋嫋，混著藥味兒，待著有些壓抑，杜蘅蕪卻是沒走，兀自坐在床邊，似乎在等坤儀醒過來。

「杜公子死後，殿下原就是絕了念想的。」一忍再忍，蘭苕還是沒忍住開了口，「她說自己慣會害人，連待她那般好的杜公子都被她害死，往後餘生也不指望能有真心人，便隨意陛下指婚，就當報效大宋。」

「沒想到遇見了昱清伯爺。」

聶衍真的只差一點就能將她從沼澤裡拉出去了，他有本事封了她的胎記讓她穿正常的衣裳，也有本事替她除妖滅魔，更願意將她護在掌心。

誰料，也只是過眼雲煙。

提起杜素風，杜蘅蕪還是有恨的，杜素風自小苦讀，其他姊妹在玩，他在練字，寒暑不休，深夜燈也不滅，好不容易一朝高中，前途何等敞亮，卻沒想到死在了坤儀的手裡。
這事其實怪不得坤儀，但杜蘅蕪沒法不遷怒，那畢竟是她的骨血至親。
坤儀過得好，她不開心，但坤儀若真的過得不好……說實話，她也笑不出來。
床上的人突然咳嗽了起來。
蘭苕和杜蘅蕪同時反應過來，一個將她扶起來，另一個順手端了溫茶給她。
坤儀睜開眼，看了杜蘅蕪好一會兒，倒是笑了：「聽說妳退了徐梟陽的婚事。」
杜蘅蕪滿懷悲愴還沒來得及抒發，就被她這句話給氣回去了。
她沒好氣地睨眼：「我沒找妳茬，妳反倒是想看我笑話？」
「哪能說是笑話。」靠坐在軟墊上，坤儀聲音虛弱，「我就是覺得好奇，他當時為了妳與我過不去，簡直是要逼死我，結果一轉眼，倒被妳退了婚。」
冷哼一聲，杜蘅蕪撿了旁邊桌上的茶果子扔進嘴裡：「他有他的野心，我跟不上，退婚了大家互不耽誤，倒是妳，這還新婚燕爾呢，就給自己的駙馬納妾了，妳可得去外頭聽聽，那些個嘴賤的小婦人背後把妳編排得可精彩了。」
這類婦人話語，往常錢書華是最愛與她來說的。
坤儀下意識地看了一下床尾，遲鈍地想起錢書華已經沒了，連忙移開了視線，垂眼道：「沒事聽那些個堵心窩子的作甚，我為他納妾，我也樂得輕鬆，等病好了，也能名正言順地往明珠臺接面首，大家各過各的，好得很。」
杜蘅蕪瞠目結舌：「妳竟是這麼盤算的。」

「不然呢？為了討好這位伯爺為他納個妾，然後我孤苦伶仃地守在房裡來，等他翻牌子寵幸到我？」坤儀挑眉，「妳怎麼替他想得這麼美呢？」

哭笑不得，杜蘅蕪看向蘭苕：「妳瞧瞧妳家殿下，就數她會過日子，白瞎了替她難過。」

蘭苕勉強笑了笑，沒有說話。

坤儀吃了午膳，恢復了些力氣，便讓蘭苕給她洗漱更衣。蘭苕看了一眼屏風上掛著的熟悉的金符黑紗裙，沒說什麼，替她沐浴之後，仔細給她換上。

九鳳大金釵，雙鸞點翠搖，黑紗攏身，腰肢曼妙，坤儀從屏風後頭出來，唇上點了御賜的胭脂，臉上塗了珍貴的珠粉，病態盡斂，別有風韻。

杜蘅蕪直哼哼：「不多躺會兒，妳這是折騰個什麼。」

坤儀意味深長地道：「我一連病了多日，他那側室還沒來敬茶呢，今日天氣好，得去受她一禮。」

她彷彿完全沒將這個女子放在心上，擺手就讓人去傳。

只是，當那個嬌滴滴的妾室滿臉春光地跪下下頭的時候，坤儀的眼神還是短暫地黯淡了一下。

聶衍是個不愛讓外人近身的，大抵是與她食髓知味，眼下親近起別的女子來也不含糊，直將這妾室寵得雙腿發軟，起身都要兩個婆子來扶。

「妾身何氏，往後必定全心全意侍奉伯爺與殿下。」她朝她低眉。

十五六歲的年紀，真是如花一般，新鮮又柔軟。坤儀盯著她看了好一會兒，才道：「不用侍奉我，我是個懶骨頭，早晨也未必能喝這一盞敬茶，妳只管伺候好伯爺便是。」

「多謝殿下。」何氏鬆了口氣，連忙告退。

「這是何侍郎家的庶女，聽聞何家的女兒都好生養，伯爺納她回來，也許是為了子嗣。」魚白抿著唇道，「不然也沒見她有別的可取之處。」

從進門到現在，聶衍夜夜宿在她屋子裡，聽下頭嘴碎的婆子說，每晚動靜大得很，第二日這姨娘更是渾身愛痕，叫人看一眼都羞。

坤儀沉默地聽著，喉嚨微微有些發緊。

你看，男人就是這麼不可靠，與她纏綿之時說盡了情話，一轉頭與她人歡好，許是將那些話換個人又說了一遍。

她不明白聶衍為什麼要這樣對她，青腰與他有仇，她與他又無怨，好聚好散竟也做不到，還不如她待容華館那些人來得好。

輕嘆一聲，坤儀讓蘭苕選了好些首飾，都給何氏賞了去。

「你說咱們這位殿下也奇怪，許伯爺納妾不說，還給何氏這麼多賞賜。」伯爵府裡的下人忍不住碎嘴，「那些個金絲鏤花的簪子髮冠，可都是宮裡才有的，便宜這麼個妾室……」

「殿下大度，既是伯爺喜歡，她便也厚待，是個好主子。」另一個婆子嘀咕，「但是尋常的正室，就算是大度，也總是要吃味的。」

「我還沒見過這位殿下吃味是什麼樣子。」

兩人說著話越過竹林，去往後院水井浣衣。

聶衍在竹林的另一邊，心情甚好地與黎諸懷下著棋。

黎諸懷抬頭看了他好幾眼：「伯爺這是也想看看殿下吃味是什麼樣子？」

「沒興趣。」他漠然地道。

「那你折騰這妾室是做什麼？」

聶衍沒答，一子落下，黎諸懷已經是一盤死棋。

「沒意思沒意思。」黎諸懷拂袖，「只要你能將她和青雘看住了，我也懶得管你的家務事，最近京中多修道法學院，你有空便也去看看。」

「好。」聶衍應下。

上清司和皇室好像回歸到了一種風平浪靜的狀態，上清司不再值守各處宮門，皇室對他們的戒備也從明面回到了暗地裡，允許他們四處開設學院，教授有根骨的人習滅妖之術。

秦有鮫放了孟極，不再插手上清司，孟極倒也有本事，徑直將殺害四皇子的真正凶手扭送到了聶衍面前。

「竟然是你。」聶衍眉心微皺。

張谷臣跪在他面前，神色有些焦急：「放我回去。」

「你殺害當朝四皇子，還想回哪裡去？」他低下頭靠近他一些，十分不解，「我若沒記錯，你是張桐郎那一族之人，與這四皇子，應該還有些血脈關係。」

張皇后所生的四皇子，並非完全的妖，但到底有他們反舌獸一族的血脈，他對四皇子動手，不怕張皇后報復？

「這是皇后拜託我的事，我做完了，要抓凶手，你們去找中宮。」看一眼外頭的天色，張谷臣神色更急，「快些放了我！」

第81章　面首

淮南站在旁邊都聽笑了：「中宮是凶手，你可知張皇后原先最疼愛的就是四皇子？」虎毒還不食子呢，更何況張皇后那樣溫柔的妖怪。

張谷臣白了淮南一眼：「張若蘭疼愛四皇子不假，但她更愛的一定是當今聖上。」張皇后生育兩個皇子，三皇子更像盛慶帝，也沒能繼承到妖怪的血脈，但四皇子不一樣，他身上流了一半的妖血，又愛與妖怪親近，當時的張桐郎是考慮過直接弒君讓四皇子繼位的，雖然後來他失敗了，但只要四皇子在一天，盛慶帝的命就始終會被別的妖怪惦記。

比如眼前這幾位。

張皇后心軟善良是真，愛慘了盛慶帝也是真，她寧願割掉自己的骨血，也要給她的男人多一重保障。

黎諸懷站在旁邊聽著，忍不住打了個寒顫。

怪不得回來之後盛慶帝肯將張皇后從冷宮裡接出來，還要將她一起護在上陽宮。

動了情的妖怪，真的好可怕。

他下意識地看了一眼聶衍，然而後者臉上並沒有什麼波瀾，聽他將話說完，便吩咐淮南將張谷臣關進了鎮妖塔。

「不，我還要回家——」張谷臣掙扎著被帶走的時候，喊了這麼一聲。

妖怪只有巢穴，哪來的家。眾人都沒放在心上，只讓他將罪名頂了，結了四皇子之案，也順帶將功勞記在了孟極的頭上。

孟極得封三品武官，執掌城中巡衛考校，李寶松揚眉吐氣，立馬就挺著大肚子去參加坤儀的賞花宴。

自從聶衍納妾，這京中貴門女眷都想著來明珠臺看熱鬧，奈何一直沒機會，不曾想今日殿下竟然主動設宴，眾人哪有不去的道理。

明珠臺裡五步一珍寶，十步一奇觀，看得人豔羨不已，但走到賞花臺上，瞧見坤儀那一身黑紗衣，眾人又都釋懷了。富貴有什麼用呢，夫君又不喜歡自己，還在新婚未滿一年的時候納了妾。

幾家夫人笑著落座，客氣地與坤儀寒暄：「聽聞殿下久病，眼下可大好了？」

「勞您惦記，我身子弱，遇著下雨天，一不小心就染了風寒。」坤儀慵懶地倚在八寶鑲金貴妃榻上，捏著絹扇道，「可算是好了，不然趕不上喝我們家那妾室的茶，指不定被各位誤會成什麼樣子。」

「殿下言重，我等哪裡敢言皇婚的不是，只是覺得好奇，二位這好端端的，怎麼就納了妾。」

坤儀扯了手帕來，做作地抹了抹眼角：「誰說不是呢，伯爺前些日子還與我好得要緊，一轉眼就看上了別的嬌娘，料想是我不夠好，留不住伯爺的心。」

她這麼說，底下女眷十分興奮，都伸長了脖子想看熱鬧。

坐得近些的女眷倒還拿場面話安慰她：「殿下是天之嬌女，又受陛下寵愛，哪有不夠好的，伯爺寡幸，怪不到殿下頭上。」

坤儀一聽這話，當即收了小手帕，眨巴著眼問：「不怪我哦？」

「這……殿下未曾犯出任何過錯，伯爺卻先納了妾，如何能怪到殿下頭上。」眾人應和。

莞爾一笑，坤儀一改先前嬌弱可憐的神色，雙手輕輕一拍。

十二個身段極好的小倌甩著水袖從湖心小築魚貫而出，踏過粼粼湖水上修的淺橋，步步生花地行至臺上，朝坤儀行禮。

「免了免了，快舞。」

為首的小倌生得俊秀清白，輕輕一笑，如好山迎人。他一甩袖子開了舞，餘下十一個小倌便往後一個空翻落形，衣袂烈烈，颯而不剛。

各家夫人哪裡見過這等東西，舞姬一向是女子，要看十二個男人起舞，那得去容華館。不曾想坤儀竟是將這些小倌養在了明珠臺，召之即來揮之即去。

這得花多少銀子啊。

「別愣著，桌上有望舒果，外頭已經斷貨了，獨我這兒有。」坤儀一邊看一邊招呼，「都嘗嘗。」

有夫人覺得不好意思，抬扇擋著臉，卻在偷瞧，也有坦蕩的，一邊觀舞一邊品評，還吃了好幾個果子。

李寶松卻沒看舞，她只盯著一臉笑意的坤儀，幽幽地道：「吃再多的望舒果，若沒有夫君疼愛，又有何用。」

四周都是一靜，獨絲竹還在奏。

坤儀好笑地看她一眼：「妳稀罕妳家夫君的疼愛？」

「……自然，我夫君功成名就，對我疼愛有加，才有我如今的快活日子。」她皺眉。

不以為然，坤儀咬了一口望舒果：「我不需要任何的人的疼愛，光憑母后留下來的東西就能過一輩子快活日子，不過嘛，有人疼自然是更好的。」

只是，這個人未必得是她夫君。

從前聶衍待她好，與她一心一意，她自然也覺得開心，但如今郎情已休，她一個人傷懷怪沒意思的，便學他，尋個別人也是好的，反正她這身分，律法容得她納面首。

這世上能愛自己到最後的只有自己。

起舞的小倌叼來一支荷花，落在她桌上，雙眸含情地看著她，欲語還休。

坤儀是個體貼的，從不叫美人落顏面，當即將那荷花戴在髮髻上，又從桌上撿了一串兒金珠，塞進他手心。

小倌欣喜地朝她一福，繼續起舞。

這一舞可謂動人，看得許多夫人心懷微動，坤儀亦是高興，賞了許多東西下去。

下頭的小倌換成了樂師，也是清朗可人的面容，或古琴或琵琶，甚是動聽。

原以為這就完了，結果後頭還來了二十多位文士，在畫舫上談詩論畫，舉止風雅，言之有物，供她們遠觀。

李寶松看得來氣：「妳這等做派，怪不得伯爺要納妾。」

坤儀瞥她一眼，淺笑：「夫人莫要記錯了，伯爺納妾在先，我這等做派在後，就算要說話，妳也當說一句『怪不得殿下要如此，原來是伯爺納了妾』，也不算偏頗。」

「殿下不覺得可恥嗎？」李寶松起身，「身為女子卻行此不守婦道之事，哪裡有個人婦模樣。」

臉上笑意淡了，坤儀往後靠了靠身子，打著扇兒睨她：「妳們成婚，是嫁做人婦，而我成婚，是招婿，妳若要說守婦道，便該是他守，不是我守。」

這話驚世駭俗，一眾夫人呆愣當場。

沒理會她們，坤儀招手讓最好看的那個文士上前來，遞給他一塊玉佩：「男兒若委屈做人面首，可還能全鴻鵠之志？」

文士怔愣地看著她的面容，下意識地點了點頭。

坤儀笑了，當著各家夫人的面，直接將他收入了明珠臺內庭。

原想著來看坤儀的熱鬧，不曾想還真被她給了個熱鬧，只是這熱鬧有些奇怪，眾人看得心裡都不是滋味。

誰家婦人不是上對婆婆低頭，側對夫君低頭，偏她坤儀離經叛道，夫君納妾，她便收面首，一個女兒家，大大咧咧地行這些事，也不怕兒女將來不好嫁娶。

離開明珠臺的時候，每個人心裡都有一肚子話揣著要回去找人吐露。坤儀也不介意，甚至還送了每人一顆望舒果，這些豪門內眷有的是第一回嘗到好處，後來又去望舒鋪子買了幾十次不止……這些且按下不提。

坤儀收面首自然是瞞不過聶衍的，兩人現在雖是分居，但明珠臺和伯爵府也就一牆之隔，開一扇門，來去便是自如的，消息自然也飛得快。

「真是不像話。」夜半連連皺眉，「女兒家哪有用這些事來賭氣的。」

聶衍兀自看著書沒說話，倒是淮南嘀咕了一句：「我看殿下也不像是賭氣，她收的那個人家境雖然貧寒，但人品才學都是一等一的，做個面首綽綽有餘，這些日子反正伯爺也不願見她，她自己在明珠臺玩開心些也好，省得惹出別的亂子來。」

「可……」夜半還是覺得不妥。

「隨她去。」聶衍淡聲開口，「有什麼動靜回來稟我便是。」

就像他這邊「寵幸」人的動靜她能馬上知道一樣，聶衍不介意聽聽她要做出什麼驚天動地的事情來。

然而，收面首的第一晚，坤儀未曾與人同房，第二晚第三晚，皆如是。

聶衍漫不經心地下著棋，嗤笑：「她合該學我，將樣子也做全些。」

至少也該傳出些十分恩愛的風聲，才能叫人堵心。

「殿下不像是在做樣子。」夜半有些遲疑地道，「雖未同房，但兩人整日同進同出，相談甚歡。」

黑子落錯了一個格子，聶衍盯著看了片刻，若無其事地繼續落白子：「有什麼好談的。」

「那林青蘇是個全才，上知天文下知地理，自然是有很多話能與殿下逗趣，殿下近來心情不算太好，但有他陪著，笑臉也是一日日地多了起來。」

白子也跟著落錯了一個格子，聶衍瞥了一眼外頭的院落：「蟬叫得好煩。」

夜半連忙拱手：「屬下這便帶人去清了。」

將棋子扔回棋簍，聶衍在軟榻上坐了片刻，面容重新恢復平靜。

他輸給過她太多次，這次以及往後的日子裡，他都不會再輸了。既是決定好各過各的，那誰過得對方不開心，誰便是贏家。

第82章 撞船

坤儀打小起就沒輸過什麼。

幼時在宮裡與兩個姪兒鬥蟋蟀，甭管三皇子四皇子花多少金子買回來的蟋蟀，都能被她隨手抓來的野元帥咬個半死。

後來長大一些，遭遇了杜素風的死，杜蘅蕪也開始與她鬥法，但她是最受寵的公主，杜蘅蕪只是相府孫女，兩人比衣裳首飾，比排場，回回都是她得意。

所以眼下這不太順心的日子要與她作對，坤儀也是不打算服輸的。

她未必就瞧上了林青蘇，但養這麼個人在身邊，她看起來也就沒那麼狼狽。

林青蘇才識過人，就算什麼都不做，在她跟前念詩也是賞心悅目，好比現下，微風徐徐，柳條拂堤，畫舫上絲竹悅耳，林青蘇就站在這盛夏最好的風光裡，執扇而笑。

「越羅衫袂迎春風，玉刻麒麟腰帶紅。」

唇紅齒白的少年郎唸著這詞，別提多叫人心動，魚白和蘭苕站在旁邊都看紅了臉。林青蘇倒也未因自己好顏色而倨傲，只轉眸，痴痴地看著座上的坤儀。

坤儀也覺得他動人，但眸色始終淡淡，映著這接天湖裡的風光，像一盞清涼的琉璃燈：「你這樣的風流才子，不該被家裡拖累。」

微微一怔，林青蘇回神，朝她半跪下來。

坤儀往前傾了傾身子，塗著丹寇的纖手輕輕落在他的髮冠上：「我已叫人知會過，翰林院會重審你的資質，不出意外，明年你便可再參與省試。」

淺棕色的眼眸裡冒出光來，林青蘇朝她行了一個大禮：「曾有道人與我算命，說我前半生坎坷，但必會遇見貴人，殿下想必就是他說的貴人了，青蘇多謝殿下。」

他家裡原是做官的，沒想到出了一隻妖怪，導致全家都被連累，自己的科舉之路也就這麼被斷送了，尚書省不允他再入春闈，才導致他流落四處，做人府上閒養的雅士。

來明珠臺之時他沒什麼別的想法，想著不過就是換一處府邸將風雅賣酒錢，誰曾想，坤儀公主竟不把他當玩樂之物，不但給他名分，甚至還幫他重新參與科考。

林青蘇抬頭，深深地看了她一眼。

座上女子雍容華貴，非他可折之花，但得她相助至此，若有朝一日他高中，必定會報答她。

坤儀看出了他的念頭，微微一笑，倒也覺他可愛：「再給你個機會，不用唸些討好我的詩詞，你且唸一唸你喜歡的詞句。」

林青蘇行禮再起身，撇了摺扇，捏著畫舫旁邊的圍欄，眺望遠處那兩座高高的鎮妖塔，眼神深沉：「未收天子河湟地，不擬回頭望故鄉。」

坤儀微哂，捏著絹扇給自己扇著風：「好兒郎，慎言吶，那可是朝廷的棟梁，擎天的柱子。」

說是這麼說，她眼裡分明卻是欣賞的。

眼下誰敢說上清司的不是？他們老宋家也是在他的仁念之下苟且的，誰能惹那一手遮天的上清司。

喏，她面前這個人就敢。

眼裡笑意更甚，坤儀一掃鬱色，親自盛了杯酒給他：「潤潤喉，往後這些話少說，保命要緊。」

白蔥似的手捧著那古銅色的酒盞，根根纖細，好看得緊。

林青蘇抿唇，有些害羞地伸出雙手去接。

行得好好的畫舫突然被什麼東西一撞，「嘭」地一聲巨響，坤儀沒坐穩，身子往前一傾，酒全數灑在了林青蘇的衣襟上。

「小心！」林青蘇倒沒顧別的，只連忙伸手將前頭桌子的邊緣護著，免得她撞上去疼了。

畫舫好一陣晃蕩才逐漸平穩下來。

蘭苕站穩了步子，臉色當即就沉了，扭頭斥涼艙外的宮人：「殿下還在舫上，你們也敢胡來？」

「姑姑息怒，這，這不怪我們啊。」幾個小太監哆哆嗦嗦地指了指旁側，「他們先撞過來的。」

蘭苕皺眉，順著他們指的方向一看。

是上清司的船。

這接天湖是宮裡引水開鑿出的湖，湖面寬闊清涼，是夏日的好去處，但能在這上頭遊賞的，只能是深受聖寵之人。

眼下除了坤儀，也就聶衍能隨意進宮。

低聲說了一句「晦氣」，蘭苕吩咐宮人：「離他們遠些。」

「是。」幾個人連忙轉舵。

涼艙與外頭只隔著幾個圍欄和帷帳，沒有別的遮擋，宮人的話坤儀自然也聽見了。她讓魚白打起簾子往旁邊看了一眼，正巧看見聶衍在與朱厭議事，兩人神色嚴肅，互不相讓，看起來是在說什麼要事。

「罷了。」撇撇嘴，坤儀看了一眼林青蘇襟上的酒水，略微皺眉：「後艙有備著的衣裳，你去換一換。」

林青蘇看著旁邊船上的昱清伯爺，眼神若有所思：「不勞煩了，此處風大，一會兒也就乾了，殿下還是先乘乘涼，吃些點心。」

大白天出來遇見這麼個人，哪裡還有心情乘涼？坤儀是想靠岸回去了，但林青蘇不知為何反而來了興致，跪坐到她的貴妃榻旁邊來，伸手與她餵食。

這樣的舉動並不能讓坤儀高興，但也算享受，她想了想，低頭咬了他手裡的點心。

林青蘇開懷地笑起來。

笑聲朗朗，飄在泛綠的接天湖水之上。

聶衍臉也沒側一下，依舊在與朱厭爭執，彷彿方才的撞船真的只是一個碰巧，他連畫舫上坐著的是誰都不知道。

可是也不知怎的，這兩艘船就像是沒長眼睛，隔一會兒撞一次，隔一會兒又船頭擠在了一起。

坤儀一開始還忍，到後來忍不下去了，冷著臉起身，問林青蘇：「會開船麼？」

林青蘇皺眉搖頭。

「無妨，我教你。」

她伸手，一把抓住他的衣袖，將他牽出了涼艙。

隔壁船一直在厲聲說話的聶衍突然就沒了聲音。

朱厭莫名抬頭，就見自家大人死死地抿著嘴唇，手上兀自捏著自己的衣袖。

「怎麼了？」朱厭是個粗人，他可沒有黎諸懷那麼敏銳的洞察力，只覺得大人不高興了，卻又不知道他在為什麼不高興，只會開口問。

聶衍顯然是不會告訴他原因的，只將自己的袖口捏緊又鬆開，表情重回冷淡：「無事，繼續說。」

方才是你在說啊大人。

朱厭心內嘀咕，卻沒敢真的與他嗆聲，只硬著頭皮翻出幾樁舊案來，繼續與他掰扯。

那頭的坤儀已經讓林青蘇坐在了船頭的掌舵位上，自己站在他身後，黑紗袍上的金色符文在陽光下閃閃發光，抬起的衣袖遮住了林青蘇半邊身子，像是將他護在懷裡一般。

「你看這個，捏著往左擰，後頭的人只要在划，船就會往左去，誒對，是不是很簡單？」她低聲細語地道，「就這麼一直往左，離他們遠些。」

林青蘇會意，擰著舵把左轉。

然而，聶衍那艘船沒有船夫，被風吹著又朝他們這邊貼了過來。

「這怎麼辦？」林青蘇皺眉。

「不急。」坤儀盯著他們貼過來的角度，突然伸手握住他放在舵把上的手，幫著他飛快地將船往右邊猛轉。

旁邊的船猝不及防，被她猛地撞到船身，整艘船都劇烈晃動起來。

朱厭一個趔趄，差點被晃得飛出去，他扶著桌角看向聶衍，發現自家大人穩如泰山地坐著，完全沒被影響，只是臉色好像更差了些，有些陰鬱地盯著旁邊那艘畫舫。

「大人。」朱厭嘆息，「說實話您這怪罪不了別人，咱們先撞他們的。」

所以呢，她就要捏著她那面首的手，給他撞回來？

聶衍不覺得自己在生氣，他只是看不順眼，他尚且不能帶妾室進宮，她憑什麼帶面首在這裡招搖。

隔壁船突然又傳來一聲巨大的響動。

朱厭以為兩艘船又撞上了，當即準備扶穩身邊的東西，誰料這一聲響動之後，隔壁船反而有人驚叫起來。

「殿下，畫舫漏水了！」

船底被不知道什麼東西狠撞了一下，直接撞穿了甲板，水飛快地往船裡湧上去。

朱厭伸出腦袋去，驚訝地看了一眼這狀況，又將腦袋收回來，崇拜地看著聶衍：「大人還真下得去手。」

誰料，聶衍黑透了一張臉，冷聲道：「你哪隻眼睛看見是我動的手。」

不是他？朱厭挑眉。

這湖上就兩艘船在打架，坤儀殿下的船莫名其妙就這麼被擊穿了，不是他還有誰有這樣的本事？

以為大人是抹不開面子承認自己做這些無聊的事，朱厭嘿嘿笑了兩聲：「事情已經這樣了，您便也去救救殿下，讓他們來我們船上，也免得真淹著了。」

聶衍看了外頭一眼，蘭苕已經在向岸上的宮人呼救了，但他們的船都在湖心，等宮人划舟趕過來，早沉得淹著人了。

沒好氣地出艙站到甲板上，聶衍瞥了坤儀一眼，淡聲道：「站過來。」

船隔得近，懂事的宮人甚至已經鋪上了連通的木板。

坤儀抬眼看他，眼神冰涼，像極了霜月裡的湖面：「伯爺救本宮有什麼意思，都做到這個份上了，看本宮落水狼狽不是更有趣？」

聶衍有些煩躁：「誰有空與妳玩這些，妳的船又不是我撞壞的。」

不是他還有誰？

夏日雖然炎熱，這湖水卻是冰涼，他動這些手腳，不就是想讓她低頭去求他，折一折她這身傲骨麼。

第83章 調養

巧的是，她這一身骨頭就算是斷過也沒有主動折下去過。

牽著林青蘇的衣袖，坤儀轉頭，沒有再看他，只對蘭苕道：「將木板撤了。」

蘭苕明白她的想法，但還是不免有些擔憂，這裡離岸那麼遠，殿下水性又不是上佳的，萬一出什麼岔子可怎麼是好？

林青蘇突然開了口：「殿下可會水？」

坤儀挑眉看他：「你要教我？」

「慚愧，也只有這時候能教了。」他笑了笑，將籠紗的外袍紮進腰帶。

坤儀這滿頭的金翠看著都沉，更別說下水。聶衍袖口裡頭的手捏得死緊，看她當真有褪了袍子下水的意思，還是板著臉開口：「殿下體質特殊，有些事還是少逞強得好。」

「就不勞伯爺操心了。」她頭也沒回，「若聖上問起，本宮也自會說是自己貪涼好玩，不會告了伯爺的黑狀。」

說罷，跟著林青蘇就入了水。

聶衍站在船上看著，面上沒什麼表情，負在身後的手卻是連指節都發白。

分明是她犯錯在先，分明是她算計他在先，眼下為何還是她冷臉待他，彷彿做錯了事的是他。

他沒錯，他只是不想再做她掌心玩物罷了。

僵硬著脖子移開目光，聶衍將船往岸邊靠，他們愛泅水，就讓他們自己折騰。

然而下一瞬，他察覺到了一股子妖氣。

「大人，不太妙。」朱厭也察覺到了，皺眉看向水面。

這接天湖雖是皇家祕湖，水下頭住著的東西卻是五花八門，坤儀殿下一入水，身上的袍子溼透，背後的胎記怕是又要招惹些不乾淨的東西。

青腰答應了坤儀要助她活命，但也只是保她，可沒說過要連她身邊的人一起保。

「大人？」朱厭看向聶衍。

後者冷著一張臉站在原地沒動，像是在跟什麼置氣似的，等著水裡的人先開口。

坤儀頭也沒回。

她察覺到了朝她湧過來的妖氣，卻沒有先前那麼慌張了，只慢悠悠地跟著林青蘇往岸邊遊，待那東西在水下朝她和林青蘇張開了血盆大口，她才深吸一口氣，猛地往下一沉。

青腰帶給過她無數的噩夢和痛苦，但眼下兩人已經相識，又同生共死，坤儀自然不願意再被她連累，反而是在生病的時候，與她做了一個交易。

水怪貪婪地朝著青腰釋放出的誘惑妖氣衝過來，眨眼就到了她面前。坤儀不慌不忙，將背轉過來對著牠。

青腰一點也沒客氣，直接將這隻凶猛非常的水怪吸食了個乾淨，整個過程也只是眼皮幾眨的功夫，待坤儀再浮出水面的時候，四周的妖氣就已經消失了。

「殿下嚇著在下了。」林青蘇抿唇，「還以為殿下溺水了。」

「沒有，我釵子掉了，去追了一下。」坤儀抬手給他看掌心捏著的鳳釵，嫣然一笑。

林青蘇不太放心，還是拉著她的手將她帶上了趕來營救的小舟。

坤儀渾身溼透，黑紗貼在身上，幾乎是什麼也遮不住。

林青蘇慌忙低頭，還沒來得及說什麼，眼前就是一黑。

「你做什麼？」坤儀嬌叱。

聶衍沒理她，將她拿自己的外袍裹了，打橫抱起來，一踩小舟就縱身上了岸。

「林青蘇……」她下意識地回頭。

「死不了。」聶衍皮笑肉不笑，「殿下還是擔心擔心自己吧，允許青臒這般吸食妖怪，妳可想過後果？」

青臒就是因為虛弱才會被宋清玄封印，若讓她恢復了元氣，她這身子哪裡還能困得住她！

坤儀一懵，眼睫顫了顫：「原來是因為這個。」

她還奇怪呢，他何至於就生這麼大的氣。

懷裡的人突然就沉默了下來，臉上掛了些自嘲。

她這模樣，聶衍是應該覺得開心的，但不知為何，他看著她，心裡反而更擰得慌，口氣也就更差：

「留妳的性命又不是叫妳只活著便好，讓青臒吸食不了別人的妖力也是妳的職責。」

「伯爺以為本宮想這樣？若不是伯爺刻意出手，今日之事何至於此。」

「妳都看見了水怪，緣何還要將此事怪在我頭上？」

「是啊，本宮都看得見水怪，伯爺是瞎了不成？還是盼著我被那水怪吃了，好一了百了？」她紅了眼，卻是咬著壓根不肯落淚，只瞪他，「本宮的性命，肯定比什麼職責來得要緊。命都沒了，你還說什麼職責！」

聶衍被她說得有些語塞，死抿了唇不再開口，坤儀也累得慌，將他的外袍往臉上一扯，再不看他。

兩人去了宮裡坤儀原來的寢殿，沐浴更衣，還請了御醫來診脈。

她一邊由著白鬍子的御醫看診，一邊問身邊的蘭苕：「林青蘇上岸了沒？」

蘭苕低頭：「上來了，已經吩咐宮人也讓他更了衣，不會著涼。」

聽聽，多體貼，真不愧是享譽盛京的坤儀公主，對自己看上的美人從未怠慢過。

聶衍原還是想留會兒的，但左右看這大殿不太順眼，乾脆還是起身離開了。

蘭苕看著他的背影，下意識地搖了搖頭：「伯爺眼下是當真不像話。」

殿下落水受驚，還未收拾妥當，他竟就自己先出宮了。

「你管他做什麼。」坤儀滿臉的不在乎，「他愛做什麼就做什麼去吧。」

蘭苕抿唇頷首，卻見御醫收回了診脈的手，起身朝坤儀行了個禮：「殿下要好生保重身子。」

「本宮一向保重自個兒。」她輕笑，「畢竟自己的青山自己留，旁人哪會在意呢。」

御醫一頓，瞥了蘭苕一眼。

蘭苕心提了提，揮退了別的宮人，低聲問：「殿下的身子是有什麼大礙不成？」

「大礙談不上，但未免太過虛弱。」人少了些，御醫便直言了，「殿下已經成婚，想必是憂心子嗣的，但先前小產過，眼下又在冰冷的湖水裡泡了這麼久，再不好生調養，以後別說子嗣，就是每月來葵水都會疼痛不已。」

坤儀不以為意：「我何時操心過子嗣……等等？」

她突然抬頭，看向想捂御醫嘴的蘭苕：「先前什麼時候小產過？」

蘭苕臉色唰地變得慘白，低垂著頭，沒敢接話。

坤儀盯著她看了許久，垂眼轉向御醫：「該怎麼調養？」

「這個好說，老臣去開幾帖藥，殿下按時服用，暖宮養身，一兩年之後就能再思量子嗣之事。」

「……那就多謝御醫了。」

蘭苕踉蹌著將御醫送出去，扭身回來就跪在了坤儀跟前。

「奴婢原想著您不知道就不會那麼傷心，所以才想瞞了。」她咚咚咚磕了三個頭，額心微微泛紅，垂著眼道，「如今看來，這孩子丟得也是好事，還請殿下千萬保重身子，莫要將此事放在心上。」

昱清伯爺並非良人，若當初那孩子生下來，指不定要吃更多的苦頭。

坤儀仔細想了想。

小產要臥床，她先前臥床就只有肚子疼那一回，聶衍對她關懷備至，眼神裡時常帶著心疼。

所以那時候，聶衍是知道她小產了的。

歪了歪腦袋，坤儀想笑又有些笑不出來。

兩人在一起也有些時日了，經歷的事也挺多，她沒保住孩子他都沒怪罪，為何就非要因為青雘的事與她生疏到這個地步。

當時他可是真心疼她，路都沒讓她多走幾步，比起子嗣，應該是更在意她的。

可比起他的大事，比起青雘，她好像又只是一件不值一提的容器。

所以妖怪眼裡的男女情愛，與凡人是不一樣的吧？凡人覺得你眼裡有我便是愛到深處，可在他們的眼裡，情愛都是小事，可以鬧著玩，但絕對不會擺在大事的前頭。

也對，成大事者都是如此。

摸了摸自己的小腹，坤儀覺得有些抱歉。雖然她不知道何時懷上的孩子，也不知道怎麼沒的孩子，但有一個小生命靠近過她，她竟是渾然不覺。

不知道會是個男孩還是個女孩。

若是女孩，也許會像她，天生矜傲，不可一世。若是男孩，哪怕是要像了聶衍去，小小年紀就板著一張臉。

想起那個畫面，坤儀忍不住勾起了唇，只是這唇勾著勾著，眼淚就跟著掉了下來。

「殿下……」蘭苕撲上來抱住了她。

坤儀拍了拍她的背：「我不難過，分明也知道不能與他生孩子，那孩子就算生下來也未必會過什麼好日子。」

就是有些遺憾，她差一點就成為了一個母親。

喝避子湯和吃落胎的藥是有區別的，蘭苕也無法給殿下解釋這意外怎麼就發生了，只能聽著她一句又一句地反過來安慰自己：「說不定有緣再嫁，我能嫁個凡人，到時候再生一個普通的孩子，把這個失去的孩子給生回來。」

蘭苕哽咽，又咬牙：「嗯，與普通人好，咱們不沾惹那些個惹不起的，只當是家裡供了石佛，日日上著香也就是了。」

坤儀被她逗得笑了出來。

林青蘇換好衣裳來請安的時候，看見的就是坤儀亮晶晶的鳳眸。

「青蘇。」她朝他招手，「你過來將蘭苕帶出去歇歇，她哭得我腦仁兒疼。」

第84章　以彼之道

林青蘇也沒想到裡頭會是這樣的場面。

嬌得像花一樣的坤儀殿下雙眼含笑地倚著，倒是她身邊那個清冷如月的婢女跌坐在床邊哭得不成模樣。

他不知道發生了什麼，倒也還知道聽坤儀的話，將蘭苕帶了出去，又替她關上了門。

「蘭苕姑姑。」他忍不住低聲問，「到底出什麼事了？」

蘭苕抹了眼淚，雙目泛紅地看著他，沒有答他的話，只道：「大人你一定要金榜題名。」

盛慶帝如今專心對付上清司，殿下在朝中沒有別的倚仗，得罪的人又太多，將來少不得要被人欺負，再加上昱清伯……

咬咬牙，蘭苕又重複了一遍：「一定要金榜題名。」

林青蘇微怔，片刻之後，也沒問緣由，便徑直點了頭：「好。」

殿下既然給了他重新參與省試的機會，他就不會辜負她。

林青蘇原也就被尚書省好幾個老臣誇過，說是有大才，旁人寒窗苦讀數十載方能榜上有名，他學東西卻是事半功倍，進展極快，議事行文有自己獨特的見解風骨，若不是家中拖累，早些年就該在甲榜上瞧見他的名姓了。

此番重新獲允參與省試，林青蘇也是意氣滿滿。

然而，還沒等他準備好科考要用的東西，尚書省上就又傳來消息。

「你這身分……雖說殿下未曾往宗室遞名碟，但你也是住在明珠臺的，多少人都知道殿下收了你做面首，殿下做主雖是替你拿回了省試資格，但朝中大人頗有微詞，上頭甚至有人施壓到了尚書省，尚書省幾位大人對你也算是有知遇之恩，眼下天天為難，寢食難安，你看這……」

來當說客的人連連嘆氣。

明珠臺富貴高築，卻不是個好名聲的，他在這裡科考，難免會有人看不順眼。

林青蘇聽得沉默。

他坐在坤儀賜給他的院落裡，腳下青玉磚，手邊楠木桌，背後還有十幾扇琉璃鑲寶的隔門。

坤儀就站在那隔門後頭，將來人的話聽了個完全。

她打著絹扇，皮笑肉不笑地轉身從另一處門出去。

「聽來人的意思，是想勸著林大人主動退出省試。」蘭苕低聲道，「如此一來，尚書省既不得罪您，也不得罪那施壓之人。」

外頭夏日炎炎，坤儀將扇子搭在眉上，懶洋洋地問：「你覺得誰在對他施壓？」

「朝中一應守舊老臣，想來確實會有微詞。」

「那些個老臣們，家裡或多或少正有妖禍，哪裡還有空嚼別人的舌頭。」輕嗤一聲，坤儀穿過回廊，越過後庭，徑直往昱清伯府的方向去了。

蘭苕跟著她，步子有些遲疑：「殿下……想見伯爺？」

自從上回知道自己小產之事，殿下與伯爺已經是半個月沒見面了，兩人就算府邸只有一牆之隔，也彷彿是要老死不相往來，這乍然過府，蘭苕還有些不知所措。

坤儀卻是很從容，彷彿是在接天湖裡把煩惱都洗掉了，再提聶衍，也不見有多少傷心為難，反而十分坦蕩：「我覺得他在針對林青蘇，與其隔著這麼遠猜他的心思，不如直接過去問問。」

昱清伯爵府是在侯府的基礎上修葺擴建過的，比原先貴氣了不少，加上府裡養著一個嬌娘，花草也多了很多，坤儀打眼瞧著，那園子裡還裝著秋千吶，可比對她上心多了。

「未料殿下駕到，有失遠迎。」正想著，何氏就迎了出來，有些慌慌張張地朝她行禮，「伯爺在書齋裡看書呢。」

坤儀頷首，打量她一圈，微微一笑：「妳面色比上次瞧著還好看不少。」

何氏驚了驚，以為她是擠兌自己，白著臉低頭：「殿下息怒。」

「我有什麼好怒的，這是誇妳。」擺擺手，坤儀道，「這兒妳熟些，引我去見見妳們伯爺。」

「是，殿下這邊請。」

聶衍是從她一過來就察覺到了的，但他偏就不動，兀自坐在書齋裡，任由何氏將她帶進來。

「伯爺安好啊。」她打著扇子，進來便坐下了。

聶衍抬眼，瞥了瞥淚汪汪的何氏，招手來讓她坐在自己身側，低聲問她：「怎麼害怕成這樣？」

何氏含羞帶怯地搖頭。

聶衍莞爾，將手放在她坐著的那邊扶手上，彷彿將她整個人摟在懷裡，而後才轉頭看向坤儀：「殿下大駕光臨，不知有何要事？」

坤儀認真地看著他和何氏，鳳眼裡有些動容：「伯爺很疼愛何氏吧？」

光從她身側的花窗落進來，照得她臉側白裡透紅，眼裡更是光影盈盈。

聶衍莫名覺得心情很好。

他有一搭沒一搭地點著扶手，看一眼嬌羞的何氏，輕笑著答：「自然。」

整個伯爵府都知道他有多疼愛何氏，傳進她耳朵裡的自然也不少，她竟還要多此一問，難道是不肯相信？

念及此，他淡聲又道：「與殿下的婚約不過是一場交易，但她是我專門迎進府裡的，就算不會有正頭的名分，也絕不會讓人將她欺負了去。」

坤儀十分感動地點頭，而後皺眉：「既如此，伯爺為何不能將心比心？」

什麼意思？

聶衍淡了笑意，抬頭看向她。

坤儀捏著她的絹扇，鼻尖微皺：「你疼愛何氏之心，與我疼愛林青蘇之心不是一樣的麼？我既然都未曾為難她，甚至還給了她賞賜和體面，你為何就要為難林青蘇？」

「林青蘇只是個普通人，但他對江山社稷有大用，伯爺大可不必將他看在眼裡，他又礙不了您的事。」

眼裡的笑意徹底消失，聶衍別開臉看向窗外的樹葉，冷笑連連：「殿下怕是有些誤會，我與那林青蘇素不相識，又未曾有過交集，緣何我就要去為難他？」

「尚書省那幾位老大人家裡遭逢妖禍，有一位原是要停職入獄的，卻遲遲不見上清司提審，反而在朝中指責林青蘇這個名不見經傳的科舉之士。」坤儀皮笑肉不笑，「伯爺不覺得蹊蹺麼？要不將黎諸懷亦或是朱厭提過來問問，他們是為何不提審這些人，那老大人又是為何要拚著晚節不保與一個後生過不去。」

「殿下這都只是猜測，沒有絲毫證據。」聶衍半闔了眼，眉眼含譏，反手將何氏摟進懷裡，「還請殿下慎言。」

若有證據，她就該直接去宮裡了，哪裡還用得著來伯爵府。

坤儀起身，灑著金沙的裙擺在光裡瀲灩如湖，她挺著纖細的腰肢站到他的書案前，直視他與何氏這親昵模樣，眼裡沒有絲毫波瀾：「我不在意你有多少個側室，也不在意你每日與她們如何恩愛，因為我心裡沒你，但你背著我耍這些小手段，說明你沒放下我。」

「堂堂伯爵爺，對一個女子糾纏不休，不覺得難看麼？」

心口一窒，聶衍冷眼看進她眼眸裡：「妳說什麼？」

「我說，三日之後，林青蘇若是不能順利參與省試，我就當是伯爺餘情未了。」她毫不避諱地回視他，巧笑嫣然，「屆時，我便帶著青雘去那浮玉山，讓她吃個飽。」

「……」

渾身散出了殺氣，聶衍起身，抓住了她的手腕：「妳拿這種事威脅我，就為了一個林青蘇？」

「先不講理的是您，伯爺。」坤儀沒掙扎，任由他將自己的手抓得生疼，「您若想成大事，就不該意氣用事。」

倒給了她機會教訓他了。

聶衍氣極反笑：「殿下未免太過自以為是，不講理的是妳，無理取鬧的也是妳，倒還說我意氣用事。」

「只要他能參與省試，伯爺說什麼都成。」坤儀彎了細眉，朝他笑了笑，「如伯爺所說，他也是我親自迎進府裡的，我就算不能給他個正頭名分，也絕不會讓人欺負他。」

心口起伏，聶衍扔開她的手，起身就走。

「伯爺。」何氏連忙追了出去。

坤儀自顧自地揉著手腕，覺得差不多了，便對蘭苕道：「回去吧。」

蘭苕神情有些呆滯，乖順地跟在自家主子身邊，直到回到明珠臺，才低聲開口：「殿下這般，不怕回不了頭麼？」

「往哪裡回？」坤儀抬頭挺胸，走得十分矜傲，「路都是朝前的，沒有人可以回頭，他回不了，我也不想回。我與他總歸是皇婚，又有樓掌櫃和青雘護著，我死不了，也與他和離不了，那就想法子別虧待了自個兒。」

林青蘇她是一定要保的，就算不為了他的前程，也為她自己爭口氣，聶衍有那麼多事可以做，沒道理把她當個軟柿子，想起來了又捏一把。

見她想得通，蘭苕就不擔心了，不擔心之餘，甚至還多問了一句：「看伯爺氣得狠了，您晚膳可要加兩個菜？」

「加！」坤儀打著扇兒就笑，「加兩個大的，叫林青蘇來與我一起用膳。」

「是。」蘭苕笑著去了。

原本是伯爵府的主意，在兩家相鄰的院牆上開了門，方便殿下和伯爺來往，可不知怎麼的，殿下過去了伯爵府一趟，昱清伯爺當天晚上就叫人將那扇門給封了個嚴實，拿泥水砌了，牆頭比先前還高出一截來。

第85章　下葬

盛京裡很快傳出了消息，說是昱清伯爺厭倦極了坤儀殿下，不但納妾，還修築高牆，徹底不想與殿下再來往了，任憑殿下納多少個面首，也刺激不了他。

李寶松聽聞這個消息，當即高興地問孟極。

孟極卻很納悶：「有這種事？」

「怎麼會沒有，遍盛京都傳著呢，說伯爺很寵那個何氏，氣得公主上門去理論，結果被伯爺趕了出去，還連院牆都給修高了幾尺。」李寶松皺眉，「伯爺最近沒什麼變化？」

「變化自然是有。」孟極嘆息，「卻是沒有傳言裡那般風流的，他很忙，忙多了脾氣就不太好，我已經好幾日沒敢與他說話了，就連黎主事去伯爵府，出來也是心有餘悸。」

李寶松只當他是公事不順瞎說的，聶衍那樣清風朗月的人，哪裡就是個壞脾氣的了，能與坤儀分居，他定然高興，說不準還在府裡痛飲呢。

這一點她猜得是沒錯的，聶衍的確在府裡擺了酒。

不同的是，他看起來不怎麼高興。

夜涼如水，前庭裡擺了小榻，聶衍就坐在榻上看著何氏起舞。

她衣袂翻飛，顧盼多情，是個很好的模樣。但他怎麼看，都覺得她少兩分靈動。

靈動是什麼樣的呢？

撚了一滴酒水，聶衍朝她臉上輕輕一點。

何氏一貫只掛著嬌羞的臉上瞬間多出兩分傲氣來，桃花眼眼尾微長，變成了一雙鳳眸。

「大人。」她朝他眨眼。

聶衍眉目鬆了一些，卻還是覺得不對，又往她身上點了一滴酒。

嬌軟的腰肢更纖細了些。

「你乾脆給她換一身繡金符的黑紗袍，再頂一頭的九鳳金釵好了。」黎諸懷走過來，揶揄地擠兌了一句。

聶衍冷了臉，抬袖一揮，面前站著的美人兒當即化成了一縷煙，飄散不見。

他有些煩躁地揉了揉眉心：「你事做完了？」

「這點小事哪有辦不好的。」黎諸懷坐到他對面，討了他一盞酒喝，又笑，「事情很順利，你怎麼倒愁上了。」

「沒有。」聶衍面無表情地看著遠處的天，「就是有些乏味無趣。」

「你初來人間之時，常說人間乏味無趣，這麼多年過去了，我還以為你終於習慣了。」黎諸懷翻了個白眼，「旁的妖怪都說人間有趣，他們尋樂的法子多著呢，就你喜歡成日待在府裡，不是捉妖就是看書。」

「也沒別的事好做。」

「都有空給自己折騰出個側室來，怎麼就不知道當真給自己納一個？」黎諸懷哼笑，手裡搖著千山紙扇，一派風流，「你別才是傳聞裡那個想納妾來激一激誰的人。」

「話多。」聶衍不耐煩了，要逐客。

「哎哎，我是下午在尚書省的官道那邊瞧見了坤儀殿下，這才來想著同你說道說道。」黎諸懷抓著軟榻硬留了下來。

聶衍垂眸，沒再動手，只斟了酒兀自抿著。

「她今日去送林青蘇趕考，難得沒乘鳳車，低調地坐著軟轎去的。」黎諸懷一臉唏噓，「若不是我眼尖，當真要沒認出來她，難得這位殿下肯這麼替人著想。」

林青蘇參與省試一事鬧得沸沸揚揚的，前日又突然塵埃落定，尚書省的老大人親自給他蓋的章，朝中已有不少人在揣度他的背景。

坤儀不肯讓他因著面首的身分被低看一眼，這才棄了鳳車，低調地站在人群裡，目送他入考場。

「我瞧著殿下與那姓林的也算郎才女貌，等您成事之後，倒也可以成全他們。」

成全他們？

聶衍覺得自己不是這麼良善的人。

坤儀以凡人之身戲耍他多回，卻還想著有個好結果，哪有這麼便宜的事。她既不能如她所說的那般喜歡他，便也不可能跟別人花好月圓。

林青蘇要參與省試甚至入朝為官，他都可以不攔著，但是，他其餘的心思，這輩子也落不成。

桌上酒盞一個沒放穩，落在地上砸了個粉碎，黎諸懷收住自己的衣袍避開了碎片，撇了撇嘴：「你們那一族的人就是霸道得很……」

征服領土的時候霸道是有用的，但在感情裡，尤其是和凡人的感情裡，這玩意兒不那麼討好。

當然，黎諸懷是不會提醒他的，他巴不得聶衍情場失意然後悶頭做大事，能早多少年回九重天呢。

九重天上有極為豐沛的仙氣，走路都能修煉，比人間不知道好了多少倍，人間的妖怪們苦練上百年，許是還沒人家一年精進得多。

也就是說，聶衍那一族，再在人間這麼滯留個幾萬年，也許就沒了與九重天上其他族類一戰的底氣了。

他們必須得抓緊時間。

七七四十九天過去了，錢書華到了下葬的日子。

坤儀這樣的身分是不該去一個臣婦的葬禮的，至多在頭七的時候燒柱香，也就算情深義重了。但坤儀有愧，不但搬了許多金銀給她的母家和霍家，更是在這天往黑紗裙外罩了一件白紗，一大早就去送葬。

霍老太太不知錢書華的死與坤儀有關，就連霍安良都只說是意外，霍家沒有太怪罪她，坤儀卻是一路都沒有抬頭。

「她會投生一個極好的人家，下輩子榮華一生，還有與她常伴的夫婿，與她恩愛到老。」龍魚君行在她身後，低聲道，「我與他們都說好了。」

這個「他們」說的肯定不是凡人，坤儀也沒多問，只依照他說的，給了錢書華極為豐厚的陪葬。

「殿下保重。」霍安良臉色十分憔悴，看見她在後頭落淚，倒轉過頭來道，「當今天下，無數人死於妖禍，書華得殿下看重，已經是分外幸福，可還有數十萬的百姓，今夕閉眼不知明朝還能不能睜，被妖怪拆吞入腹，連輪迴也未必進得。」

坤儀聽得抬了頭：「最近不是太平了不少？」

霍安良苦笑搖頭：「盛京太平了，可大宋城池，何止一個盛京。」
西邊一開始鬧了天災，後來又出現妖禍，已經在朝盛京這邊蔓延了，偏陛下一心鉗制上清司，未能及時賑災，災情越來越大，死的人也就越來越多。
「妖怪大多以人為食，一個成年男兒，僅能填飽兩隻妖怪兩日的功夫。」霍安良看向遠處，「我家裡有白事，一直未能歸復職責，等書華下葬，我便也要往西去，若有幸除妖，便算替書華報仇，若是不幸……那也就當我與她同歸了。」
睫毛顫了顫，坤儀喉嚨發緊，說不出話來。
錢書華下葬之後，坤儀去了一趟掌燈酒家。
樓掌櫃仍舊是笑瞇瞇的，掃一眼她的臉色，連問她一句都不問，直接道：「數十年前人間也曾遭遇大的妖禍，但凡人繁衍生息，很快就恢復了，殿下不必太過憂心。」
聶衍要的只是一個清白，他重刻這一場妖禍，也不過是想用狐族當初用過的手段，來讓凡人替龍族洗清冤屈。
「可現在，他們在殺人。」坤儀臉色蒼白，「人要站著給他們殺嗎？殺多久？殺多少？」
樓似玉怔了怔，用團扇略微擋了臉：「成大事者，是不拘小節的。」
面色更白了兩分，坤儀問她：「妳的宋清玄是小節麼？」
樓似玉倏地就沉默了下來。
方才還熱鬧非凡的酒家，瞬間聲音就都消失了，黑幕從四周落下來，眨眼就成了一個空間。
坤儀站在空曠的黑暗裡面對著樓似玉，完全無懼面前這人露出來的金色眼瞳。

「生氣是吧?我只說一句，妳便生氣，那別的活生生死掉的人呢?」她歪了歪腦袋，「妳的宋清玄是寶貝，別人的夫婿就不是寶貝了?憑什麼要成為你嘴裡的『小節』?」

「弱肉強食，自古如此。」樓似玉微微瞇眼，狐眸睨著她，猶帶怒氣，「妳若不服，便去救天救地，與我說這些做什麼?」

氣勢弱了下來，坤儀耷拉了肩膀：「想求妳一件事。」

白她一眼，樓似玉扭身：「晶石是保妳的命的，不能真的用來通消息給天上。」

女媧娘娘百年才看一次晶石，誰知道她下一次看這石頭是什麼時候，若她拿出來，怕是在女媧娘娘看見之前，這小丫頭就要被聶衍給捏死了。

坤儀抿唇，她的心思樓似玉都看得透，多說好像也沒什麼意思，但，她畢竟是宋清玄的愛人……

「別指望我深明大義，我只是一隻妖怪。」離開的時候，樓似玉側過頭來看了她一眼，「在我這裡，只有妳的命能讓我多看一眼，至於天下蒼生，我不是他，我不會去多管閒事。」

結界褪去，四周的喧鬧聲如潮水一般重新湧上來，坤儀穿著白紗套黑紗的衣裙，看了一眼門楣上的銀鈴，輕輕地嘆了口氣。

龍族被狐族冤枉，所以要讓人間再遭一次大的妖禍，然後龍族挺身而出，救下蒼生，如此這般，便能成為救世主。

可是，若沒有這些妖怪作祟，凡世本就不需要誰來救。

以前是狐妖作祟，致使人間遭難，眼下又是龍族復仇，要人間血償，他們凡人，當真就只是一塊砧板上的肉。

第86章 濟民

霍安良出征的那日，城中許多百姓去送，就連杜蘅蕪也抽了空，站在城樓上遙遙地看了他們的隊伍一眼。

「西邊難民如潮，早晚禍及盛京，朝中上下那麼多人，竟只出這一個大義的。」她有些嘆息。身邊的丫鬟低聲道：「相爺說要為姑娘重新議親，姑娘還是早些回府。」

杜蘅蕪有些惱，轉頭看她：「我竟就只剩了嫁人這一條活法了。」

丫鬟低眉，不敢吱聲。

大宋風氣雖然開放，但哪有女子十八歲上退了婚還不愁自己婚事的，連相爺都愁得好幾日沒睡著覺，偏姑娘還不放在心上。

杜蘅蕪也知道她在腹誹什麼，略為煩躁地拂袖下樓，騎了馬就往相府走。

路過鬧市茶肆之時，杜蘅蕪不經意往旁邊看了一眼。

有個人坐在茶肆二樓的露臺上，纖指捏著一盞茶，斗笠上的黑紗被風吹得微微往後翻，露出白皙精緻的下頷來。

眉梢一挑，杜蘅蕪勒住了馬。

「稀奇了，妳不去旁邊的容華館，坐在這破落地方幹什麼。」

坤儀正在露臺上喝茶，乍一聽這熟悉的聲音，當即嗆咳，掀了面前黑紗看下去：「我當是誰，這城裡除了妳也少有姑娘家還騎馬出街的了，妳不去教妳的女子私塾，管我喝什麼茶。」

杜蘅蕪不服氣，翻身下馬，登登登地上了樓。

「要說妳好吃懶做，妳倒也知道拿那些賺來的黑心錢接濟難民，可要說妳心懷大義，今日霍安良他們出城，妳不去送也就罷，倒坐在這裡。」她一邊翻著白眼一邊在她旁邊坐下，撿了她的茶壺來給自己倒了一杯好茶。

坤儀撐著下巴輕笑：「去送霍安良就是心懷大義了？」

杜蘅蕪一噎，沒好氣地道：「總是要好些的。」

搖搖頭，坤儀順著指了指樓下：「妳坐在這裡看。」

這間茶樓不在合德大街，在一條偏僻些的小街上，一間閣樓住三四戶人家，沒穿褲子的孩提踩著泥滿街跑。

杜蘅蕪剛想說這有什麼好看的，就瞧見一把白花花的紙錢被揚上了天。她皺眉，覺得晦氣，側眼卻見坤儀伸手捏了一張飛過來的紙錢，手指撚著翻來覆去地看了兩眼，又揚在了風裡。

「我含著金湯匙生下來的，一頓飯裡，菜至少是十二道，多是雞鴨魚肉、山珍海味。穿的衣裳也是一等一的好料子，比我皇兄也不差。更別說我的珠寶首飾、出行跟著的僕從、住的明珠臺。」她似笑非笑地道，「但凡拿出一樣，這一條街的孩子就不會有一個挨餓的，更不會有人餓死。」

杜蘅蕪撇嘴：「妳既有這個心，那說不如做。」

搖搖頭，坤儀嗤笑：「昨日我搭棚施粥，被言官參了十幾本，說我為自己攬名聲，不顧陛下仁德之名，也詆毀了盛京官員，此舉意在指責他們不作為，有參政之嫌。」

「……」杜蘅蕪不太能理解，「這哪跟哪？」

光指責坤儀，也不見他們做什麼事啊，就連朝廷撥下來救濟災民的銀錢都不知道被誰瓜分去了，民間半個子也沒見著。

「皇兄覺得他們說得對，又不願讓我傷心，所以又從私庫裡撥了一大堆東西賞給我，讓我不必再管盛京的難民。」坤儀朝她攤手，「你看，不是我想好吃懶做，是他們只讓我好吃懶做。」

杜蘅蕪有些氣憤了：「西邊死了那麼多人，盛京也是白事頻見，他們竟打算坐視不理？」

頓了頓，又訓坤儀：「妳平時那跋扈勁兒呢，怎不見將這些愚臣懟回去？」

「懟不過。」坤儀一臉可憐巴巴的模樣，「他們人多勢眾，又把著權勢，我一個弱女子……」

「說真話！」杜蘅蕪一拍案桌。

可憐的表情霎時收斂，坤儀傲慢地笑了一聲，伸手對著光看了看自己晶瑩剔透的丹寇：「跟他們硬碰硬我碰不過，但沒關係，我有錢。」

望舒鋪子開了好幾處分店，一直進帳可觀，加上她母后給她的嫁妝以及皇兄平時的賞賜，說她富可敵國也不為過，有這些錢，她可以不用出面，只讓人以商家的名義出去施粥便是。

但是，施粥能救一時，也救不了一世。

「蘅蕪啊。」坤儀突然湊近了她一些。

杜蘅蕪一個激靈，神情頓時警惕：「做什麼？」

「妳想不想入朝為官？」她笑瞇瞇地問。

大宋女子可以為官，只是品階低些，也少有參議朝政的。不過若是杜蘅蕪，她許是能做得更好。

杜蘅蕪神情微動，少頃，卻還是朝她翻了個白眼：「我都十八歲了，妳還想拉著我為官，成心想讓我嫁不出去，到時候好笑話我？做夢！」

「原先妳家裡不同意，如今正逢亂世，杜相當知朝中缺人，這機會妳若能抓住，未必不能光宗耀祖。」完全沒將她那反駁的話聽進去，坤儀低聲道，「妳若願意，我不但不會阻撓，反而會替妳說好話，讓妳能有個好職務。」

喝完杯中茶起身，杜蘅蕪扭頭就走：「花言巧語，我一個姑娘家，找著好人家嫁了就行了，誰要去圖什麼官職，看妳也是最近事多氣糊塗了，那哪是女兒家該摻和的事。」

一邊說著，一邊下樓上馬，連別也沒跟她道。

坤儀坐在原地看著她離去的背影，一點也沒慌。

她和杜蘅蕪同窗十餘載，這若是個肯安心嫁人相夫教子的，與徐梟陽的婚事就不會拖到現在還毀了去了。

「殿下。」蘭苕上前來稟告，「徐武衛又送了些新東西放去了明珠臺。」

「好。」坤儀起身，略略伸了個懶腰，「回去看看。」

聶衍這人說壞也壞，好端端的日子不過，因著青雘與她鬧得不相往來。但說好也是好的，他沒有斷了她與妖市的生意，仍舊讓徐武衛給她挑選好東西，好讓她的望舒鋪子越開越多。

在這件事上，坤儀是感激他的，甚至每個月會將盈餘的一小部分銀子裝箱給他送過去。

當然了，他一次也沒收，原封不動地讓人給她扔了回來。

坤儀也樂得多收一筆銀子，只是該行的規矩還是要行，每月都送箱子過去，再等著人給她送回來——她賺得實在太多了，不意思意思送幾箱銀子過去容易心裡有愧。

至於人家不收，那可就不怪她了。

盛京的百姓窮的是真窮，一家十幾口人，連一件像樣的衣裳都沒有，一年到頭只能吃三四頓白米飯，其餘時候都是咽野菜。

可盛京的貴人們，有錢起來也是真的有錢，大把大把的銀子往望舒鋪子裡砸，望舒果和能求子的藥都成了當下熱銷，普通帳本長度的一行都要記不下那錢財數目了，蘭苕還專門找人特製了新的帳本。

坤儀原先對錢不感興趣，她已經有太多了，再多一點或者少一點對她來說沒有什麼區別，但也不知怎麼的，這位主兒突然就開始清算起自己的家財，銀子大筆地進帳，又大筆地出帳。

以前的大筆出帳可能是她買了什麼珍寶衣裳了，但現在不是，除了蘭苕，連帳房先生也不清楚殿下的錢究竟花去了哪裡。

與此同時，京中突然湧現了一大批學府，有教孔孟之道的，也有教除妖之法的，多為私塾，一開始百姓還多在觀望，但發現私塾學費不高並且還管吃管住之後，大多數人家就都選擇將養不起的孩子給塞過去了。

進去之後發現，孩子只要好生念書，成績優異，甚至還能從私塾裡給家裡賺米糧回去。

於是盛京的學習之風突然就達到了空前的繁榮階段。

不過這些都是小事，朝中人並未太過留意，包括聶衍，就算有人提了一兩句，想查查這些私塾背後的東家是誰，但話沒傳上去多遠，就被人按下來了。

坤儀站在屏風後頭，望著面前躬身給她傳話的翰林院大人，絹扇遮臉，微微一笑：「辛苦了。」

「上頭有人」就該用在這種時候，更何況她這個「上頭」，又可靠權勢又大。

上半年的科舉結果很快出來了，林青蘇是個說到做到的，雖未能中狀元，但甲榜探花也實在是沒辜負坤儀一番折騰。

上殿受封那日，林青蘇特意從合德大街上一家新私塾裡出發。受封回來，又將一箱賞賜留在了那私塾，當給後生好學的資助。

此事一時傳為佳話，不少貴門便也開始將庶子送去那些私塾，這倒是後話了。

眼下林青蘇得封諫議大夫，坤儀給他備好了賀禮，就是打算將他面首之名洗去，讓他做個腰桿挺直家世清白的好官。

誰料，她還沒來得及送禮，就見林青蘇穿著一身官袍站在明珠臺門前對著她拱手：「落難之時，在下曾受殿下搭救。如今得蒙聖恩，在下想與殿下說個清楚——當日受殿下玉佩定情，實在倉促，按禮算不得數。」

微微一怔，坤儀失笑：「自然是算不得數，就算你不這麼說本宮也……」

「在下想三書六禮，與殿下再結良緣。」林青蘇聲音洪亮，抱拳朝她躬身，真摯萬分地低下了頭去。

第87章　表面功夫

明珠臺門口儀仗隊和圍觀的百姓人數眾多，見探花郎如此舉動，皆是一陣驚呼起哄。這世道，多的是男人功成名就拋棄髮妻，卻鮮少有這高中甲榜還要回頭給人當面首的。

於禮不合，於理也不合。

但林青蘇說得很認真，甚至拿出了她當初給他的那塊玉佩。

坤儀腦袋上緩緩冒出了一個問號。

她沒聽旁人的豔羨和起哄，只平和地看著林青蘇，然後認真地開口問他：「你腦袋有毛病？」

林青蘇：「……」

他有些無措地站直身子：「殿下，我是認真……」

「你認哪門子的真？我給你要回來科舉的資格，是讓你給女人當面首的？」氣得白眼直翻，坤儀道，「面首是賤籍，你好不容易靠著自己的本事考了官，升成了良籍，還有這自輕自賤的做法呢？」

「還有，你說想做我面首，是因著心悅於我？」她冷笑，「你是感激我，覺得我在你絕望的時候拉了你一把，是你的恩人，所以你想讓我開心。我告訴你啊，用不著，你入朝為官我就挺開心的，將來指不定有你幫扶我的時候。」

「無以為報以身相許，那是姑娘家的做法，你湊什麼熱鬧。」

「趕緊的拿著你的籍貫走馬上任去，去去去，看著都來氣。」將籍貫單子塞給他，坤儀叉著腰道，「你今日這做法，不知會給你仕途填多少堵，回去自個兒反省去吧！」

說著，讓蘭茗扶著他上馬，硬是將他「恭送」了出去。

林青蘇一步三回頭，似乎是有話要說，但坤儀沒給他這個機會，一扭身就回了府。

「殿下，奴婢瞧著他不像是想報恩才說這話的。」魚白跟著她疾步走著，忍不住道，「他看您那眼神，跟原先的昱清伯爺差不多。」

話剛出口，魚白就被蘭茗狠掐了一把。

她吃痛，意識到話不對，連忙道：「比伯爺還好了不少，伯爺那時候也涼薄得很，但林大人他當真滿心滿眼都是您。」

「有什麼用？」坤儀似笑非笑，拖著長長的裙擺穿過花園的小路，「我這輩子還能指望男人過了？」

她的男人，要麼被她弄死，要麼想把她弄死，總沒一個能好的。

「今日也算是大喜，讓小廚房多備幾個菜，再溫一壺酒。」她走著走著，到底還是開懷笑了，「一起慶賀慶賀。」

「好，但是殿下，御醫說過您要養身子。」蘭茗道，「這酒還是不碰了吧？」

不以為意，坤儀擺手：「御醫說的是要孩子才要養身子，你看我，我要什麼孩子啊，先喝了再……」

話沒說完，面前多了一個人。

坤儀腳步驟停，皺眉看了他片刻，又陡然將眉眼鬆開，笑著道：「伯爺，稀客啊，怎麼過來了也不讓人知會一聲。」

聶衍臉上沒什麼表情，看她的眼神更像是在看一個陌生人：「淮南說你挖我的人去私塾。」

上清司也開了教授除妖之法的學院，不同的是他們的學院是朝廷出錢，出來的人才更是直接送進上清司。

坤儀挑眉：「你說姓廖的那個道人？人家只是個凡人，又急著賺錢養家，我這才給他指了一條好路子，伯爺上清司那麼多道人，何必在意這一個。」

的確可以不在意，這種事更用不著他親自來，但聶衍偏就來了，甚至還在門口看了一回熱鬧。

他打量了坤儀兩眼，發現她似乎清瘦了不少，看他的眼神也更加地讓他覺得不舒服。

「我若偏在意呢？」他問。

坤儀有些苦惱：「那我給你說好話唄，伯爺大人有大量，讓我一個人如何？」

聶衍冷笑，顯然覺得她誠意不夠。

坤儀嘆了口氣。

她伸手，輕輕勾住了他的手掌。

細細嫩嫩又有些涼的觸感，已經是久違了。聶衍很想甩開她，但念頭只一劃，就被她搖散了。

「你我如今也算是各自歡喜，何苦又為這種小事來為難我？廖先生教的只是一些粗笨的東西，遠構不成你們的威脅，人家只是想養家糊口，伯爺這麼大方的人，睜一隻眼閉一隻眼又如何呢？」

她一邊說，一邊晃，還拉著他的手往花廳走。

聶衍也不知道自己怎麼就跟著她走了，聽她唉聲嘆氣地說著世道不易，倒覺得有些舒心。

兩人許久沒說過這麼多話了。

「那私塾我也不熟，是替我掌事的那個掌櫃家的親戚開的，只是借著我的勢頭尋些方便，人家還在替我辦事呢，也不好叫人家為難，你最近不是在愁新來的道人沒地方安置麼？我倒是可以替你去給皇兄說話，把東城邊上那兩個大院子送給你們，可好？」

她回過頭來看著他笑，臉上完全不見先前的陰霾，彷彿將他當成了朋友。

聶衍的心突然就軟了軟。

他悶不做聲地坐在她的飯桌邊，看著下人送了酒上來，想起方才花園裡她說的話，忍不住低聲問：「為何不要孩子？」

「嗯？」坤儀以為自己聽錯了。

深吸一口氣，聶衍捏緊了放在膝蓋上的拳頭，又問了一遍：「為何不要……我跟你的孩子？」

驟然失笑，坤儀也替他斟了酒。

「你我這樣子，能要孩子？」她臉上的表情很輕鬆，「自個兒過好就不錯了。」

他滿心想的都是平反和復仇，踩著她親人朋友甚至她的骨血也在所不惜，她心灰意冷，也不想再與他過日子，兩人的孩子能開心長大才怪呢。

沒了也好，強求是強求不來的。

坤儀想的是孩子沒了之後的安慰話，但聽在聶衍耳裡，便是萬分的冷血無情了。

她對他得有多厭惡，才能忍心打了孩子不要，還來與他裝傻，叫他覺得愧疚。

可是，她方才又肯拉他的手。

心緒複雜，聶衍起了身。

「伯爺不吃了飯再走？」坤儀禮貌地問。

他頭也沒回，只擺了擺手：「何氏還在等我。」

哦。

自己拿起碗筷，坤儀開開心心地用起膳來。

有一就有二，廖先生被坤儀用厚祿留在私塾，他交好的幾個道人便也辭了上清司的小職務，來私塾謀生。這些人不會教人修道，也少有凡人能修道，但他們能教普通百姓用一些符咒和器物來防備和識別妖怪。

坤儀很樂意地接受了他們，安排到京中七八家私塾去，但上清司這邊就不高興了，聶衍時不時地就要來找她的麻煩。

「伯爺聽我說，這件事也好辦，他們在我這邊，保管不會出賣任何上清司的消息。」她眨著鳳眼，抓著他的胳膊晃啊晃，「再說了，七八個人麼，你們上清司上千的公職，也不缺他們幾個。」

「這話上回殿下就說過了。」聶衍神色淡淡。

坤儀打著扇兒笑，扭頭又道：「伯爺總要顧一顧人心的，上清司待下頭的人好些，他們也才能更好地為伯爺效力不是？總是用打斷經脈要脅，人心是不齊的。不如好聚好散，那幾個人也未曾擔任什麼要職。」

聶衍輕哼：「殿下巧舌如簧。」

「都是為伯爺著想。」她紅唇高揚。

「明日宮宴，只能帶正室出席。」他垂眸，「殿下若肯與我裝一裝門面，此事我便不再追究。」

明日是三皇子納側妃的宮宴，他們自然要出席，坤儀原是打算與他分開走的，但他都這麼說了，她自然點頭：「好。」

裝門面是最簡單的事了，她打小練會的功夫，不但能讓聶衍滿意，還能給他驚喜。

於是第二天，坤儀沒忙別的，就張羅著更衣梳頭，聶衍坐車到明珠臺側門等她，足足等了一個時辰才見她姍姍來遲。

簾子一掀開，聶衍正想說話，卻見她今日在黑紗外頭籠了一件絳紫色宮裝，上頭繡著精巧的暗紋，與他身上穿的禮服同色同花。

「走吧。」她坐下就吩咐駕車的夜半。

聶衍正襟危坐，餘光瞥了她好幾下，才淡淡地哼了一聲。

難為她這麼短的時間裡還能出這等巧心思，一個時辰也不算多了。

最近京中都在傳他們夫妻二人不和睦，是以兩人一到宮門口就引起了眾人側目。

聶衍有些不自在，坤儀卻是習以為常了，牽著他的手就往裡走，一路上還與一些命婦攀談。

這走走停停的，聶衍又說不上什麼話，命婦們瞧著都以為他要不耐煩，誰曾想昱清伯爺不但沒皺眉，甚至還一路盯著坤儀瞧，任憑她與誰說什麼，他都耐心等著。

不太對勁。

落在他們身上的目光越來越多，坤儀的笑容也越來越燦爛，親暱地挽著聶衍的胳膊，跟他好得如膠似漆。

若不是提前商量好的，聶衍都要信了他們兩人是破鏡重圓了。

可是，一到三皇子院落的後庭無人處，坤儀飛快地就鬆開了他，甚至還體貼地道：「見諒啊，在外頭只能這樣了，您若是不舒服，待會兒我便收著些。」

聶衍覺得好笑：「你哪裡看我不舒服了？」

坤儀眨了眨眼，倒是笑了：「舒服就行，回去可要記得將那幾位先生的隨身物品送到明珠臺，裡頭說是有個什麼要緊的遺物，多謝伯爺了。」

第88章　義子

這著急撇清關係的模樣，像是生怕他誤會一般。

聶衍攏著銀紋長袍，臉上硬撐著沒露出半分怒氣，甚至語氣平順地答：「知道了。」

她要與他公事公辦，他就與她公事公辦。

今日的宮宴十分盛大，就算盛京之外已經餓殍遍野，也不耽誤三皇子做他的排場。沒了四皇子，他便是板上釘釘的太子、將來的國主，納側妃自然是要踩在流水似的銀子上頭的。

於是金燈高點，佳餚如山，吃不完的肉排骨被隨手丟棄，一碗美酒推搡之間灑了大半，金絲銀線上全是酒香。

「姑姑，這杯姪兒得敬您。」三皇子被人扶著走到了坤儀跟前，醉醺醺地道，「聽聞姑姑曾有為民開設粥棚之舉，實乃大義，只是，賑災原是姪兒的職責，姑姑這一齣，鬧得父皇很不高興，姪兒想來問問姑姑，對姪兒有何指教啊？」

幾個近臣連忙來扶他打圓場：「殿下莫怪，三皇子喝醉了。」

坤儀也不想怪他，但這三皇子硬扯著她的衣袖不放，怨氣極大：「姑姑一介女流，安心在家相夫教子也就罷了，怎麼還要來擋姪兒的路！」

被他拉得有些東倒西歪，旁邊那幾個打馬虎眼的近臣完全沒有要救她的意思，坤儀下意識看向聶衍，想讓他幫個忙。

可誰料，這一眼看過去，聶衍也沒有要救她的意思，他就站在旁邊看著她，像在欣賞什麼美景，鴉黑的眼眸裡一片淡淡之意。

坤儀覺得挺可惜的，他這麼好看的一雙眼睛，竟是個瞎的。

似是被她眼裡的嘲諷提點到了，聶衍回神，這才伸手將她從人群裡拉出去。

近臣們連忙將三皇子扶去了旁邊休息。

「伯爺。」揉了揉自己的手腕，坤儀一邊笑一邊咬著後槽牙，「今日這門面是你讓我來裝的，我遇見麻煩了，你怎好意思袖手旁觀的？」

聶衍站在她身側，淡淡地道：「在下並未袖手旁觀。」

最後不是將她拉出來了？

「您要是長了眼睛，他過來動手的時候就該拉我一把。」坤儀微惱，裙擺都要炸起來了。

比起她的激動，聶衍倒是十分平靜：「妳我交易，用今日這一遭虛偽，換我不追究殿下帶走我上清司屬下幾位道人，這交易裡，並沒有要求在下必須時時刻刻注意殿下的周全。」

坤儀被他給氣笑了：「交易裡沒要求，你就不做？」

聶衍理所應當地點頭：「怕殿下生出別的誤會來。」

「您放心，我這輩子都不會對您有別的誤會。」

將自己頭上斜了的鳳釵扶正，坤儀心口起伏，一字一句地道，「本宮已經感受過一回伯爺的冷血無情，斷不會再做那自作多情搖尾乞憐的角兒，伯爺方才就算是立馬將我抱過來並呵斥三皇子一頓，我也只會覺得伯爺是個好人，有男兒起碼的風度罷了。」

「至於情與愛，我坤儀這輩子都不會奢望伯爺給出來。」

肩膀有些發顫，被他給氣的。

坤儀說完這幾句話扭頭就走，裙擺掃在他面前，揚起了一陣風。

「殿下，林大人過來敬酒了。」有宮人提醒她。

重新融入宮宴裡，坤儀扭頭就變了一張臉，先前的氣惱消失得乾乾淨淨，眼下眸中帶笑，嘴角輕彎，儀態大方又從容，脖頸上優雅的弧度活像是能工巧匠一點點雕出來的。

「林大人有禮了。」她捏著夜光杯，與他遙遙一舉。

林青蘇如她所願走馬上任了，此時一身官服，配著頭上的雙翅帽，顯得更是英挺。他像是有話想對她說，但兩人之間隔著長長的距離和大大小小的官員，他什麼也說不出口，只能將杯中酒一飲而盡。

坤儀滿意地點頭。

誰料，酒喝完了，這人竟沒走，而是又倒了一碗來，上前了兩步：「不知殿下最近睡得可安穩？」

這話問出來就有些曖昧了，旁側觥籌交錯的貴人們雖是沒回頭來看，耳朵卻都紛紛豎了起來。

「勞大人惦記，睡得挺好。」坤儀神色不變，也跟著舉杯。

林青蘇一飲而盡，再倒一碗，又前進兩步：「殿下最近吃得可香？」

「……也挺香。」

再走兩步，他就要到她跟前了，坤儀面上不動聲色，眼睛卻是看了旁邊的宮人一眼。

林青蘇已經犯過一次糊塗，斷不能在三皇子的宮宴上再胡來，否則這仕途還要不要了。

宮人會意，正要上前阻攔，誰料旁邊過來一人，徑直擋在了林青蘇的面前。

「大人這安的問法，讓我想起了家中祖母。」聶衍也給自己倒了一杯酒，居高臨下地與林青蘇手裡的酒碗碰了碰，「她還在世時，我給她請安，也常問她睡得安不安穩，吃得香不香。」

坤儀：「……」損還是你損，這是擠兌林青蘇呢還是說她老了呢？

林青蘇顯然沒想到他會出來，對上坤儀他結結巴巴說不好話，但對上這個人，他倒是笑了：「我當是誰，原來是昱清伯爺，先前在明珠臺一直不曾得見，還好奇是怎樣的龍章鳳姿。」

後半句他沒說，徑直將酒喝了。

聶衍也不惱，揮手過來讓宮人又給他滿上：「大人去的那些地方，自然是見不著我的，明珠臺的外庭巡邏不少人也與我素未謀面。」

言下之意，他這沒被寵幸過的面首，也就相當於一個外庭巡邏。

林青蘇到底是年輕氣盛，哪裡有這萬年的妖怪沉得住氣，當下就回道：「在內庭也並未見過伯爺。」

「哦？」聶衍回頭看向坤儀，「殿下在內庭召見過他？」

「沒有。」坤儀嘴角抽了抽，「本宮與林大人沒什麼深交。」

她好不容易替他將過去都掩蓋了，讓他做個清白官兒，這倒楣孩子怎麼這麼不給人省心呢。

忍不住瞪了他一眼，示意他別再和這老妖怪爭口舌。

可是林青蘇沒想到這一層，他就覺得坤儀當著聶衍的面不敢承認他，心裡登時委屈了，低聲道：「殿下何必忌憚他，他寵府上側室都快上了天，這外頭人都知道，心裡是半分沒有殿下的。」

坤儀頓了頓，微微抿唇。

聶衍橫身擋住她的視線，冷眼看向下頭站著的人：「一心放在離間人家夫妻上頭，我看林大人是沒什麼報效朝廷的意思了，不如趁著今日人多，掛官入了明珠臺，我倒能做下這個主來。」

「伯爺。」坤儀皮笑肉不笑地上前來拉了他一把，「您這麼大年紀了，與小孩子計較什麼？總不能連納妾都覺得愧對我，就非要給我塞個面首，我是用不上的。」

誰年紀大了？

聶衍低頭看了看自己，又看了看面前這個嫩嫩的少年郎，氣登時不順了。

年輕有什麼好的，沒半點內斂之氣。

「倒是我誤會，將林大人這尊敬長輩之意想成了別的。」垂下眼眸，聶衍也跟著她笑了笑，「既如此，今日趁著好事，我與公主便認下大人這個義子，往後逢年過節，都來受義子請安行禮。」

他這一段話說的聲音不大，但不知為何，整個宮宴上的人都聽見了，包括醉酒的三皇子。

三皇子不太高興，林青蘇這樣的朝廷新貴，怎麼也被他們籠絡去了，要說昱清伯與坤儀公主對權勢完全無心，他才不信。

但其餘看熱鬧的人自然都是滿嘴恭喜的，林青蘇有中樞之才，眼看著前途光亮，又搭上了最富貴的坤儀公主夫婦，往後必定有大福氣。

於是眾人七手八腳的，就都開始給林青蘇敬酒了。

坤儀和林青蘇連個拒絕的機會都沒有，就被捲進了眾人的賀喜聲裡。

林青蘇：？

他想的不是這麼一回事。

「義子少喝些。」聶衍十分慈祥地拍了拍他的肩，「明日少不得頭痛。」

他現在頭就很痛！

林青蘇憤怒地想罵他，可剛喊出「昱清」兩個字，旁邊的老大人就捂了他的嘴，語重心長地道：「做晚輩的哪能直呼長輩封號，得改口叫義父了。」

「……」義他個大頭鬼！

坤儀本是有些愕然的，瞧著這場面，不知為何反而是噗哧一聲笑了出來。

聶衍側眼看著她，淡淡地哼了一聲：「很高興？」

「你不殺他，他甚至還能借你的勢去為官，將來好著呢，我為何不能高興？」坤儀樂得坐在椅子上直晃腿，「伯爺比起從前，心思真是巧了不少。」

她小腿生得纖細勻稱，哪怕被裙擺擋著，晃蕩間也能隱隱看見形狀。

聶衍突然覺得燥熱，別開頭不看她，只道：「難為人對妳一片痴心，妳竟是不管不顧的。」

「一片痴心要是有用的話，伯爺與我也不至於落成現在這樣。」坤儀依舊在笑，吐出來的話也是雲淡風輕，「不過現在也好，相敬如賓的日子反而是更輕鬆了，你瞧瞧，你我眼下連孩子都有了，還不用生不用養。」

聶衍皺眉。

他不太喜歡她釋然的樣子，彷彿放棄了什麼異樣。

「妳……」他扭頭想開口，卻見郭壽喜突然從旁邊的小道一路小跑過來，直抵坤儀身側。

第89章　皇兄

「殿下。」郭壽喜神色如常，但架不住話吐出去都帶著顫，「陛下突然臥床不起，您要不要過去看看？」

背脊一僵，坤儀打量了席上一眼，低聲道：「你先去，我等等就來。」

今日來的大多是三皇子交好的朝臣和宗室之人，這消息若是走漏，難免引起恐慌。

坤儀若無其事地在座位上繼續坐了一會兒，才對聶衍道：「我有些乏了。」

聶衍順勢放下酒杯：「正好，我送妳回去。」

「不必，伯爺今日喝得高興，便多留一會兒吧。」坤儀體貼地笑道，「我自己回去就成。」

「那怎麼行。」聶衍跟著她站了起來，意味深長地道，「就算沒寫在交易要求裡，有些事也要做了，才顯得在下是個好人。」

額角爆出兩條青筋，坤儀咬著牙拍了拍他的肩：「該您做的時候您不做，不該您做的時候您倒是上趕著了，伯爺，您真不愧是人中龍鳳。」

聶衍輕笑，拿了外袍便要走。

坤儀無奈地將他按住：「算我求您了，我想自己回去。」

「是回去，還是去上陽宮？」他漫不經心地問。

「……」差點忘了他耳力過人，方才郭壽喜的話他怕是全聽見了。

不裝了，坤儀攤牌了：「上陽宮，但您眼下不適宜去，等我去看看情況，回來大不了知會伯爺一聲。」

聶衍這才算饒過她，放下外袍繼續與人喝酒去了。

坤儀走在宮道上的時候還忍不住想，她為什麼要回去告訴聶衍？兩人不是已經老死不相往來了麼？

「皇后娘娘一直在上陽宮陪著，但不知為何，陛下就是不見好轉。」王敢當給她引路，一路低聲說著話，「按理說張家已經銷聲匿跡，無人再能威脅龍體，若是一般的妖祟作怪，娘娘是能應付的。」

坤儀回神，皺眉問：「什麼症狀？」

「突然倒下去了，就一直昏迷，御醫看過，說怕是有中風之險。」

「……」她突然覺得有些無力。

妖怪能害人，也有一些奇異的藥草能救人，但妖怪攔不住人的生老病死。若像狐族龍族那般霸道，下黃泉去撈人也是有的，但這樣撈回來的人，再死就入不得輪迴了。

皇嫂是願意陪著皇兄生生世世的，若皇兄當真陽壽已盡，皇嫂不會強求，只會等他轉世，但再轉一世，他就不是盛慶帝了，也就是說，這大宋江山，得落到三皇子手裡。

三皇子並非治國棟梁，就算打小與她一起玩，她也得承認，大宋落在他手裡，再加上諸多妖禍，離亡國怕是不遠了。

深吸一口氣，坤儀踏進了上陽宮，想著情況也許沒有她想的那麼糟糕，中風之險，未必就真的中風不能行走了。

但走到帝王床邊，坤儀發現王敢當說的話還是保守了。

盛慶帝昏迷不醒，渾身都已經僵直，御醫跪在張皇后面前，哆哆嗦嗦地道：「養得最好，便是能養得能睜眼，能進食。」

後半句他沒敢說，養得稍微不好一些，命就定是沒了的。

盛慶帝長久地操心勞力，身體本就不是太好，加上浮玉山那一遭失蹤，受了大寒，對妖怪的憂心和戒備又一直讓他夜不能寐，這病來勢洶洶，已經是抵擋不了。

張皇后看起來也有些疲憊，她揮退了御醫，看向了坤儀。

「這個節骨眼出事，本宮當真是對不住妳。」

坤儀側頭看她：「皇嫂何出此言。」

「本宮的兩個兒子都是不爭氣的，只知道爭權奪勢，沒有一天真正心懷過天下。」張皇后抿唇，「但他們是我所出，老四沒了，老三便有儲君之資，他一旦問鼎帝位，潛伏已久的張家人難免會捲土重來。」

「妳皇兄也知道，他該再多撐幾年，撐到將這爛攤子收拾好了，才能放心去。」

「但他撐不住了。」

「上清司睡在他榻側，三皇子又沒半點主見，只知道聽國師的。國師……雖說也是為天下計，但面對這滿目的瘡痍，他也未必能力挽狂瀾。」

「妳皇兄說，妳一個女兒家，操心的事已經太多了，他沒道理再拖累妳，便想著給妳一塊封地，讓妳去過安穩日子，可聖旨還沒寫完，他就倒下了。」

張皇后摸了摸盛慶帝鬢邊的白髮，眼神溫柔，仍舊像在撫著一個少年郎：「他太累了，讓我別叫醒他，只趁著他還能在這裡躺幾日，讓我替他寫完聖旨。」

坤儀眼眶紅了，手抓著帝王的寢被，微微有些發抖。

小時候坤儀覺得有一段時間裡，皇兄是不喜歡她的，跟別人一樣害怕她，遠遠地看見她就要跑。可她很喜歡皇兄，得了什麼好東西都要拿去給皇兄看。

一開始皇兄不願意見她，可後來，她就能坐在皇兄的御書桌上，一邊看他批閱奏摺，一邊擺弄自己的玩具。

蘭苕說，他們老宋家的人都有個毛病，嘴很硬，心很軟，她的皇兄就是這樣，一邊害怕她，一邊又忍不住捏她的小臉，任由她把奏摺上踩得都是奶印子，也沒罰過她。

有一回宮中走了水，所有人都在跑，她沒看見皇兄，便跟跟蹌蹌地往回走，誰曾想差點被掉下來的瓦礫砸著。皇兄從遠處跑過來，抱起她就打，一邊打一邊罵她不聽話，哪有人往火堆裡撲的。

她只知道哭，抱著皇兄就哭，皇兄罵著罵著也就不罵了，只將她抱回去，讓御醫好生看了看。

後來，大約是身邊哪個宮人告訴了皇兄，她回火場是去找他的，皇兄一個已經帶著龍冠的大人，跑到她跟前來就抱著她哭。

再後來，她就活成了寵冠一方的坤儀公主，不管惹了什麼麻煩，她的皇兄都會一本正經地護短。

皇兄這一輩子最愧疚的事，就是利用她去和親。

她從未覺得這是什麼不好的事，也是她自己點的頭，自己情願的，但皇兄一直沒有釋懷，雖然後來兩人都漸漸長大了，心思越藏越深，但從每次豐厚的賞賜裡，坤儀就知道他從來沒變過。

他還是覺得愧對她。

輕輕地嘆了口氣，坤儀捏了捏床上帝王的手：「我皇兄在十二歲的時候就發過誓要做一個明君，要肅清天下、整治山河。」

可惜，這世道並未讓他如願，盤根錯節的勢力關係讓他心力交瘁，二十多年的磋磨，將他從一開始的躊躇滿志，變成了後來的順勢而為。

史官們大抵不會將他寫成一個明君，可坤儀覺得，他至少是一個很好的哥哥。

「皇嫂還能與皇兄說上話麼？」她問。

張皇后點了點頭：「我會陪他到最後一刻。」

「好。」坤儀笑道，「那皇嫂就讓皇兄放心，我會照顧好自己，我也沒有怨他。」

張皇后欣慰一笑，拍了拍她的手背，卻沒能說出話來。

她是妖怪，見慣了凡人生死，但落到自己喜歡的人和親人身上，很難不動容。

坤儀沒有停留太久，她覺得自己和張皇后抱頭痛哭的場面實在太難看了，至少在別人眼裡，盛慶帝當下還活著，人還活著，就沒有提前哭喪的理。所以她走得很快，車簾一落，飛快地就出了宮。

三皇子那邊的宮宴散了，聶衍也回了府，想起先前和坤儀的約定，他就在府裡等著她來報信。念及自己這樣等著的樣子很像個婦人，聶衍特意在門口落了幾個小法陣，一個被踩著了會落雨下來，一個被踩著了會落雪，還有一個被踩著了，要落幾隻凶巴巴的猴子。

他算計過了，以她那樣的聰慧，踩了第一個就不會再走那條路，所以特意將三個陣放在三個側門門口，打算氣一氣她。

誰料，傍晚時分，坤儀進府來，只踩了第一個陣。

聶衍有些不高興，為著自己的失算，可他定睛一看，來人走得失魂落魄的，鳳眸半垂，裡頭一點光也沒有。

「不就一個小法陣。」他略略皺眉，「妳何至於氣成這樣？」

坤儀沒說話，在前庭站了片刻，夜半便送了乾淨的披風來。

她一身都溼透了，鬢髮貼在臉上，打了幾個彎彎曲曲的小圈，裹上寬大的披風，整個人像一隻落難的小貓。

聶衍看得氣焰小了些，低聲道：「便算是我錯了，那陣也不是故意放著為難妳的，誰讓妳不小心踩上的。」

「嗯。」她終於回神，輕聲道，「我沒怪伯爺。」

莫名有些不安，聶衍強自鎮定，挺直身子問她：「宮中如何了？」

「皇兄病了，御醫說要養幾日再看。」簡略地說了一句，坤儀側頭問他，「你府上有沒有薑糖啊？這一淋雨，我怕我也生病。」

聶衍立馬吩咐夜半去找，可話說出口又覺得自己急切了些，連忙找補：「找不到就算了，看殿下這樣子也不似有大礙，回去明珠臺再吃也……」

來得及。

最後這三個字還沒說出來，聶衍就眼瞧著兩行淚從坤儀眼裡落了出來。

豆大的淚珠落得比那法陣裡的雨還快，順著她的下巴滴到他的披風上，眨眼就溼了一大片。

聶衍噎住，指節微緊：「我又沒說什麼重話。」

第90章 駕崩

就幾塊薑糖而已，她坤儀天下什麼好東西沒吃過，何至於就哭了？

而且，還越哭越厲害，一開始只是掉眼淚，後來肩膀連著整個人一起發抖，抽噎不止，雨水順著鬢髮滴落，溼透的身子在斗篷裡顫著縮成一團，別提多可憐了。

聶衍站起來又坐下，捏著扶手僵硬了好一會兒，才扭頭對夜半道：「務必讓他們把薑糖尋過來，沒有就讓人尋薑現做！」

夜半應下，心想您這是何必呢，早這麼說不就得了，跟誰置這個氣呢。

可是，就算這麼吩咐下去了，坤儀公主也沒有要止住哭的意思，她倒是顧著皇家的禮儀，沒縱聲大哭，但就這麼坐著垂淚，也把上頭這位弄得有些坐立不安了。

「除了薑糖還要什麼？」他皺著眉道，「我讓人弄來給妳。」

坤儀扁扁嘴，帶著哭腔：「想吃龍肉。」

別再哭了就成。

聶衍：「？」

氣得想掐她的臉，手剛伸過去，這人卻就拿額頭抵了上來，而後將整個臉都埋進他手裡，嗚咽出了聲。

溫熱的眼淚一串串地滴到他手心，燙得他眉頭緊皺。

彼時高貴的玄龍並不懂心疼為何物，只能僵站在她跟前，任由涼了的淚水順著他的指縫落下去。

坤儀哭了個夠本，才雙眼通紅地抬起頭來吸了吸鼻子，眼神對上他，有一瞬間的茫然。

聶衍沒好氣地道：「哭傻了？」

她啞著嗓子道：「誰讓你不給我吃薑糖。」

順手將下頭送來的一大塊薑糖塞到她嘴裡，聶衍半闔著眼睨著她：「這東西值得妳哭這麼久？」

分明是有別的隱情。

坤儀顯然是不打算說真話的，只咬了一口薑糖，將剩餘的拿在手裡：「本宮按照約定來與你說事，結果在門口踩到了落雨陣，看那陣法挺新的，應該是今日才放上去的。」

聶衍：「……」她先前還說不怪他，怎麼翻臉比翻書還快。

幽幽地看了他一眼，坤儀垂眸：「本宮知道伯爺不待見本宮，這便不打擾了。」

說罷起身，拖著一路的水跡往外走。

聶衍寒著臉在原地杵著，沒有追。

夜半忍不住拍了拍自己的額頭，上前低聲道：「走正門回明珠臺，殿下要繞兩條街呢，身上溼成這樣，吃再多的薑糖回去也得著涼。」

「那她怎麼不知道留下來。」聶衍悶聲問。

夜半惆悵地嘆了口氣：「大人吶，以殿下的性子，您不留她，還指望她自己死皮賴臉留在伯爵府麼？後頭那何氏可還在呢。」

聶衍想了想，問夜半：「你希望我將她留下來嗎？」

夜半：「……」關他什麼事！

因著林青蘇之事半夜不睡覺上房頂喝酒的又不是他！時常盯著明珠臺動向的又不是他！去宮宴上硬把人家一對有情人拆成義母子的又不是他！

但看了看自家主子手腕上一閃而過的玄龍鱗光，夜半識時務地躬身：「屬下很是希望殿下身體康健、能下榻伯爵府自然是極好的。」

滿意地點頭，聶衍抬步追了出去。

然而，他走遍前庭和門房，都沒看見坤儀的影子。

「屬兔子的？」聶衍很不滿。

淮南正好從外頭進來，看見他與夜半，笑著就迎了上來：「伯爺怎麼到前門來了？方才還看見了殿下，殿下近日符咒之術也有所精進啊，一張千里符甩下去，唰地就不見了，比上清司一些新來的道人還俐落。」

庭院裡靜了片刻。

聶衍抬眼看他：「你說殿下用千里符走的？」

「是啊，也不知急著去哪個地方，應該是去好幾百里之外了，不然也用不著這麼大消耗的符。」

夜半使勁給淮南打眼色，也沒能阻止他將坤儀殿下離開的急切和瀟灑描繪得淋漓盡致。

他沉默地任由淮南將話說完，然後不出所料地對上自家主子一雙清冷的黑眸。

主子問他：「聽見了麼？她有的是本事，用不著你擔心她會不會受涼。」

夜半從善如流地答：「屬下聽見了。」

聶衍面無表情地甩著袖子就走了，留下淮南一臉不解地拉住夜半：「你何時這般關心殿下了？」

「誰知道呢。」夜半麻木地答，「說不定我今宵還又睡不好覺呢。」

說罷幾步跟上自家主子，留淮南一臉若有所思地站在原地。

……

宮裡的消息瞞得很嚴，未曾有人透露盛慶帝中風病重的消息，但三皇子一場酒醉醒了之後，突然就福至心靈，覺得父皇幾日不上朝，應該是出事了。

他去上陽宮求見，被皇后擋在了外頭，他又去問御醫，御醫嚇得當場昏厥過去，躲過了盤問。

越是這樣，三皇子心裡的小火苗就燒得越高。

父皇身子骨不好，年紀又大了，是不是該考慮東宮之事了？雖然四皇子府還在喪期，但國難當頭，妖禍橫行，先讓他入主東宮也是為江山社稷考慮嘛。

他這念頭起了，朝中不少大臣也就跟著上表了，嫡皇子只剩了三皇子一個，大家都不用押寶，等著改朝換代就成，此時不討好三皇子，更待何時？

於是，請立東宮的摺子就跟雪花片兒似的唰唰飛進了上陽宮，三皇子也一日三次地跪在上陽宮門口求見父皇。

張皇后冷眼看著自己這個親生兒子，眼裡最後一點溫度也沒了。

她問：「你是不是覺得，父母生養你的恩情，還不如這皇位來得大？」

「兒臣不敢。」三皇子連忙磕頭，「兒臣就是感念父母生養之恩，這才擔心父皇，想見父皇一面，親自為父皇侍藥。」

張皇后深深地看了他一眼，沒說話，拂袖進了上陽宮。

三皇子覺得東宮之位就是自己的囊中之物，父皇母后一直不給，無非就是怕他太得勢，威脅了他們的地位。此時再被張皇后冷待，他心裡就不太痛快了，回宮裡就發了一通火，又讓他的門客去拜會坤儀。

坤儀姑姑是父皇病後唯一一個進了上陽宮的宗室人，他怕父皇有別的什麼心思，很想從坤儀姑姑的嘴裡套些話出來。

然而，他這個姑姑比母后還難纏，派出去的門客都被她帶著在明珠臺賞歌看舞，飲酒作樂，半分有用的消息沒帶回來不說，還有反被籠絡了的。

「微臣一直覺得坤儀公主是有大手段的，不然也不會被今上疼寵這麼多年。」三皇子門下賓客拱袖而諫，「加之她現在是昱清伯爵夫人，身分特殊，殿下少招惹她一些為好。」

上回宴席上冒犯，三皇子還沒去請罪呢。

賓客說的是好話，但眼下的三皇子心高氣傲，哪裡聽得進去，雖不敢明面上與坤儀為難，也畏懼聶衍和上清司，但心裡的怨恨卻是一層又一層地疊了上去。

立秋的這一天，上陽宮傳出來一份密旨，誰也不知道內容，徑直往明珠臺送了去。

坤儀捏著這封旨意進宮謝恩，但還沒走到正陽宮，就倏地聽見了沉悶的鐘聲。

咚——

彷佛一榔頭敲在人的頭蓋骨上，坤儀腳下一個踉蹌，差點跪在了宮道上。

「好殿下，您快些走。」郭壽喜臉都白了，「這是要出大事。」

立東宮的旨意還沒下來，盛慶帝就駕崩了，殿下手裡又有一封密旨，此時若不快走去說清楚，三皇子怕是要將殿下生吞活吃了。

坤儀抿唇，被他扶著站直身子，而後褪了身上厚重的華彩宮裝，只穿她平日裡那一件黑紗金符袍，飛快地往上陽宮趕去。

張皇后守著帝王的仙體，神色依舊溫柔平和，彷彿床上的人只是睡著了。

一眾大臣包括三皇子都站在殿內，大氣也不敢出。

「今上的遺言，是讓坤儀公主來主持喪儀。」她一邊替帝王掖著被子，一邊低聲吩咐，「待喪儀結束，再由三皇子繼位。」

眾臣都俯首聽命，下頭卻突然有個言官問了一句：「立儲的旨意何在？」

張皇后搖頭：「陛下病重，哪裡還抬得起筆，只能是口傳的旨意。」

「可臣下們聽聞，先前明珠臺還受了一道密旨。」言官有些認死理，皺眉問，「那一份，難道不是立儲的旨意？」

「不是，那是陛下封賞公主的。」

三皇子黑了臉，群臣也議論紛紛。

哪有死前只顧封賞自己妹妹，連東宮也不立的道理。難道這江山社稷的繼承人，在盛慶帝眼裡還不如坤儀公主重要？

「坤儀公主到——」外頭黃門通傳了一聲。

坤儀提著裙擺跨進高高的門檻，還沒來得及走到帝王床前，就感覺兩邊無數炙熱的視線都落在了她身上。

怎麼回事?她心下驚奇,面上卻是沒什麼波瀾,三步並兩步跪去帝王床邊,給他身上戴上一個符紙折的小玩意兒。

「殿下?」言官不甚贊同,「今上剛剛駕崩,這宮裡沒有哭號已是不妥,您哪還能往陛下身上亂放東西。」

張皇后瞥了一眼,沒有阻攔:「是好東西。」

難為那人肯給。

有這符咒傍身,他就算是投胎轉世,也必定能落個富貴人家,命途順遂。

盛慶帝不捨得自己的皇妹吃苦,他的皇妹看來也不捨得他受罪。

第91章　有妖怪啊！

這符咒是龍血畫的，比尋常朱砂不知道管用了多少倍，張皇后也不知道坤儀是怎麼跟聶衍求來的，但有這東西，她臉上的神色都好看了不少。

盛慶帝的死是兩人一早就知曉的，這些日子已經哭夠了，是以一姑一嫂都只看著盛慶帝的仙體出神，三皇子在下頭就不樂意了，帶著眾位大臣就嚎哭起來，以示孝順。

外臣們姍姍來遲，都跪在殿外，聶衍倒是受了優待，雖來得晚，也被請到上陽宮裡，跪在坤儀身邊。

他瞥了一眼龍床邊上垂著的符咒，又瞥了自己身邊跪著的人一眼。

昱清伯府的消息比外頭還是快得多的，前日他就知道盛慶帝要沒了，也終於反應過來這人才不是哭什麼蘴糖，是在哭她皇兄。

他是打算去明珠臺興師問罪的，結果他一去，這人又哭，哭溼了他半幅衣袖，哭得他最後主動給她畫了這張符。

也不知哪兒學會的這一招。

聶衍才不會把凡人的生死看在眼裡，更何況盛慶帝的死對他是有好處的，是以眼下就算垂著眼，他臉上也沒什麼悲傷的神色。

但旁邊這小姑娘就不一樣了，哭了好幾日，到今日還是紅了眼眶，跟隻兔子似的，嘴唇微微顫動，身子也瘦削了一大截。

「伯爺。」她餘光瞥見他的樣子，不太高興，「您連裝一裝也不肯麼？好說我倆還未和離，你還是我皇兄的妹夫。」

「怎麼裝？」聶衍很不解，「我不會。」

坤儀沒好氣地道：「你就當你親爹死了。」

「不好意思。」聶衍想了想，「我自天地而生，天地已經幾萬歲，從未死過。」

坤儀：「……」

她將身子側過去了一些，眼不見為淨。

帝王停靈停滿了七七四十九日，期間三皇子暫代國事，坤儀主持喪儀。

朝中有些非議，說三皇子繼位有些名不正言不順，一來沒有聖旨，只憑張皇后傳口諭，張皇后是三皇子的親生母親，這口諭真假難以定論，二來盛慶帝留給坤儀公主的密旨上寫了什麼，大家都還不知道。

坤儀其實是想過將這聖旨公之於眾的，但她看了一眼之後就打消了這個念頭。

皇兄是真疼她，將他名下能給的所有宗室封地都給了她，有些地方帶礦，有些地方還帶駐兵，這些都是她姪兒初登基時最需要的。大咧咧將聖旨拿出去，三皇子肯定不樂意，勢必與她爭搶起來，毀了她的安寧日子。

她倒是有意私下將這賞賜送還給三皇子，但三皇子因著她主持喪儀之事對她已生敵意，貿然將這聖旨交出去，相當於丟了一張保命符。

不交聖旨，只與三皇子談條件，三皇子壓根不信任她。

坤儀愁啊，愁得找上了秦有鮫。

秦有鮫還在專心致志地防備著上清司。舊朝新主，更新反覆運算，此時最容易出謀逆之事，他日夜看著聶衍的動向，半點也不敢分心。

一聽見坤儀說的事，他的神色有些複雜：「妳皇兄這事做得是不太地道，這麼多厚賞下去，不知道的還以為是要禪位於妳。」

若是別的地方也就罷了，偏他們大宋風氣開放，女子能為官，自然也能為帝，往前溯四個朝代就有一個女帝，這如何能讓三皇子不戒備她。

坤儀雙手舉過頭頂：「比起勞心費力的帝王，我更喜歡在封地上混吃等死。」

「師父知道。」秦有鮫嘆息，「但三皇子不會信。」

眼下朝中有一些人就著這一封密旨牽頭鬧事，阻礙三皇子登基，三皇子每日焦頭爛額，古董花瓶劈里啪啦砸得堪比鞭炮。

秦有鮫曾幫扶過三皇子，三皇子對他是禮讓三分的，也願意聽他說話，但一牽扯到坤儀，他就會想坤儀是秦有鮫的徒弟，屆時不但說不了情，恐怕還會火上澆油。

「妳乾脆也幫三皇子立一立勢頭。」思忖片刻之後，秦有鮫道，「只要妳也支持三皇子登基，三皇子就不會再懷疑妳，朝臣也能歸心。」

這倒是個可以試一試的主意，坤儀滿心歡喜地就乘車回明珠臺了。

結果走到半路，光天化日之下，五十個黑衣人撲向了她的鳳車。

黑衣人沒帶兵器，但出手如電，她身邊的護衛沒頂住幾下就被打得倒地不起。

「殿下快跑！」蘭苕將她推進小巷，然後死死地堵住巷子口。

這場面太壯烈了，坤儀直搖頭：「少來，捨身救主的本子我向來不愛看。」

蘭苕急了，剛要再推她，就見那邊的黑衣人都撲了過來。

千鈞一髮之際，沒有救命恩人從天而降，也沒有江湖俠士路見不平，她的殿下一撩碎髮，將身子背對著這群人，大有「來呀，朝這兒砍」的意思。

一眾黑衣人來不及震怒，就察覺到一股強烈的妖氣撲面而來，接著眼前一黑，他們就什麼也不知道了。

「這留不了活口？」坤儀在心裡問青𩡇。

吃飽了的青𩡇心情極好，難得出聲搭理了她：「一群小妖怪，你要了活口他們也不會說真話，不過……嘗著他們的味道有點熟悉，像是瞿如那一族下頭的小妖。」

瞿如，張皇后的族類。

張皇后一心等著帝王投胎轉世，是不會來刺殺她的，那麼就只能是三皇子。

三皇子跟張桐郎那些人聯繫上了？

坤儀連連皺眉，扶起被嚇得腿軟的蘭苕和魚白，徑直坐回了鳳車上。

方才還殺氣騰騰的合德大街，轉眼就不見了五十多個黑衣人，坤儀公主如常回府，街上百姓卻是炸開了鍋。

「那是個吃人的妖怪，這回我們當真是親眼所見了。」

「就那麼一轉身，她就吃了好多人！」

「太可怕了，這妖怪當了公主，什麼事幹不出來？」

議論聲越來越大，一傳十十傳百，沒過兩個時辰，坤儀的明珠臺就如同往常一樣被百姓圍了個水洩不通，石頭和臭雞蛋照例扔進了她的院牆。

這一次，她沒有皇兄護著她了，要求處死她的摺子很快飛到了三皇子的案桌上。

三皇子痛心疾首，三皇子無可奈何，三皇子快馬加鞭地去了明珠臺，對著坤儀長吁短嘆：「姑姪一場，本不該鬧到這個份上，但民意如沸，姪兒也沒法偏袒姑姑。」

坤儀停下了寫摺子的手，抬眼問他：「你想怎麼做？」

「大司馬的意思是，在朕登基之日，將姑姑焚於祖廟，一來可以立威，二來可以平息眾怒。」三皇子挺直了腰桿回答她，「畢竟皇室裡出現妖怪還不處置，叫天下百姓還怎麼信服？朝中官員的家眷也不好管哪。」

睫毛顫了顫，坤儀放下了手裡的毛筆：「你想殺我？」

「哪能呢，這都是那些個愚臣的主意，朕與姑姑雖是姑姪，但好說也算一起長大的，小時候還常在一起鬥蟋蟀呢。」三皇子笑道，「有我在，姑姑自然是不用死的，只用假死一場，遠離盛京，姪兒會給姑姑準備田產地契、金銀珠寶……甚至這明珠臺的東西，姑姑也可以帶一部分走。」

頓了頓，他又笑：「但姪兒為姑姑盡心盡力到這個份上，姑姑也合該將那密旨給了姪兒才是。」

蘭苕在外頭聽得直咬牙，剛想端著茶推門進去，就被人拉住了胳膊。

她回頭，見夜半不知何時站在了她身後，再往後，聶衍也來了。

三皇子遠處守著的人已經躺得七零八落，兩人一點聲響也沒發出來，只示意她別動，而後與她一起站在廊下聽著房間裡頭的動靜。

坤儀聽完三皇子的話，十分優雅地笑了笑，並沒有動怒。

她說：「好，皇姪能替我想到這個份上，真是不易。」

三皇子一喜，又戒備地看著她：「那姑姑是答應還是不答應？」

「不答應又能如何？」坤儀莞爾，「誰還能幫我堵住這悠悠眾口不成？」

「那昱清伯那邊？」

「你也早知道我與他並無感情，不過是人前逢場作戲，我若有難，他定是先與我和離的。」

輕舒一口氣，三皇子拱手：「那皇姪就等著姑姑的好消息了。」

說罷起身，腳步輕快地出去打開門。

一雙綠幽幽的眼睛正對上他，碩大的狼尾將他從屋子裡捲出來，往庭院裡狠狠一扔。

三皇子大驚，天旋地轉間跌了個跟頭，倉皇地爬起來回頭看。

銀白色的狼站在廊下，毫毛烈烈，四爪如鋼，帶著人一般的表情看著他，眼裡有不屑，還有殺意。

「護……護駕！」三皇子嚇得大喊。

然而，他帶來的侍衛早就倒了一地，三皇子狼狽地起身往外狂奔，沒走兩步卻撞到了一個人。

「殿下安好。」聶衍有禮地朝他頷首。

三皇子連忙抓住他，手都在抖：「昱清伯救命，有妖怪，這明珠臺裡真的有妖怪啊！」

「妖怪？」聶衍疑惑地轉頭看向前庭。

三皇子跟著看過去，卻見方才站著一匹狼的地方眼下空無一物。

「奇怪，方才我親眼看見就在這裡。」他驚慌未定地再轉過頭來，「你相信我……」

話沒吐完，全卡在了喉嚨裡。

他的面前出現了一條黑色的龍，青目長身，吞雲吐霧，遮天蔽日的身軀慢慢地將他捲住，鱗片如刀，刮得他皮開肉綻。

「像我這樣的妖怪嗎？」他低下頭問。

第92章　圍困明珠臺

好端端的三皇子，突然就瘋了。

青天白日，皇位未繼之時，他一意孤行撥了三萬精銳就要圍殺明珠臺，歇斯底里地喊著要滅妖，任憑身邊謀臣怎麼阻攔，也發瘋似的喊：「都是妖怪！他們都是妖怪！」

張家人也不是沒勸過他，密旨還在坤儀公主手裡，他的根基也還沒穩，坤儀公主怎麼說也是他的長輩，他這樣的舉動，會給人落下不敬尊長的話柄，更不利於登基。再者說，明珠臺裡那位有聶衍護著，就算他手裡有這三萬精銳的兵權，也未必能動得了她。

於情於理這事都辦得不妥，但好幾個親信圍著三皇子要說法，他都什麼也說不出來，只雙目充血地躺在床上，一聲又一聲地重複：「妖怪……妖怪……」

張桐郎好不容易從偏遠的地方祕密回京，看見他這不中用又沒出息的模樣，當即給了他一巴掌：「你是見少了妖怪了！」

自己身上都還流著妖怪的血呢。

其實這事也怪不得三皇子，他原是打算按照張桐郎的吩咐去說服坤儀姑姑的，只要她同意，聶衍也說不得什麼，但他沒想到的是，會在明珠臺裡看見龍。

凡人自古信奉神龍乃天命，但龍的傳說一代又一代地流傳下去，逐漸就變了樣，有人說它只是拼湊的圖騰，也有人說是美化了的蛟，到後來，就算知道這世上有妖，他們也再沒相信過世上有龍。

誰知道那麼大一條龍就突然出現在他眼前，雙目比宮中的接天湖還寬，噴出來的氣息比颶風還急，鱗片比禁軍的盾牌還厚還大，游動之間暗光粼粼，像千萬把斬首刀，要將他身上的肉一片一片地割下來。

當下死了也還好了，可他被龍尾狠狠甩出去之後，醒來卻是在宮裡，身上毫髮無損，宮人甚至說，今日沒有他的出宮紀錄，他想指認明珠臺都沒有辦法。

三皇子確認自己不是在做夢，但沒人相信他，來看望他的老臣甚至說：「有昱清伯在，殿下當放心才是。」

放個狗屁的心，就是有聶衍在，他才覺得自己像一根野草，隨時會被他折成兩段！

坤儀必須死，聶衍也必須死！

年輕氣盛的三皇子並不明白自己父皇對上清司的畏懼從何而來，他一心想著要平息自己的恐懼，穩固自己的地位，是以拚命往明珠臺堆放人手，三萬精銳送過去了不算，還加了一萬禁軍。

坤儀坐在明珠臺的書齋裡，不慌不忙地晃著小腿。

她面前堆了三尺高的奏摺，都是在明珠臺被圍困之後，突然送進來的。

蘭苕覺得很驚奇：「這外頭圍得水洩不通，摺子從哪裡送來的？」

坤儀笑而不語，只一份份地撿了來看。

三皇子原本就算有爭議，憑著他是唯一的嫡子，也是能順利登基的。但他眼下這荒唐的做法，引來了朝中更大的反對聲。

原本打算混吃等死熬到新帝繼位的一些老臣也坐不住了，紛紛給她寫了密函和摺子來，要她以嫡長公主的身分，管束三皇子，重扶河山。

坤儀想，老娘這輩子名譽最好的時候也就眼下了，往日都喊她妖婦的一些人，現在就差把她吹成了救世主。

她忍不住側頭看向窗外。

書齋的朝向正對著伯爵府的後院院牆，那邊一點動靜也沒有。

坤儀不傻，她不會覺得這些一直中立的老臣會平白無故地在明珠臺被圍困的時候還站她的隊，也不會覺得摺子能用常人的手段越過外頭的包圍圈送進來，除非是聶衍摻和在了裡頭。

聶衍不想讓三皇子登基，那對他而言與盛慶帝並無二致，他想讓她登基，她知道更多妖怪的事，也更願意與他合作，各取所需。

捏著手裡的奏摺搧了搧風，坤儀似笑非笑地繼續晃著腿。

蘭苕一看便知她在思量事，也沒有打擾，只將托盤裡的點心放在桌上，便退了出去。

三皇子執意要殺進明珠臺，但很遺憾，他麾下的人都不太贊成這個舉動，更莫說明珠臺裡還有法陣護著，壓根攻不進去。所以，三皇子想著，能將人困死在裡頭也是好的，斷水斷糧，這麼多人能活多久？

「三年吧。」

坤儀笑著回答秦有鮫提出的這個問題，「我修築明珠臺的時候就考慮過天災人禍，是以地窖裡有存糧，庭院各處還有七口水井，夠我三年衣食無憂。」

秦有鮫沉默了。

鮫人的職責是守護人間太平，原也不想看他們姑姪起這麼大的嫌隙，鬧得兵戎相見，想著各自讓一步就好了。

但來明珠臺一勸，秦有鮫覺得，原先還肯讓三皇子登基，實在是坤儀良善，不貪權勢。她有她母后給的財富，有她皇兄給的封地，有日進斗金的望舒鋪子，還有一個雖然看起來不太親密但也不會眼睜睜看著她去死的夫婿。

這情況，舉兵造反也是有六成勝算的。

三皇子若是放過她，低調登基，他們之間就什麼事也沒有，但這死孩子偏不知道中了什麼邪，一定要坤儀死。

秦有鮫累了，他放棄了當三皇子的說客，只靠在太師椅裡問自己的徒弟：「午膳準備我的份兒了麼？」

坤儀點頭：「料到師父您不會白來一趟，蘭苕特意讓人多做了兩個菜。」

秦有鮫施施然起身，再不管什麼誰登基了問題了，打算在自個兒徒弟這裡蹭一頓好飯。

結果，等飯菜上來，他有點意外。

同樣華貴的楠木圓飯桌，起先一頓少說會擺上三十多道菜，今日竟然只有四道，雖然是一樣的菜色誘人，但前後變化太大，秦有鮫不太適應，念及坤儀的難處，眼淚都快下來了：「苦了妳了。」

坤儀坐下為他布菜，一聽這話挑了挑眉：「外頭的難民還吃著樹皮，這一道小羊羔一道魚一道雞還有一道肉湯的日子苦我什麼了？」

「難民是難民，你是你。」秦有鮫唏噓，「府上食材不夠了只管告訴師父，我讓蘅蕪給你送來。」

「不必，夠的。」坤儀喝了口湯，「光昨日一日望舒鋪子進帳就有三萬兩，我吃龍肉都行。」

秦有鮫嗆咳了一聲。

他沒好氣地把筷子一拍：「妳這麼有錢還縮減吃食做什麼，害我以為妳有難處了。」

坤儀失笑，給他夾菜：「你我兩個人，四道菜是夠吃的，不但夠，說不準還能有剩。眼下外頭難民成群，當朝的又只知道與我為難，不顧他們的死活，我若還鋪張浪費，一頓飯嘗幾口就將多餘的菜賞下去，那只能餵飽我這明珠臺裡的人。」

但若將這些珍貴食材放去望舒鋪子賣了高價去買糙米，可以養活半個盛京的人。

秦有鮫怔了怔，終於是認真打量起了自己這驕縱的徒弟。

她還同以往一樣，鳳眼細眉，天生一副傲然姿態，只是頭上不再綴滿珠釵寶搖。烏髮如雲，獨簪金鳳，更顯出幾分篤定和大氣。

模樣是沒大變的，但如今怎麼看都覺得長大了。

秦有鮫突然有些感慨。

他說：「早知道讓妳皇兄直接傳位與妳，未必比他那三兒子差了。」

坤儀當他在說笑，絹扇掩唇，鳳眸盈盈。

秦有鮫走後，坤儀又開始清理帳冊，最近米糧錢支出極大，但好在是她撐著，再多的難民也吃不垮她，但望舒鋪子那邊，是得補些銀錢過去了。

坤儀透過望舒鋪子賑濟難民，卻也沒讓他們白吃，只當是招工，讓婦人織布，男人修屋，只老弱病殘和孩童能一日免費吃兩頓粗糧。

饒是如此，望舒鋪子也一時被民間奉為了活菩薩。這亂世之中哪有這麼好的活計，只要有手就能吃飽飯繼續活下去，望舒鋪子甚至還給搭了一長溜的茅草棚子，供他們晚上睡覺。

有人就說了：「一個民間的商賈都能做得比當今在朝的各位好。」

「對啊，你看人家望舒鋪子，大把的銀子往難民身上砸都沒心疼的，再看看這些個達官貴人，尤其是那個明珠臺驕奢淫逸的坤儀公主，哪裡有半點皇室風範。」

眾人越說越覺得氣憤，吃飽了飯就又要撿石頭去砸明珠臺。

然而這次，他們眼裡活菩薩一樣的望舒鋪子掌櫃當下就變了臉色，雙眼通紅地攔在他們面前：「明珠臺不能砸，砸傷了公主，誰還給大家換糧吃！」

眾人譁然。

有人不敢置信：「掌櫃的你說清楚些，這些米糧同那個妖婦有什麼瓜葛？」

「對啊，您是大善人，那坤儀公主可是個妖婦啊，吃人的！」

吵吵嚷嚷，鬧成一片。

掌櫃的有些手足無措，正為難呢，就看見遠處站了一個人。

一身玄色長袍，眉目如勾如畫，聶衍越過擁擠的人群回視站在臺階上的掌櫃，面無表情地朝他招了招手。

三皇子圍困明珠臺七日之後，也就是盛慶帝的末七之時，朝臣突然圍了三皇子府，要求三皇子放出坤儀公主，按照先帝遺囑，讓坤儀公主主持完先帝喪儀。

第93章　失去民心

三皇子自然是不肯的，奈何朝臣群情激奮，質疑他不遵先帝密旨，是為不忠，謀害自己的親姑姑，是為不孝。不忠不孝，豈能為人君主？

迫於壓力，三皇子便帶著眾位大臣一起去明珠臺，打算讓他們也親眼見識見識裡頭的妖怪。

在去的路上，三皇子收到了消息：「今日不知為何，有大量百姓也圍坐在明珠臺外，手裡還都捏著石頭。」

三皇子這叫一個喜上眉梢：「聶衍那一黨的逆臣，竟還有讓個女人來坐皇位的心思，也不看仔細些，這女人天怒人怨，別說是我不想讓她活，這盛京的百姓也不想讓她活。」

她甚至還得感謝自己這幾萬大軍替她守了家門，要不明珠臺現在早就被百姓給砸沒了。

連日來的噩夢讓三皇子氣色很不好，但不妨礙他眼下心情舒暢，當即讓人吩咐下去：「民為水，君為舟，誰都不可以強權欺壓百姓、傷害百姓。社稷之事關乎萬千百姓的生計，他們自然是說得上話的，讓他們有話直言！」

一邊說著，一邊還讓人將宗室族老都請過來作個見證，他可沒有謀害自己親姑姑的意思啊，但是親姑姑要是被百姓砸死了，那是她咎由自取。

明珠臺巍峨如許，萬千財富誰人看了不眼紅，今日這一去，三皇子盤算的是，要麼他將明珠臺收下，送坤儀姑姑去祭天，要麼坤儀姑姑放出她那滿屋子的妖怪來反抗，眾人只要看清楚了，給他一個足夠處死她的由頭，她最後也要被祭天。

一開始談判，他還有放坤儀一條生路的意思，但這人敬酒不吃吃罰酒，他連假死的路數都給她省了，直接生祭吧。

明珠臺是他親祖母的東西，憑什麼都給了一個嫁出去的外女。

越想底氣越足，三皇子帶了浩浩蕩蕩一大群人，走到了明珠臺的大門口。

像是知道他今日要來，坤儀一早就梳洗打扮好了，大門敞開，她穿著朝服邁著宮步出來，大方得體，眉目溫柔。

她遙遙地看向被裡三層外三層保護著的自家姪兒，不由地嘆了口氣。

上次聶衍只是捏了一個幻象，就將他嚇成了這副模樣，真讓他去對付聶衍，怕是沒有半點勝算。

「姑姑安好。」三皇子死死抓著身邊護衛的衣袖，不敢下車，也不敢靠近她，只站在車輦上喊，「今日是先帝末七，姪兒特來請教姑姑，喪儀該如何辦？」

「按照先帝吩咐便是。」坤儀答他，「不過有禁軍圍困，本宮出不得府，自然也就辦不得喪儀。」

三皇子皮笑肉不笑：「姑姑身分特殊，姪兒斷不敢將您隨意放出明珠臺，萬一傷著人了……眼下可正是用人之際。」

坤儀嘆了口氣。

她突然問他：「你可還記得小時候我與你一起鬥蟋蟀？」

三皇子一頓，表情有些不以為然，婦人就是婦人，這種你死我活的關頭，竟也還想著打感情牌。

可這麼多人看著，他還是只能硬著頭皮答：「記得。」

「那你可還記得，鬥了這麼多年，你贏過姑姑幾次？」她微笑。

三皇子不答了，抿著唇看著她，表情有些陰鬱。

他也不清楚為什麼小時候一次也贏不了她，雖然只是鬥蟋蟀這種小事，但眼下當著這麼多人的面，若是認輸，他這方的人難免丟了士氣。

「姪兒今日來，是想請姑姑將先帝旨意明示，好讓先帝入土為安，倒不是來憶舊事的。」

坤儀點頭，終於是大方地將旨意拿了出來。

眾人登時伸長了腦袋。

秦有鮫上去接了聖旨，引了幾位族老一起與他觀看，他只辨上頭有沒有妖術更改的痕跡，幾位族老辨認字跡和私印。

這聖旨前半部分是盛慶帝親筆，後來帝王病重，由張皇后寫完，張皇后與坤儀公主並無血親，沒有偏私她的道理，是以整個聖旨是算數的。

但，秦有鮫當場大聲將其唸完的時候，三皇子的臉還是肉眼可見地黑了下去。

這世上哪有父母不為子女計，一味偏頗一個外嫁女的。

大塊的封地，如山的財富，他們也不看看坤儀受不受得起。

「憑什麼？」旨意落地，三皇子恨恨地問了一句。

「憑她是二十年前誅滅妖王的功臣，憑她替整個大宋背下了滅國的妖禍，也憑她是你皇兄嫡親的妹妹。」秦有鮫溫和地回答了他的問題。

群臣震驚，二十年前誅滅妖王？那時候的坤儀公主才剛剛出生吧？

下頭議論如沸，三皇子瞪眼看著秦有鮫：「怎麼連你也？」

「原先我並不明白先帝的用意，怎麼只賞賜公主而不留下讓你繼位的詔書，怎麼將這麼多的封地都給公主，不曾為你思量登基之後的事。怎麼要讓公主一個妹妹來主持喪儀，而不是他的嫡親子嗣……」

秦有鮫半垂了眼：「就在今日，我想明白了。」

「先帝一開始就不是屬意你繼位的。」

他這話一說完，四周的議論聲更大，就連門口站著的坤儀也皺了皺眉，張口想說什麼，卻發現自己出不了聲。

坤儀下意識往人群裡看了看。

聶衍站在一個不起眼的角落裡，漫不經心地把玩著一個東西，察覺到她的目光，他抬頭，給她比了個噤聲的動作。

聽秦有鮫吹就完事了。

秦有鮫這一根弦的鮫人，在看見三皇子這麼不經嚇又不中用之後，終於也明白讓坤儀繼位比讓三皇子繼位好得多，他要的人間太平坤儀也許未必能給他，但三皇子是一定給不了他。

至少坤儀心裡有天地山河，而三皇子心裡只有他自己。

張桐郎進京一事聶衍是知道的，也知道這麼多天他一直在背後給三皇子出主意，但張家不敢與他正面敵對，也不敢再在他面前出現，只想著將從前的榮華撈回來罷了。

這樣的散架子，哪裡是坤儀的對手。

形勢如他所料的一邊倒，三皇子也如他所料地急了，立馬吩咐後頭的守軍讓開，把外頭等著的百姓給放進來。

「不管怎麼說，坤儀乃妖女，這事百姓們有目共睹，就算國師將她捧得勞苦功高，她也當街吃了五十多個人。」他冷聲道，「這樣的妖怪，活著對大家都是威脅，你們竟還想讓她登基去為禍天下不成？」

「你胡說，我們家殿下身上有金光符，只殺妖怪，從未吃人。」蘭苕突然開了口，「當日街上那五十多隻妖怪，就是三皇子你派出來取我家殿下性命的，三皇子您一心想殺我們家殿下滅口，卻沒想過那些妖怪分食我們幾個人哪裡夠，若放著不管，必定要吃了半條街的百姓。」

「殿下沒有殺人，那是在為民除害！」

蘭苕平時瞧著清清冷冷的，一旦開口，倒是分外真摯。夜半站在不遠處，用妖術將她說的話擴給了方圓十里之內的所有人。

於是無論是圍觀的百姓還是堵門的禁軍，都將這來龍去脈聽得清清楚楚。

三皇子大怒：「口說無憑！」

蘭苕也知道自己口說無憑，她也不需要什麼憑證，把話說出去讓眾人聽見就夠了，反正三皇子說的話是沒人替他擴開的。

自古以來，誰聲音大誰就是有利的。

原先就因著賑災一事覺得愧疚的百姓們，一聽這段話，當即都怒了。

掌櫃的沒有騙他們，坤儀公主是個好人，卻被三皇子為了權勢逼到這個份上，被他們誤解和砸石頭都還想著給他們一條活路，而這三皇子為了能繼位，竟想殺了自己的親姑姑。

畜生，不要臉！

於是，就在三皇子讓人將百姓放進來，以為他們能替自己出口惡氣的時候，突然抬頭就看見漫天的石頭子朝自己扔了過來。

「快！護駕！」有人連忙喊。

族老宗親亂成一團，當即都往外撤，百姓們一邊砸車駕一邊謾罵，直將三皇子罵得大喊：「來人，將這群刁民抓起來！」

「殿下先前還吩咐了，不能傷害百姓。」

「他們是百姓嗎？他們是暴民！統統抓起來，關進大牢！」

「……」

天上石頭菜葉亂飛，坤儀愕然地看著，有些沒反應過來。

這些人竟然會幫她砸三皇子？別是聶衍用妖怪變出來的人吧？

她連忙扭頭去找聶衍，卻沒再看見他了。

有個小姑娘朝她跑了過來，髒兮兮的，嘴巴鼻子裡都是泥，蘭苕看著想攔，坤儀卻擺擺手，任由她跑到了自己跟前。

「公主殿下。」小姑娘抱著她的小腿肚，認真地抬頭看她，「我娘親被堵在那邊過不來，她讓我來保護妳。」

坤儀想笑，張了張嘴卻覺得喉嚨發堵。

「我……不需要別人保護。」她摸了摸小姑娘的臉，「我已經長大了，會了很多的本事，我可以自己保護自己。」

甚至可以保護別人了。

小姑娘不太懂地眨了眨眼，將手裡的野花遞給她。

坤儀不想接的，她有一倉庫的金銀珠寶，什麼樣華貴的簪花沒有啊，要一朵破破爛爛的野花幹什麼？

但，還不等她的腦子想明白，自己的手就已經伸了出去。

頭一次，在漫天飛旋的石頭和爛菜葉裡，她接到了一朵黃色的小花。

Instagram　Plurk

國家圖書館出版品預行編目資料

長風幾萬里（中）/ 白鷺成雙 著 . -- 第一版 . --
臺北市 : 未境原創事業有限公司 , 2025.01
面；　公分
ISBN 978-626-99199-2-5(中冊 : 平裝)
857.7　　113020257

長風幾萬里（中）

作　　者：白鷺成雙
發 行 人：林緻筠
出 版 者：未境原創事業有限公司
發 行 者：未境原創事業有限公司
E-mail：unknownrealm2024@gmail.com
地　　址：台北市中正區重慶南路一段 61 號 8 樓
8F., No.61, Sec. 1, Chongqing S. Rd., Zhongzheng Dist., Taipei City 100, Taiwan
電　　話：(02) 2370-3310　　傳　　真：(02) 2388-1990
印　　刷：京峯數位服務有限公司
律師顧問：廣華律師事務所 張珮琦律師
總 經 銷：聯合發行股份有限公司
地　　址：新北市新店區寶橋路 235 巷 6 弄 6 號 2 樓
電　　話：(02)2917-8022

定　　價：350 元
發行日期：2025 年 01 月第一版